CULTURA E LITERATURA

Publicados na coluna Cultura & Literatura
do jornal Folha Valle 2017–2022 (100 artigos)

Madalena da C. Daltro da Fonseca

Preparo de originais: Gabrielle Antunes
Revisão: Denise Himpel
Diagramação: Júnio Liberato
Capa: Fernanda Ferreira

Catalogação na publicação Elaborada por
Bibliotecária Janaina Ramos - CRB-8/9166

F676c

Fonseca, Madalena da C. Daltro da

Cultura e literatura / Madalena da C. Daltro da Fonseca. - Rio de Janeiro: Ases da Literatura, 2022.

418p.; 14 X 21 cm

ISBN: 978-65-84796-19-5

1. Ensaios. 2. Literatura brasileira.
I. Fonseca, Madalena da C. Daltro da. II. Título.

CDD 869.41

Índice para catálogo sistemático

I. Ensaios : Literatura brasileira

CULTURA E LITERATURA

Publicados na coluna Cultura & Literatura
do jornal Folha Valle 2017–2022 (100 artigos)

Madalena da C. Daltro da Fonseca

ASES DA LITERATURA

Aos meus filhos Pedro e Gabriel

A Deus por tudo.
Ao Gabriel pelo apoio a cada texto aqui escrito.
Ao meu marido e muitas vezes meu mecenas, E davi.
Ao Pedro pelo incentivo.

Sumário

Cultura e Literatura

Em um encontro casual, numa conversa simples do cotidiano, surgem para mim algumas destas questões: como faço para gostar de ler? Como faço para que meu filho goste de ler? Ou afirmações do tipo: queria ter tempo para ler; não leio, porque não gosto, mas queria gostar de ler; ou até mesmo: não leio, porque tenho preguiça.

Por conta dessas questões, demandadas pelos nossos concidadãos, é que esta crônica inaugura a coluna: Cultura e Literatura, que tentará inspirar, motivar, estimular e colaborar para que a literatura chegue mais perto de todos. E esse é o caminho mesmo, afinal de contas, não vemos propagandas de livros por aí a torto e a direito, ou na TV, como vemos de outros produtos, não é mesmo?

Sobre o gostar de ler e o ter tempo para ler, existe uma longa história, muitos fatores podem ser enumerados para explicar o motivo do baixo índice de leitores no Brasil, mas a intenção aqui é mostrar que é possível reverter essa realidade.

E se você me disser, mas mudar a realidade de um país, assim? Respondo: sim!

"Não se terá um grande Newton enquanto não se gerar um número considerável de pequenos Newtons."

Essa fala é de uma das mais inovadoras escritoras da literatura inglesa: Virgínia Woolf (1882-1941). Então, se não podemos ser Newton, seremos os pequenos Newtons.

Seguirei com ela na sequência dos demais trechos destacados.

"E então, continuando a leitura dessas páginas, chegava-se a outros sinais da extraordinária vitalidade do espírito humano. Aquela energia inata que resistia a todos os partos e a todas as lavagens, tinha se estendido. (...) tinha apoiado os poemas de Burns na tampa de uma travessa para ler enquanto cozinhavam. Liam às refeições; liam antes de ir para a fábrica (...) liam com a voracidade indiscriminada de um apetite famélico (faminto) de que se entope de caramelos, carnes, tortas, vinagre e champagne, tudo ao mesmo tempo."

Essas mulheres tinham como motivação, não só o prazer que a leitura proporcionava, mas também a intenção de melhorar a dura realidade em que viviam, e é isso que a literatura promove na vida das pessoas: melhorias, transformações, desenvolvimento humano...

"Naturalmente a leitura levou à argumentação. A geração mais nova teve a ousadia de dizer que a rainha Vitória não era melhor do que uma faxineira honesta que criou os filhos com dignidade."

Costumo dizer que um livro é como uma roupa, pode não servir em uma pessoa; seja pelo tamanho, pela qualidade do tecido, mas servirá em outra. Por isso, não hesite em passar adiante o livro (ou a roupa) que não te serve, porque poderá servir para transformar a vida de outra pessoa e, assim, de mão em mão, se ainda não chegou, um dia chegará o livro que mudará a sua vida, e ainda não será o fim...

A criança precisa de amor e compreensão

São crianças... O peso desse termo por si só se traduz em um argumento de peso. E por falar em peso, o termo remete também à "Semana do Bebê Robusto", primeira expressão que daria força para a consolidação da semana das crianças no Brasil. Crianças evocam amor, responsabilidade, cuidado, compromisso... É! Criança não é brincadeira...

Organizados em uma lista, são dez os direitos das crianças assinados pela Organização das Nações Unidas - ONU, em 1959.

Destaco aqui nesse espaço dois, dos dez, direitos das crianças: O 2º direito que diz: "A criança será protegida e terá desenvolvimento físico, mental, moral, espiritual e social adequados.".

E o 6º direito, onde se lê: "A criança precisa de amor e compreensão.".

Muitos de nós nos preocupamos com as bobagens que as crianças querem comer na hora do almoço; ou quando o ar está seco e poluído, preocupamo-nos com a qualidade desse ar que entra em seus pulmões e também ficamos atentos para saber se a água que ela bebe é potável ou não. No entanto, quando falamos da mente, por vezes deixamos essa atribuição exclusivamente para os outros "alimentarem", seja: a escola, a TV, os colegas, a rua...

Quando pais ou responsáveis pela criança param, por quinze minutos, para ler algo para ela, vários dos Direitos das

Crianças são atendidos numa tacada só.

Ao ler para uma criança, você a estará favorecendo por meio do desenvolvimento mental, moral e espiritual; ao mesmo tempo em que estará com sua dedicação demonstrando amor e compreensão.

Uma boa leitura vai ainda além, pois favorece também o desenvolvimento social adequado. O poema: A Boneca, de Olavo Bilac (Poeta brasileiro – 1865-1918) é uma comprovação disso:

A Boneca

Deixando a bola e a peteca,
Com que inda há pouco brincavam,
Por causa de uma boneca,
Duas meninas brigavam.

Dizia a primeira: "É minha!"
— "É minha!" a outra gritava;
E nenhuma se continha,
Nem a boneca largava.

Quem mais sofria (coitada!)
Era a boneca. Já tinha
Toda a roupa estraçalhada,
E amarrotada a carinha.

Tanto puxaram por ela,
Que a pobre rasgou-se ao meio,
Perdendo a estopa amarela
Que lhe formava o recheio.

E, ao fim de tanta fadiga,
Voltando à bola e à peteca,
Ambas, por causa da briga,
Ficaram sem a boneca...

Olavo Bilac

Feliz mês das crianças!

http://www1.folha.uol.com.br/asmais/2015/10/1697593-os-10-direitos-da-crianca-aprovados-pela-onu-em-1959.shtml

Podem acreditar em mim, eu garanto.

Em 2013, Erin Brockovich foi pega embriagada pilotando um barco. Mas faz muito mais tempo que a sua vida ganhou as telas dos cinemas, precisamente no ano 2000 com o filme: *Erin Brockovich - Uma Mulher de Talento*, na interpretação de Julia Roberts que, inclusive, ganhou o Oscar de melhor atriz. A vida de Erin, cem por cento inspiradora, não perde o mérito por uma mancada dessas. Como diz o velho ditado: "quem não tem teto de vidro, que atire a primeira pedra.".

Tá, daí você me pergunta: mas quem é Erin Brockovich?

É difícil apresentá-la em tão poucas linhas, por isso eu *hiper-super-mega* indico que assistam ao filme e leiam o livro.

Em síntese, ela é aquela mulher que empenha até seu último recurso por uma causa, nesse caso: a palavra de honra. Mesmo porque, apesar de ter recebido um cheque de dois milhões e meio de dólares, houve época em que a palavra era a única coisa que ela tinha para empenhar. A palavra que Erin investia resultou não só nos milhões de dólares recebidos, como também no filme e em muitas outras histórias de perdas e ganhos, como as descritas no livro: *Erin Brockovich - Podem acreditar em mim, eu garanto.* Antes e depois do filme. Não se assustem com o tamanho do título do livro, ele é pequeno em quantidade de páginas, mas gigante no conteúdo. Leia um pequeno trecho sobre o que ela diz:

"Em 1997 minha vida parecia ter realmente virado um conto de fadas! Exceto, é claro, pelo fato de alguém ter se esquecido da bruxa malvada!"

Geralmente nos apegamos, ilusoriamente, apenas aos extremos da vida: ou à desgraça ou aos milhões de dólares. Mas a vida não faz distinção de nada, a desgraça não exclui a possibilidade de se ter os milhões de dólares, nem os milhões de dólares impedem que a desgraça aconteça.

Eu costumo dizer que tudo na vida vem em *combo*, tipo aquelas promoções de *fast food*, você quer o sanduíche e o refrigerante, mas o *combo* oferece a batata frita junto, com preço mais atrativo e você compra o *combo*, mesmo não querendo a batata. No *fast food*, você ainda pode optar ou não pela combinação, pode pagar mais caro separadamente e pronto, mas na vida não há essa opção. Tudo vem em *combo*, para cada escolha uma consequência, às vezes boa e esperada, outras vezes uma péssima surpresa.

O *combo* da vida da Erin Brockovich fez toda diferença na maneira como eu enxergava a vida, é um ensinamento que devemos ter e passar para as gerações mais novas, como os rapazes e moças que agora estão com seus vinte anos e possivelmente não assistiram ao filme.

Estava falando do livro para o meu filho e, por isso, decidi compartilhar com vocês. Espero que gostem da indicação. Se não gostarem podem falar comigo, mas faço minhas as palavras da Erin: "Podem acreditar em mim, eu garanto" que vão gostar.

Se quisermos algo grandioso, vamos nos lembrar do *combo* e assumir as consequências, mas vamos lembrar também, que ficar parado na zona de conforto também tem seu pacote *combo*... Para ambos temos que estar preparados, e nada melhor do que conhecermos as experiências de outras pessoas, para não cairmos nas mesmas ciladas da *bruxa malvada*.

Vaidade versus orgulho

O hábito da leitura é motivo de orgulho.

Por vezes, distraidamente, confundimos vaidade e orgulho; a meu ver se esses sentimentos fossem acessórios, vaidade seria bijuteria e orgulho seria joia.

O orgulho se sustenta nos valores e capacidades internas da pessoa, de valores humanamente indispensáveis. Ainda que não sejam reconhecidos por outros indivíduos.

A vaidade se sustenta de elogios de outras pessoas.

Já os valores dignos de orgulho podem até não ser reconhecidos pelos outros, ainda assim existem, estão ali, com ou sem reconhecimento alheio. Não precisam ser trocados para agradar uma ou outra pessoa; apesar dele ser fundamental para a saúde emocional de todos nós.

Por exemplo: um bom funcionário continuará a sê-lo ainda que o patrão não reconheça. E ser um bom funcionário é motivo de orgulho, não de vaidade. Ao passo que alguns patrões, por receberem muitas bajulações, acabam cedendo à sedução da vaidade e deixando de cultivar os elementos dignos de orgulho que são tão presente nos líderes.

O *Dicionário Filosófico* de Regina Schöpke diz que:

"Vaidade: diferente de orgulho (que, na justa medida, é um sentimento nobre e altivo) a vaidade é vã, vazia, aparência pura. É por isso que, enquanto o homem orgulhoso é confiante e firme, o vaidoso depende do reconhecimento alheio, necessita de elogios para se sentir realmente superior (aliás, é facilmente corrompido por esses elogios)."

Dou essa volta toda para chegar a um poema de Florbela Espanca (1894–1930), denominado: *Vaidade*. Um poema que é motivo de orgulho para essa que é uma das mulheres mais prestigiosas da literatura portuguesa ao longo do tempo.

O reconhecimento da própria vaidade é um salto incalculável para o aprimoramento humano. E se o hábito da leitura é motivo de orgulho, então vamos cultivá-lo!

É costume dizer que, para se compreender um poema, é necessário ler três vezes, mas esse é daqueles que a gente entende de primeira e relê incontáveis vezes.

Depois dele, não é necessário dizer mais nada.

Eis o poema:

Vaidade

Sonho que sou a Poetisa eleita,
Aquela que diz tudo e tudo sabe,
Que tem a inspiração pura e perfeita,
Que reúne num verso a imensidade!

Sonho que um verso meu tem claridade
Para encher todo o mundo! E que deleita
Mesmo aqueles que morrem de saudade!
Mesmo os de alma profunda e insatisfeita!

Sonho que sou Alguém cá neste mundo...
Aquela de saber vasto e profundo,
Aos pés de quem a terra anda curvada!

E quando mais no céu eu vou sonhando,
E quando mais no alto ando voando,

Acordo do meu sonho... E não sou nada!...

Valorizando o que a gente tem

A biografia é um gênero textual muito querido, um gênero bem democrático, que alia vários gostos. Desde os que gostam de uma boa e velha fofoca até os que anseiam por conhecer mais do contexto histórico de diferentes épocas, além da vida de seus biografados e, em se tratando de vida, a coisa vai longe...

O Vale do Paraíba tem e faz parte de muitas histórias extraordinárias de relevância nacional. Na sexta, 27 de outubro de 2017, pude participar do evento *Praça Literária: Florescer da Leitura*, que ocorreu na praça Dr. Arnolfo de Azevedo no centro da cidade de Lorena (vale ressaltar que foi muito bacana a distribuição de livros que foi feita lá na praça).

Pois bem, naquele evento tive o privilégio de compartilhar a história de Anna de Assis (1875–1951), viúva do engenheiro e escritor Euclides da Cunha (1866–1909). Eles residiram por algum tempo na cidade de Lorena. Euclides fez vários projetos de engenharia por diversas cidades do interior do Estado de São Paulo e, Anna da Cunha, várias ações beneficentes.

Valorizando o que a gente tem de melhor na literatura e na história nacional, em pouco mais de uma hora contei sobre alguns altos e baixos da vida da dona Anna de Assis, emparelhando a narrativa de sua vida com o período histórico, conforme muito bem descrito no livro: *Anna de Assis – História de um Trágico Amor* (Esse livro desfaz os equívocos sobre a morte de Euclides da Cunha).

Anna foi batizada como Anna Emília Ribeiro, passando

a ser Anna da Cunha quando casada com Euclides e, posteriormente, Anna de Assis quando casada com Dilermando de Assis. Dilermando que, ainda como Major, esteve envolvido na Revolução Constitucionalista de 1932, especificamente no setor sul de São Paulo.

Tenho o defeito de querer contar a história toda (vulgo dar *spoiler*). Ocorre que muitas pessoas não gostam de saber o final dela, e eu, para não estragar as surpresas, acabo escrevendo até menos do que deveria sobre as obras, mas um dia chego ao equilíbrio, prometo continuar tentando. Enquanto isso vou compartilhando as orelhas dos livros.

Entre tantos aspectos e benefícios, as biografias nos ajudam a viver, compreender a lógica da vida, entender o contexto histórico, respeitar as nossas limitações, ampliar nossos horizontes e visão de mundo. Por essas e outras indico a leitura do livro *Anna de Assis História de um Trágico Amor*.

Ainda sobre o evento *Praça Literária: Florescer da Leitura*, é importante dizer que ele foi promovido pelo Consórcio Cultural de Bibliotecas – CCB, que resulta da união das bibliotecas de três instituições: UNIFATEA, USP/EEL, UNISAL e Secretaria de Cultura e Turismo.

Fico muito satisfeita em perceber que vários setores e segmentos da sociedade na região estão empenhados em promover a leitura e facilitar a aproximação da população com os livros.

A cidade e as serras

Em 1901, foi publicado o último romance do escritor português Eça de Queirós, sob o título de: *A Cidade e as Serras*. Jacinto, um dos personagens principais, teve o privilégio de morar na cidade e depois nas serras do interior. O livro mostra os diversos aspectos de se viver em um ou no outro lugar. Fico bem à vontade por falar das cidades, das serras e também do interior sem serras, pois também morei em todas essas realidades.

Entretanto, eu gosto mesmo do interior, sinto que nele há mais sustância. A cidade tem andado muito pálida ultimamente e não é por falta de cores, luzes ou faróis. E se no Brasil houve um tempo em que o Jeca Tatu (da obra de Monteiro Lobato) era do interior, hoje, muito provavelmente, ele seria morador da cidade grande...

O livro *A Cidade e as Serras* só confirmou a minha admiração pelas cidades do interior. Meu avô era um homem do campo, ele foi a minha figura paterna, foi quem me criou e quem me ensinou a gostar de ler. Ele nasceu no interior, em 1905, na sua juventude foi até cortador de cana, naquele mesmo interior, após uma vida plena, faleceu em 1993.

Um cortador de cana no interior consegue formar leitores, e isso pode até ser interpretado como uma autêntica subversão. Fato é que, nas grandes cidades, muitos doutores não conseguem a mesma façanha com os filhos ou netos. Isso é compreensível, conforme o trecho da obra:

"Mas o que a Cidade mais deteriora no homem é a Inteligência, porque ou lha arregimenta dentro da banalidade ou lha empurra para a extravagância."

É até mesmo assustador, quando se lê que o livro de Eça de

Queirós, publicado em 1901, parece nos ser tão atual ao olharmos para a caótica face da cidade grande:

"E a Cidade a maior ilusão! (...) E a mais amarga, porque o Homem pensa ter na Cidade a base de toda a sua grandeza e só nela tem a fonte de toda a sua miséria. (...) Deus, espantado, mal pode reconhecer o seu esbelto e rijo e nobre Adão! Na Cidade findou a sua liberdade moral: cada manhã ela lhe impõe uma necessidade, e cada necessidade o arremessa para uma dependência: pobre e subalterno, a sua vida é um constante solicitar, adular, vergar, rastejar, aturar (...)"

Apesar de muitas cidades do interior terem recebido influências, por vezes muito nocivas, das cidades grandes, ainda se nota uma integridade do caráter regional no interior. Uma personalidade que é sustentada pelas raízes culturais locais, sejam oriundas da culinária, da música, do vocabulário, das conversas com vizinhos, ou até dos sotaques, da sabedoria popular. São muitas as características interioranas que precisam ser positivamente reconhecidas, valorizar os bons costumes regionais é prova de personalidade, de sentimentos nobres, nem sempre presente nas grandes cidades.

"Os sentimentos mais genuinamente humanos, logo, na Cidade se desumanizam!"

Voltando ao livro de que falo hoje, *A Cidade e as Serras*, a boa notícia é que ele está em Domínio Público, e você pode ler gratuitamente acessando este link: https://www.luso-livros.net/wp-content/uploads/2013/03/A-Cidade-e-as-Serras.pdf

É possível que haja certa dificuldade na leitura devido ao vocabulário (livro antigo de autor português), mas nada que impeça a compreensão e interpretação pelo contexto. É só seguir adiante.

Mantenha-se firme, equilibrando-se entre A Cidade e As Serras.

Crônica em dois capítulos (I)

Vamos lembrar que tudo na vida tem um preço, inclusive a ilusão...

"Havia 60 funcionários no iate, entre empregadas, garçons, barmen, cabeleireiro, maquiador e massagistas. A cobertura das cadeiras da sala de jantar era feita de pele de prepúcio de baleia branca (...) tinha ainda um cinema e um teatro, mais uma academia de ginástica, sauna e algumas piscinas." (RIBEIRO, Teté. 2011)

Assim era, até então, o mais caro iate do mundo, o iate Christina, de propriedade do bilionário grego Aristóteles Sócrates Onassis, mas sejamos mais objetivos, ele era mais conhecido como Onassis. Talvez para nós não confundirmos com os filósofos Sócrates e Aristóteles, também gregos.

Faz tempo que quero falar um pouco sobre a biografia da cantora de ópera Maria Callas. Não me recordo se já falei nessa coluna, mas eu sou muito fã de biografias. Sei lá! É aquela coisa, eu não preciso sempre quebrar a minha cara no mesmo poste em que alguém já se quebrou antes. Biografias ensinam muito da vida, inclusive a desconstruir certas ilusões.

Então por que comecei falando do iate do Onassis se é da Maria Callas que quero falar?

Sim, eu adoro dar nó nas letras! Isso estimula o cérebro (risos). Mas fato é que essas biografias se entrelaçam muito, digamos, intimamente, e vai além: dá nó em pingo d'água. Pois bem, comecei falando do Onassis para não começar pela Jacqueline Kennedy e desandar o merengue.

Ih! Agora é que a coisa se enrosca, apareceu mais uma personalidade! E para piorar é uma Jacqueline que, no decorrer do tempo, se desdobra em duas, a Jacqueline Kennedy e a Jacqueline Onassis. Vê como foi mais suave começar por um iate no mar Mediterrâneo? (risos)

Quem se lembra da história, bem, quem não conhece ou não se lembra, a sugestão é ficarmos atentos.

Primeiro Jacqueline se casou com John Fitzgerald Kennedy, na época em que, era a irmã dela, chamada Lee, quem tinha um caso amoroso com o Onassis (1963). Naquela época, ele era casado com Tina Livanos, mas também era amante de Maria Callas, que por sua vez também era casada. (Respire fundo!)

Depois que Jacqueline ficou viúva de John F. Kennedy e Onassis, finalmente, estava separado da esposa e da amante Lee, eles se casaram. Ela querendo estabilidade financeira; ele, oportunidade para expandir seus nos negócios nos Estados Unidos, resultando numa conta redonda, ou seja, casamento fracassado. Devido à diferença de idade, e ao que eu chamo de falta de educação, Onassis "era tratado como um velho bobo pelos amigos dela e muitas vezes por ela também..." Em poucos meses de intervalo, Onassis já dava continuidade ao romance com Maria Callas.

(Vê!? Dificilmente a ficção supera a biografia.)

Considerando que um triângulo amoroso envolve três pessoas, acredito que nesse aspecto, com Onassis, a conta nem sempre fechou sem uma leve dízima periódica.

Fato é que Maria Callas foi amante de Onassis desde o tempo em que ele era casado com Tina e amante de Lee e, entre idas e vindas, o romance durou até depois de seu casamento com Jacqueline, que por sua vez, enviuvou novamente.

E a vida de Maria Callas? Bom, fica para a próxima coluna, depois de tantas paixão e luxúria fica difícil sintetizar em uma só, mas prometo trazê-la linda a bordo daquele iate.

Até lá!

Crônica em dois capítulos (II)

A primeira parte você lê em: http://folhavalle.com/cronica-em-dois-capitulos-i/

A bordo do iate *Christina*, de propriedade do bilionário grego Aristóteles Sócrates Onassis, fazendo um cruzeiro pelo mar Mediterrâneo, "Maria Callas passava os dias tomando sol de biquíni (era a primeira vez na vida dela que usava um maiô de duas peças)". Ali começaria o seu romance com Onassis.

Maria Anna Sophie Cecilia Kalogeropoulos, cujo nome artístico era Maria Callas, foi uma belíssima cantora de ópera, filha de gregos, mas nasceu nos Estados Unidos, em 1923, e aos doze anos ela passou a morar na Grécia, quando seus pais retornaram ao país de origem. Maria Callas nasceu com a beleza na voz. Era uma criança alegre. Aos dez anos, já se apresentava em público cantando *Ave Maria*, de Gounod, mas quando adulta, Callas queria a beleza física aos moldes da atriz Audrey Hepburn.

A vida em grupos sociais, por vezes, prejudica a noção de individualidade e o autoconhecimento, mas por outro lado nos aprimora. Maria fez uma dieta arriscada e radical e emagrecera trinta quilos. Pronto, era perfeita! Linda, rica, magra, famosa, amada... Sim, isso existe, mas a vida é "combo", e quanto mais, mais caro...

Ah, benditas etapas da vida! Para alguns isso seria sim, perfeito, ainda mais para aquela que foi considerada uma criança feia, tímida, gordinha, que usava óculos fundo de garrafa, e que, no período da Segunda Grande Guerra Mundial, aos dezessete anos, se viu levada a se relacionar com um soldado que "Logo depois de tirar a virgindade de Maria, [...] ofereceu dez quilos de carne por um preço simbólico. Ela aceitou e carregou o pacote nos ombros até sua casa."

A vida é muito persistente e criativa em gerar degraus (para não chamar de problemas ou obstáculos), e entre outras dores, estava aquela relacionada com a sua mãe, que, se outrora tinha sido a sua maior aliada na busca por um mecenas (patrocinador) para as suas aulas de canto, terminou por lançar um livro que difamava a própria filha. Maria morreu sem perdoar a mãe.

Podemos focar na imperfeição ou na beleza das pessoas. O grego Aristóteles, não o Onasssis, o filósofo, dissera que: "O segredo é o equilíbrio."

E por isso mesmo é importante valorizar os diferentes tipos de belezas. Elas equilibram o mundo que percebemos por meio dos nossos cinco sentidos e para cada sentido há uma beleza. Não importa o tipo de beleza ou como ela se manifesta, importa que ela é fundamental, como diria o poeta Vinícius de Moraes. E também como o cientista Charles Darwin já havia revelado ao mundo em sua obra a *Origem das Espécies.*

Maria era plenamente bela.

O romance do grego Aristóteles Onassis com Maria Callas durou até 1974, ano em que ele faleceu. Nessa época, ambos moravam na Europa. Jacqueline Onassis impediu que Maria o visitasse no hospital em que ele estivera internado nos seus últimos meses de vida. No entanto, depois de três meses, Jacqueline foi esquiar nos Estados Unidos e Maria Callas conseguiu se despedir do amante que tanto a fizera feliz, e também sofrer, incluindo um aborto que a feriu tanto no corpo, devido às complicações, quanto no espírito. Vale ressaltar que o aborto foi um pedido do amante, e realizado em um hospital de Paris.

"A morte de Aristo transformou Callas em uma mulher amarga e muito difícil de conviver. Os amigos pouco a pouco foram se cansando de ouvir as mesmas histórias de como ela havia sido traída pela mãe, pelo marido e, depois por Onassis."

É preciso lembrar que somos mortais.

Maria Callas morreu em 1977, ela morava sozinha, "voltou a engordar e agora se automedicava com remédios para dormir e para se manter acordada durante o dia." Não deixou filhos, as suas cinzas foram lançadas ao mar Egeu, mas a sua voz não nos deixou órfãos.

Naquela época não havia internet, ou *smartphones*, é curioso observar que o vídeo — cujo link está no final da coluna — foi postado em 2009, mais de trinta anos após a sua morte, e tem mais de dez milhões de visualizações. Só algo de extrema qualidade e verdadeira beleza se perpetua e se propaga ao longo do tempo.

Depois do iate *Christina*, a tecnologia continuou se aprimorando e muitos outros iates e navios de cruzeiro foram construídos e recheados com outras histórias. Outros afundaram, como o imponente navio *Costa Concórdia*, naquele mesmo mar Mediterrâneo, mas para a nossa sorte, a voz de Maria Callas ainda flutua em nossos ouvidos.

https://www.youtube.com/watch?v=s6bSrGbaklg

Feliz e radiante 2018!

Temos diante de nós um ano inteirinho para nos movimentarmos rumo aos nossos objetivos.

A Terra fará, a partir desse ponto do nosso calendário, mais um movimento de translação, aquele ao redor do sol, como se soubesse de onde vem a luz que a guia e a mantém no eixo, no rumo e prumo certos, e sabe mesmo. Independente de nossas ações a Terra continuará se movimentando rumo ao seu destino...

E nós?

Por nosso lado, sabemos que é muito mais fácil trilhar um caminho que esteja iluminado, assim enxergamos o que está diante de nós e podemos nos livrar de cair em buracos ou de trombar em algum obstáculo.

Entretanto, um ano novo é um caminho a ser trilhado e iluminado por nós mesmos. Seremos como os mineiros que desbravam as minas: não sabemos o que iremos encontrar e vamos iluminando ao mesmo tempo em que caminhamos.

Precisamos de luz e, às vezes, mergulhados no breu dos problemas que surgem no cotidiano, só podemos contar com a centelha divina que todos temos dentro de nós. E, como toda centelha, essa também precisa do combustível certo para continuar brilhando. Mas outras vezes, no afã de querermos resolver tudo sozinhos, como se a Terra girasse ao nosso redor, acabamos diminuindo a chama que ilumina os nossos passos, seja a chama dos sonhos, da fé, da força de vontade ou da coragem.

Parafraseando um trecho bíblico, ninguém acende uma vela e a esconde debaixo da cama, a luz sempre se revela, onde ela estiver. Vamos abrir os olhos e enxergar as luzes que se acenderão perto de nós. A chama não permite sombra, a luz nos é muito nobre, não vamos ignorá-la ou desistir dela, custe o que custar.

Charles Dickens no livro *Um Conto de Natal*, fala de um personagem que, de tão ranzinza e sovina, sentia satisfação em andar na escuridão pelo fato dela ser gratuita.

Dickens ainda nos diz uma grande verdade: "Os caminhos humanos fazem prever seus próprios destinos. E todos aqueles que continuam nesses caminhos, acabam por alcançá-los." Sejam os caminhos em busca da luz ou os que mantêm na escuridão.

Um dos muitos pontos interessantes do conto de Dickens é que, Scrooge, o personagem sovina, tem uma chance de mudar de vida ao encontrar alguns espíritos de Natal, e em uma determinada situação "O Espírito desapareceu debaixo do capuz, mas, por mais que Scrooge usasse toda a sua força, não conseguiu apagar a luz, que jorrava pelo chão sem parar." É certo que haverá uma luz para nos mostrar as saídas ou nos revelar o caminho a ser trilhado nesse ano de 2018. A luz é poderosa.

Scrooge se refez como ser humano e nós também podemos não só aprimorar hábitos, como também mudar radicalmente de vida e de caminho, conforme a direção da luz. "Muita gente riu da sua mudança, mas ele deixou que rissem, pois tornara-se sábio o bastante para entender que nunca algo de bom acontece neste mundo sem que alguém encontre nisso motivo de riso e zombaria." Essas pessoas que zombam são as mesmas que acham obter vantagem em permanecer na escuridão pelo simples fato dela ser gratuita, seja a escuridão da ignorância, do egoísmo ou da maldade. Talvez, na realidade, a escuridão deixe a conta no *fiado* e cobra juros altíssimos no fim da vida...

Muito mais importante do que simplesmente mudar a roupa para o réveillon, acender as efêmeras luzes dos fogos de artifícios, ou mudar de ano, é mudar para melhor os nossos comportamentos, aprimorar os nossos valores e desenvolver a capacidade de trilhar um radiante caminho rumo à nossa translação ao redor da vida...

Serei eu que estou a sonhar?

Por vezes somos bombardeados com informações, afirmações e certezas que ficamos em dúvida até do que nós somos ou o que estamos fazendo aqui.

Entretanto, ao pararmos para refletir, observamos pessoas agindo por impulso, provocado pelo ímpeto de outra pessoa, que por sua vez, reage ao estímulo de outra e assim sucessivamente, como que em efeito dominó, envolvendo pessoas boas, sim, mas muitas vezes hostis e ardilosas, as quais chamamos de "más influências". Aquelas que nos são bem conhecidas, e que só servem para agravar os sofrimentos da vida...

Essa observação me remeteu ao livro: *Um Club da Má-Língua – O Sonho do Príncipe Gavrila* – do escritor russo Fiódor Dostoiévski (1821–1881). O enredo desse livro gira em torno de Maria Alexandrovna, uma mulher de suma importância na sociedade de Mordassov, mas era ardilosa e interesseira.

Maria Alexandrovna queria casar a filha, Zinaida, de vinte e três anos, com um príncipe, já bem avançado em idade e muito vacilante. Maria Alexandrovna convence o príncipe que um casamento a essa altura da vida lhe daria mais saúde, vigor, alegria de viver etc. O príncipe convencido que isso seria, de fato, *deliciosamente bom*, prometeu casamento.

Entretanto, no dia seguinte, o ex-pretendente de Zinaida, convenceu o príncipe de que ele havia sonhado com esse pedido de casamento, que aquilo era impossível, etc. Passada essa conversa, o príncipe determinado a afirmar a todo custo que tudo não passara de um sonho, ele se apresentou à sala da casa de Maria Alexandrova.

O aposento já estava repleto de visitas, o ego vaidoso e ambicioso de Maria já não cabia dentro dela. No decorrer do longo bate-papo que se entendeu e, para espanto da anfitriã, o príncipe acabara por se adiantar e dizer que tivera um sonho delicioso, em que pedia a mão de Zinaida em casamento. Diante dessa afirmação, Alexandrovna, pálida, ficou sem chão, mas se manteve de pé, e foi aquele *pega pra capar*. De um lado, o velho príncipe dizendo que foi sonho, por outro, Maria Alexandrovna não media esforços para provar que não era sonho, e contava detalhes que, sendo sonho, ela não poderia saber, mas o príncipe se manteve irredutível. Foi sonho, não foi sonho, foi sonho, não foi sonho, por fim, Maria Alexandrovna já atordoada, questiona: "Serei eu que estou a sonhar? Fale, príncipe... Estarei a dormir, porventura?"

Para nós, leitores, essa é uma pergunta capciosa, porque ela sonhara casar a filha com o príncipe e obter todas as regalias advindas com este rentável casório, mas o príncipe, por sua vez, sonhara em desfazer o arranjo. Por ocasião do fim da leitura é possível concluir que ambos sonharam, acordados, é verdade, mas ambos sonharam... O sonho do desejo, da vontade. O príncipe, irredutível, tornara o casório impossível, para alívio de Zinaida, que casaria contra a sua vontade e o sonho dela se realizava...

Maria Alexandrovna arrumara outros rumos para a vida, depois do escândalo, pôs a casa à venda e se mudou para Moscou...

Ocorre-nos que, na vida real, nossos atos impensados não podem ser desfeitos por sonhos que fingimos ter. Não adianta fingir que nada aconteceu, por isso precisamos usar do bom senso e da coragem, seja para agir, seja para pedir perdão. Quantas vezes agimos por impulso, em diversas situações, seja uma resposta malcriada, uma compra não planejada ou outra atitude meio desvairada, que na hora nem parece ser das piores ideias ou atitudes, mas depois ficamos atordoados nos perguntando: "Como fui fazer isso? Jamais imaginei ser capaz de cometer tamanha burrada!?"

Pois é, minha gente, a leitura é uma vacina contra os maus impulsos e um estimulante aos bons, porque a ela lapida a nossa paciência, fortalece a nossa personalidade, reforça os nossos valores, promove o autoconhecimento e, gradativamente, vamos nos tornando pessoas melhores e mais sensatas.

Conte-me uma história

— Pedrinho não tem história — respondeu Dona Benta rindo-se. — É um menino de dez anos que nunca saiu da casa de minha filha Antonica e portanto nada fez ainda e nada conhece do mundo. Como há de ter história?

— Essa é boa! — replicou a boneca. — Aquele livro de capa vermelha da sua estante também nunca saiu de casa e no entanto tem mais de dez histórias dentro."

(*Reinações de Narizinho* - Monteiro Lobato)

Hoje vou contar uma história baseada em fatos reais.

O Jornal Folha Valle, na edição 99 (de 24 a 31 de janeiro de 2018), trouxe na capa uma chamada de extrema importância e relevância social "Programa Criança Feliz tem vagas em aberto em Potim. Você quer receber apoio para estimular a inteligência e o desenvolvimento do seu filho?"

Confesso que, ao ler, rezei para que todos que lessem respondessem sim. Custe o que custar, respondam sim, não precisa ser seu filho, pode ser sobrinho, neto, criança de quem você cuida. Oriente o vizinho, seja bom mentor, é nossa obrigação, quer ver? Olha o que diz o artigo 227 da Constituição Federal:

"É dever da família, da sociedade e do Estado assegurar à criança, ao adolescente e ao jovem, com absoluta prioridade, o direito à vida, à saúde, à alimentação, à educação, ao lazer, à profissionalização, à cultura, à dignidade, ao respeito, à liberdade e à convivência familiar e comunitária, além de colocá-los a salvo de toda forma de negligência, discriminação, exploração, violência, crueldade e opressão."

James Heckman, ganhador do prêmio Nobel de Economia, provou que o melhor investimento, aquele com maior rentabilidade econômica, é investir na primeira infância (zero a seis anos).

O retorno não é só para a criança, mas para toda a sociedade. Lamento por Heckman não ser também pediatra, pedagogo ou psicólogo, para provar o quanto do sofrimento humano seria diminuído a partir dessa prática.

Entretanto, temos João Figueiró, médico brasileiro, presidente do Instituto Zero a Seis. Certa vez, ele disse em uma entrevista que quarenta por cento das crianças brasileiras sofrem algum tipo de abuso: de sexual a outras violências, e oitenta por cento desses abusos ocorrem dentro de casa, ou seja, sob o cuidado dos familiares ou responsáveis. Isso é uma tragédia!

Sabe-se que a violência na primeira infância é tão nociva que chega a ser capaz de alterar parte do DNA, pasmem! Ainda segundo o doutor Figueiró, até é possível tratar esse dano ao longo do tempo, mas não sem sofrimento e é com muita dificuldade. Lembram-se do caso de Chester Bennington, o vocalista da banda Linkin Park? Pois é, ele nunca se recuperou do abuso sofrido, e nada, absolutamente nada, foi capaz de curar a sua dor: nem fama, dinheiro, amigos, terapia ou sucesso, por fim ele cometeu suicídio. O abusador viveu sem agregar nada de bom ao mundo e todos nós perdemos. O mundo cultural perdeu com a morte do Chester, vale lembrar que um abusador não faz uma vítima, faz incontáveis. É urgente investir na educação infantil.

É sempre melhor investir, prevenir, do que remediar.

No círculo pedagógico/educacional, praticamente todos

sabem a importância inquestionável dos cuidados na educação da primeira infância, mas o que me choca é que, considerando toda a população brasileira, dos 204.450.649 habitantes, apenas dez por cento tem conhecimento dessa importância. (Dados de 2017 afirmam que a população já esteja para mais de 207,7 milhões de habitantes.)

Sabe o que é isso? Dez por cento não chega a vinte e um milhões de pessoas conscientes a esse respeito.

Eu fico de boca aberta, e isso tem tudo a ver com a cultura e a literatura.

Meu papel aqui é dizer que, ao ler ou contar história para uma criança, você está salvando uma parte do mundo.

Grosso modo, cultura é cultivo, e cultivo é uma questão de prática. No começo pode exigir um pouco de força para quebrar a inércia, depois embala. Contar histórias, olhar nos olhos das crianças e dar bons conselhos é prática a ser cultivada, é demonstração de amor para além de investimento.

A fala que abre a nossa crônica deixa muito claro que todos têm uma história para contar.

Não precisa apenas ler nos livros; antes do surgimento da escrita as histórias eram contadas, não lidas. Não dispensaremos os livros, mesmo porque pesquisas revelam que ter um livro em casa, apenas ter, já faz muita diferença no processo educacional da criança.

Aqueles minutos que você para, larga o celular e conta uma história para uma criança, vai determinar a alegria ou o sofrimento dela ao longo de sua vida. Isso não se nota de imediato, mas a longo prazo.

Conte boas histórias para uma criança e, se possível, conte-me uma história.

Quanto maior a árvore, maior o tombo.

Tem um ditado popular que diz assim: "quanto maior a árvore, maior o tombo", mas tem pessoas que, com a desculpa de lutar pela sobrevivência ou porque querem vencer na vida, aceitam ser colocadas na tal árvore por meio de subterfúgios, desviando-se da escalada natural para a obtenção do que se quer. Assim, a pessoa em vez de subir galho em galho, é posta lá em cima (cai de paraquedas), e por não ter subido com as próprias pernas, uma vez lá em cima, mal consegue se equilibrar, não tem a habilidade e a experiência de quem conhece cada galho que a sustenta.

Quando se deparar com gente assim, não inveje, como diz o, livro bíblico, Salmo 73 "Pois eu invejava os arrogantes, ao ver a prosperidade dos perversos (...) Tu certamente os pões em lugares escorregadios e os fazes cair na destruição. Como ficam de súbito assolados, totalmente aniquilados de terror!". É só uma questão de tempo, pode esperar, a pessoa acaba caindo, de um jeito ou de outro.

Esse pensamento caiu como um raio na minha cabeça ao ler um trecho do livro do Vladimir Netto, *Lava Jato – O juiz Sergio Moro e os Bastidores da Operação que Abalou o Brasil.*

Confesso que certas passagens são de dar dó, se não observarmos todo o contexto e impacto social devastador que as ações desses homens, da gestão pública, causam na vida de tantas pessoas honestas e trabalhadores dignos. Sabemos que a impunidade é coautora de novos crimes, mas também não adianta destilar ódio e descarregar nossas decepções do dia a dia com frases ríspidas nas redes sociais.

Pois bem, sentimentos à parte, do lugar da razão, eu torço para que a justiça sempre seja feita. E ela é feita, de um jeito ou de outro. O que de fato quero falar aqui, não é se o personagem escalou a árvore do poder se ralando nos galhos ou foi posto lá em cima por meios de subterfúgios, mas, sim, mostrar que a justiça um dia chega, onde menos se espera, quando menos se espera, em qualquer circunstância...

"Com a ordem de prisão na mão, a Polícia Federal esperou Cerveró de madrugada no aeroporto do Galeão.

Para que ele não tivesse chance de fugir, os policiais aguardam dentro do finger que leva ao terminal, ao lado da porta da aeronave que acabara de pousar. Quando foi abordado, reagiu: 'Mas eu não estava fugindo. Estou voltando. Estou entrando no país, e não saindo', repetia o ex-diretor da Petrobrás.

Apesar dos protestos, Cerveró foi detido. 'Você discute a prisão na Justiça depois. Agora nós vamos cumprir a ordem', disse o policial federal que chefiava a operação. (...) No chão da cela miúda, só um colchonete sem lençol e um travesseiro. Ele reclamou. Não queria ficar ali. 'Como iria dormir?', perguntou. Estava tudo sujo. 'Pode ficar em pé então', respondeu o policial. Meia hora depois, ele estava dormindo no colchonete."

Esse trecho ilustra e reforça o que todo mundo sabe, mas que até mesmo a gente duvida, por isso vale repetir: a justiça um dia chega, onde menos se espera, quando menos se espera, em qualquer circunstância...

No final da peça: *O Auto da Compadecida*, de Ariano Suassuna, o personagem Chicó diz a Rosinha que ela tinha dado o golpe do baú ao contrário se casando com ele, que era pobre, e João Grilo responde que talvez fosse melhor assim. Eles sem dinheiro de novo, pois antes eles tinham "roubado" o dinheiro da Padaria e do Severino (o cangaceiro), então o João diz: "Quem sabe eu ficando rico, acabo como o padeiro? E depois, com a desgraça a gente já está acostumado." (O padeiro fora assassinado por vingança pelo cangaceiro). E todos saem caminhando dando risadas, com a alegria de quem tem fé. Essa é uma sábia reflexão que o mestre Suassuna nos deixou. Eles não vão cair da árvore, pois não subiram nela com o dinheiro roubado...

Então vamos levantar a cabeça e ir à luta, mesmo que hoje estejamos passando por alguma injustiça, a justiça é uma questão de tempo, o mundo gira e um dia ela chega como que cumprindo a Lei da Gravidade.

Liberdade, como lidamos com ela?

Entrando um pouco no que o mundo do entretenimento cultural nos apresenta, eis que garimpo uma preciosidade para nossa reflexão.

Nesse ano de 2018 está sendo reprisada, no canal *Viva*, a versão da novela *Sinhá Moça*, de 1986. Comecei a assistir quase que por acaso, a TV estava ligada e nela passava o primeiro capítulo, uma cena em que o escravo Pai José, já idoso, apanhava severamente, amarrado a um tronco.

Para as pessoas de espírito elevado, dotadas do sentimento de empatia, aquelas que conseguem se colocar no lugar do outro, é uma cena muito difícil de ver, mesmo que em ficção, pois sabemos que isso aconteceu na vida real. Inclusive, a novela foi adaptação do livro *Sinhá-Moça* de autoria de Maria Camila Dezonne Fernandes (Dona Mariazinha), a primeira jornalista formada em São Paulo. O livro foi inspirado na história da vida da família dela.

Pois bem, na cena, Pai José está de pé no tronco, com a cabeça inclinada para cima e, enquanto o feitor chicoteia as suas costas, ele diz mais ou menos assim:

"Bate, bate até esses seus braços frouxos cansar." E o feitor batia com a esperança de ver o Pai José gritar e pedir clemência, o que não aconteceu. Ao contrário, o escravo com os olhos fixos ao céu falava:

"Eu nunca vi uma noite assim, tão bonita, tão cheia de estrelas."

Enquanto Pai José apanhava, cenas em paralelo aconteciam; entre elas uma em que dona Cândida, esposa de Ferreira, o Barão de Araruna, pergunta:

"Ferreira, o que foi que ele fez?"

Ao que o Barão responde: "Pai José deu para falar em liberdade depois de velho..." Dona Cândida repete a palavra liberdade, com perplexidade.

Liberdade... Que palavra!

Parece que dentro de nós habitam diversas pessoas, ao que se chamam alma e espírito, e Pai José mostra que é possível separar o espírito do corpo ainda que se esteja vivo, ainda que amarrado, ainda sob a dor...

Depois de uma intervenção da Sinhá Moça, o feitor cessa as chibatadas, dando-se o diálogo:

— Eu podia ter te matado.

— Podia não, feitor, podia não...

— Onde é que você vai buscar tanta força, negro?

Eis aí um mistério que muitos de nós experimentamos, naquele momento em que o chão abre um buraco e como que por milagre a gente não cai nele. De onde vem a força que nos mantém de pé, muitas vezes de pé sobre o nada, sobre o buraco?

Pai José era livre, seu espírito era livre, mesmo com o corpo amarrado ao tronco.

Hoje em dia vemos muita gente de corpo livre, mas de alma escrava. Digo isso como forma de existir no mundo, um aspecto de comportamento, de atitude perante a vida, não de forma religiosa, mas de escolhas e renúncias dentro daquilo que a vida oferece. Digo isso porque, nessa mesma novela, temos um outro escravo, um jovem, chamado Bentinho.

Bentinho é um inconformado, em cada infortúnio por que passa, ele repete sempre a mesma frase: "Um dia, um dia só, e eu não estaria aqui". Ele teria nascido um dia antes da Lei do Ventre Livre, a famosa Lei nº. 2040, de 28 de setembro de 1871, de onde se conclui que Bentinho teria nascido no dia 27 de setembro de 1871.

É sabido que muitos escravos quando libertos mal sabiam o que fazer com sua liberdade e muitos, os que eram melhor tratados, continuavam com seus antigos senhores. Bentinho não soltava seu espírito, não pensava que seu filho seria livre. Ele se aprisionava ainda mais numa mágoa, num inconformismo, o de ter nascido um dia antes da lei do Ventre Livre. Posteriormente, ele será liberto e aprenderá muitas coisas, inclusive a desfrutar da sua liberdade com altruísmo.

Às vezes, em nome da liberdade, nós nos escravizamos e nos deixamos escravizar.

Tempos depois, Pai José já falecido virou uma espécie de lenda na fazenda. O feitor dizia que nunca conheceu alguém como ele, que ele foi único.

Bentinho reforça como o "um" faz diferença.

Digo isso porque muitas vezes ouço alguém dizer: "um só, não faz diferença...".

Então eu me recordo de outra novela, cujo título não me lembro, mas o personagem interpretado por Antônio Fagundes, num embate sobre o um, que unzinho só não faz mal, ele sabiamente responde: "Em se tratando de passo, um pode te levar para o buraco."

Nesses casos, é mais sábio segurar a liberdade de poder dar um passo, e se conter em terra firme. Em outros momentos, é preciso usar da liberdade para se manter de pé, quando nos falta o chão.

Realidades literárias

A livraria Nobel, do Eco Valle Shopping, encerrou as suas atividades em fevereiro de 2018, e foi com tristeza que vi as suas portas fechadas.

Livrarias, para se manterem, precisam vender livros. A livraria fecha e quem perde com isso? Começa pelas pessoas que diretamente perderam o emprego e termina em quem perde a esperança...

Mas a fé continua e o shopping ainda não deixou de vender livros, tem uma maravilhosa Feira de Livros a dez reais. Pareceu-me que está um sucesso, todas as vezes que passo por lá tem pessoas comprando, folheando, e isso é maravilhoso! Porque uma sociedade, para se desenvolver, precisa de livros. É um processo de retroalimentação e de alto impacto social, mas precisamos conhecer as nossas realidades literárias.

O shopping é muito bem situado, está em uma cidade universitária, em uma região promissora, que dá sinais de resistência às crises. A cada ano isso se confirma, conforme noticiou o Jornal Folha Valle, na edição 105, o Prefeito de Lorena inaugurou mais um polo universitário da UNIVESP. O incentivo para o estudo, leitura e desenvolvimento humano está vindo de vários lados; o que precisamos é priorizar as nossas escolhas, organizar melhor o nosso tempo e fazer a leitura chegar a todas as camadas da sociedade. Nesse ponto o jornal tem um papel indispensável, principalmente os gratuitos. Os jornais devem ser como os capilares sanguíneos que chegam levando alimento e oxigênio a cada cantinho do nosso corpo.

Em vários sites especializados em desenvolvimento humano, está a tentativa de entender e explicar essa fraqueza na leitura. Cansamos de ouvir os professores reclamarem que os alunos não leem; esses, por sua vez, não leem porque seus pais não o fazem, e assim seguem as tentativas de explicar esse fenômeno. No entanto, chamou a minha atenção os que falam sobre os professores, coordenadores de cursos, pedagogos que não leem...

"(...) entidades de classe e editoras até hoje não conseguiram aferir, mas, nos bastidores, todos sabem: professor não gosta de ler. Como toda nota vermelha no boletim, essa também chega com muitas justificativas e desculpas. As explicações vão desde a formação educacional até o preço dos livros, passando pela indefectível falta de tempo." (Revista Educação) http://www.revistaeducacao.com.br/por-que-professor--nao-gosta-de-ler/

Já essa matéria já diz que:

"Os professores da educação básica brasileira (ensino fundamental e médio) não gostam de ler. Segundo dados do questionário da Prova Brasil 2011, 21% dizem que leem às vezes e 34% nunca entram em contato com um livro. Ou seja, menos da metade tem esse prática" (Gazeta do Povo) https://www.gazetadopovo.com.br/vida-e-cidadania/um-terco-dos-professores-nao-le-livros-cyfb5mg6wkgu8czf3cehrrnj0/

Para meu assombro e agravamento do meu espanto ao me deparar com essa realidade mais de perto, eis que li, ainda em fevereiro desse ano, uma matéria publicada no jornal Estado de São Paulo revelando um estudo do Banco Mundial que dizia:

"Um relatório inédito do Banco Mundial estima que o Brasil vá demorar 260 anos para atingir o nível educacional de países desenvolvidos em Leitura e 75 anos em Matemática. Isso porque o País tem avançado, mas a passos muito lentos." (O Estado de São Paulo – Estadão) https://educacao.estadao.com.br/noticias/geral,pais-so-deve-dominar-leitura-em--260-anos,70002206631

Confesso que essa notícia me deixou bem desanimada, como que sozinha na multidão dos séculos. Duzentos e sessenta anos! Por outro lado essa realidade confirma o que já está virando missão, a de continuar propagando a literatura e incentivando a leitura. Quem sabe não podemos acelerar esse processo? Nem que seja para duzentos e cinquenta e nove anos, é melhor do que atrasar para duzentos e sessenta e um. Ah! Já falei na coluna anterior sobre a importância do um, lembra?

Então, o problema da leitura passa por tudo, menos pela questão do tempo. Também já falei aqui nessa coluna como as mulheres citadas por Virgínia Woolf liam, elas punham os livros de poesias abertos em cima das tampas das panelas, para lerem e irem memorizando os poemas, enquanto cozinhavam.

E por falar em cozinhar, as palavras estão em todo lugar, em tudo há o que ler, e quando os olhos estão bem treinados a gente lê até embalagem de ovos. Confesso que nunca tinha atentado para aquelas letrinhas na caixa de ovos, mas outro dia meu filho leu: "Alérgicos: contém ovos".

Ufa, rimos aliviados!

Confortante ler na caixa que ali contém ovos, ainda mais nos dias de hoje em que tudo é falsificável, e rimos mais... (Sabemos que essa informação é obrigatória, mas não deixou de ser engraçada).

Acredito que a busca pelo conhecimento e pela leitura se fundamenta na atitude, no ato de alimentar a curiosidade, na atitude de persistir, na força de vontade, em tudo! Menos na falta de tempo, como insistem alguns, inclusive os especialistas.

No fundo, a gente sabe que o tempo não falta, pois que todos os dias têm vinte e quatro horas, sem faltar um segundo, é ou não é? Então vamos persistir investindo tempo no que realmente nos edifica! Força!

Entre os desafios e os jornais

Você se lembra de como começou a ler jornal?

Fora da escola, o jornal é uma de nossas portas de entrada para o mundo da leitura. Nos meus tempos de escola, as pessoas liam jornal no ônibus, e eu espichava os olhos e o lia "de carona".

Preferia sempre aqueles leitores espaçosos que abriam os braços bem ao largo para ler o jornal esticadinho, é que assim facilitava a minha leitura "roubada".

Quando a pessoa virava a página eu ficava furiosa, mas às vezes ganhava uma parte ou até mesmo o jornal inteiro, o que era uma alegria pra mim. Eu era daquelas que não tinha dinheiro nem para o gibi da Mônica, quem dirá para os jornais!

As mulheres preferiam ler livros, conversar ou olhar a paisagem pela janela.

Os leitores do JB eram os de terno e gravata, bem perfumados e de sapatos engraxados, o jornal sempre aberto na parte de política ou das agendas culturais de teatro...

Os leitores do O Globo eram mais esportistas, mas também perfumados, viravam as páginas com mais frequência.

E tinha os fumantes, que rotineiramente liam um jornal de Esportes que trazia sempre uma mulher de biquíni ao lado de alguma tabela de gols, mas isso não me interessava, talvez pela fumaça...

Quando chovia, era tiro e queda, (não o tiro e queda de hoje) é que era certeiro, nas primeiras gotas d'água, uma mão fechava a janela e a outra acendia um cigarro. E era sempre assim, para meu desespero!

Vez ou outra alguém reclamava porque, na verdade, nunca fora permitido fumar no coletivo, mas era mais comum acenderem um cigarro do que alguém reclamar, e bastava um e mais uns quatro *Maria vai com as outras* acendiam no rastro.

Dali a pouco a Praça da Bandeira alagava, o engarrafamento se instalava e pronto! Era o inferno estabelecido. Nem sei como sobrevivi a tamanho caos.

Sofri horrores nos ônibus do Rio, viação R. Credo! O tormento da Zona Oeste e Barra da Tijuca. Era muita a demora, muita mesmo, saíamos da escola na hora do almoço, tinha dia que saíamos meio-dia e cinquenta, uma temeridade! Já com fome, às vezes não dava para esperar tanto, atacava minha hipoglicemia, então nesses dias de mais demora, eu e uma amiga gastávamos o dinheiro da passagem para comprar guloseimas na Casa Sendas.

Esse era nosso motivo; morávamos longe, impossível ir a pé ou de bicicleta. Então tínhamos que pedir ao chofer para entrarmos pela frente, (no Rio de antigamente motorista era chofer, resquícios da *Belle Époque* carioca) assim evitávamos a roleta de cobrança e o cobrador. (Naquela época a entrada e a saída dos ônibus era o contrário de como é hoje, a entrada era pela porta de trás, onde estava instalada a roleta, e descia-se pela porta da frente, dando um até logo ao chofer. Mas, por medida de segurança, a ordem foi invertida...)

Eu estudava em escola particular, e só alunos da rede pública entravam pela frente. Ah, como eu desejava aquela farda que dava acesso livre! O Estado não queria saber se eu era bolsista ou não, para todos os efeitos, quem usava uniforme de escola particular é porque tinha dinheiro para mensalidade, livros, merenda e passagem. Mas não tinha, não tinha, não tinha nada, apenas o uniforme e um tênis Montreal, marrom, que também era uniforme, e ai de quem não usasse!

E lá ia eu e mais um monte de estudantes de escolas particulares pedir carona no ônibus, meninos e meninas, e era até bastante comum, geralmente tinha fila. Quem pedia entrava primeiro, e o sensato era entrar no máximo cinco por ônibus. Faço aqui a minha confissão de *mea-culpa*, pois como diz o ditado: "o errado continua sendo errado, ainda que todos estejam fazendo." Mas conta como atenuante a sentença: "quem não tem teto de vidro que atire a primeira pedra"...

Pois bem, o fato é que, talvez por desvio de foco, ficávamos horrorizados com os caloteiros. Eram rapazes, (nunca testemunhamos meninas fazendo isso) eles entravam no ônibus pela porta de trás, mas não passavam na roleta, em determinado ponto, ao que o motorista abria para alguém subir, eles desciam correndo sem pagar. Nós nos sentíamos diferentes, porque éramos estudantes e tínhamos permissão para estar ali sem pagar.

Fortes lembranças deixaram aqueles tempos em que a gente entrava no ônibus pela porta de trás e descíamos pela porta da frente, onde os nossos crimes eram: ler o jornal alheio e pedir carona para voltar da escola. E quando tiro e queda significava apenas que, ao chover, alguém iria fechar a janela e outro acender um cigarro.

Foram-se os fumantes dos ônibus e ficaram os jornais em várias versões, para a nossa salvação.

Você guarda mágoa, ou é a mágoa que te guarda?

Estive revisitando o *Livro de Mágoas*, da escritora portuguesa Florbela da Conceição Espanca. Aí está uma pessoa que soube sofrer com elegância! E ela sabia exatamente para quem escrevia: um seleto público de leitores sofredores, daqueles que encaram a dor, olhos nos olhos, estando ou não com medo. Esses não saberiam sorrir, guardando dentro de si, um gesto de covardia.

Florbela diz nos primeiros versos desse livro:

"Este livro é de mágoas.
Desgraçados que no mundo passais, chorai ao lê-lo!
Somente a vossa dor de Torturados pode,
talvez, senti-lo... e compreendê-lo..."

Então você me perguntaria: e quem é que pensa em elegância na hora do desespero? Bem, não é na hora exata, é depois, é no momento da mágoa, na hora de remoer. Nessa hora tem gente que mastiga a mágoa com a boca aberta, e fica ali ruminando, ruminando, mas há os que mastigam elegantemente, de boca fechada, e com o garfo deposita, calmamente, o caroço no prato.

E como falar de mágoas, dores e elegância sem se lembrar, também, dos poemas de Francisco Otaviano e Paulo Leminski? Quase impossível! Eles são dois, dos muitos escritores brasileiros que também souberam, cada um à sua maneira, sofrer com elegância. Dos seus caroços brotaram versos para os quais me faltam os adjetivos, pois transcendem as palavras, as dores, as mágoas... Atingem o âmago da alma, como este de Paulo Leminski:

"um homem com uma dor
é muito mais elegante
caminha assim de lado
como se chegando atrasado
andasse mais adiante

carrega o peso da dor
como se portasse medalhas
uma coroa, um milhão de dólares
ou coisas que os valha

ópios édens analgésicos
não me toquem nessa dor
ela é tudo que me sobra
sofrer, vai ser minha última obra"

E este do Otaviano:
"Quem passou pela vida em branca nuvem,
E em plácido repouso adormeceu;
Quem não sentiu o frio da desgraça,
Quem passou pela vida e não sofreu
Foi espectro de homem – não foi homem,
Só passou pela vida – não viveu."

Os poemas falam por si. E por isso, fico até sem jeito de

continuar escrevendo depois de transcrever versos dessa magnitude.

Mas preciso dizer que, ao longo da vida, tenho percebido que as pessoas vêm perdendo a elegância do sofrimento, hoje as pessoas sofrem feio, como se feio fosse o sofrer, quando feio é se mostrar alegre, sem o ser...

Usando o jargão contemporâneo: "para que tá feio!".

Deixe a mágoa guardar você, protegê-lo pela experiência de vida, mas não guarde mágoa, não a remoa. Quanto mais se tenta sufocar a dor, mais tempo passamos remoendo, é preciso tratar a dor, resolver o problema, encarar a dor, mas às vezes o problema só se resolve com a quietude do repouso, com o silêncio.

Nesse tempo de silêncio nós damos tempo para a alegria se nutrir, ganhar sustância e ressurgir com força, com vontade e com verdade. Para isso, é importante ir alimentando a mente com mais arte, com boa música, com bons livros, com mais poesia. Esses são bons nutrientes para a mente, são os recursos de que ela vai lançar mão na hora do aperto.

É preciso ter bons ingredientes estocados na mente para dar a volta por cima; mas se a pessoa vai lá e estrangula o sofrimento, não vive a "quarentena" da dor, da mágoa, do luto, ela perde os frutos dos seus caroços, num esforço vão de impor uma alegria pálida. E acabam estocando mágoa e sofrendo sem elegância.

Farsa da boa preguiça

Acho interessante como o dicionário define preguiça: "Preguiça (pré-gui-ça) Substantivo Feminino. 1. Falta de vontade ou de energia para agir, para atuar em qualquer atividade: desídia, leseira, lombeira (...)" E para cada uma dessas palavras, uma nova onda de definições, para desídia algo que pode ser mais atrelada ao caráter da pessoa, tipo desleixado. Leseira seria falta de ânimo e lombeira vem a ser a pouca disposição para o trabalho, que pode ser momentânea, como na situação após o almoço.

Bem se vê que preguiça tem um significado muito democrático, mas o que estaria por trás da preguiça? Uma palavra que tem grande utilidade de uso e cabe em incontáveis situações que nos exigem atitude. Há preguiça de fazer uma atividade física, preguiça de ler, preguiça de varrer uma calçada, preguiça de lavar o carro...

Curioso é que muita gente acha mais fácil admitir a preguiça pela preguiça, como se não houvesse nada por trás, do que investigar o que ela esconde. Preguiça pode ser sintoma de alguma doença, mas não é para sair correndo para o primeiro hospital a qualquer sinal de uma preguiça fruto de um cansaço justificável. Mas também não dá para ter preguiça de quase tudo, todos os dias, aí sim, esse pode ser um sinal de alerta.

No livro *Farsa da Boa Preguiça*, uma peça teatral, seu autor, Ariano Suassuna escreve:

"Há uma Preguiça com asas,

outra com chifres e rabo.
Há uma preguiça de Deus
e outra preguiça do Diabo."

Segundo o próprio autor, ele sofreu críticas por parte dos pensadores marxistas, de que estaria, com essa peça, fazendo apologia à preguiça e ao conformismo diante das dificuldades da vida. Críticas injustas e errôneas, a meu ver, que remetem também à questão do Jeca Tatu, personagem de Monteiro Lobato, que sofreu também certas críticas, algumas de natureza semelhante.

Costumo desprezar as críticas que desconstroem e não constroem nada no lugar, isso é terrorismo intelectual, quando não, oportunismo para pegar carona na visibilidade das obras.

Na quinta edição do livro, Ariano diz que, quando a peça estreou no Recife, em 1961, ele não se defendeu das acusações porque elas eram feitas por poderosos: "Naquele ano, como os que me acusavam eram os poderosos do dia, calei-me por orgulho, não me defendi nem expliquei o verdadeiro espírito da peça, porque não costumo dar explicações aos poderosos. Hoje, a situação é diferente."

Vê que atitude a desse homem! Você há de convir comigo que se trata de um sábio, e dos raros.

Então ele explica: "Na verdade, o elogio que eu queria fazer na peça era, em primeiro lugar, o do ócio criador do Poeta. Contam que, certa vez, um homem de ação — não sei se industrial ou comerciante — teria dito ao paraibano José Lins do Rego uma dessas frases com que, de vez em quando, esse pessoal fala a nós, escritores, com afetuoso desprezo: 'Então, Doutor? A vida é para o senhor, hein? Vida folgada, trabalhando pouco...' 'Eu escrevo muito!', objetou José Lins do Rego. 'E escrever é trabalho?', insistiu o homem. Ao que o paraibano teria retrucado meio ácido: 'Para quem olha o mundo pelo ângulo da cangalha que usa, não!' Pois bem: essa ideia do ócio criador do Poeta, do artista e do Santo era uma das duas ideias centrais da *Farsa da boa preguiça*."

Entendo que a preguiça que gera frutos, que são primeiramente criados na mente, é tão útil quanto ao trabalho do movimento, aquele que a gente enxerga de imediato. Não vamos sair por aí chamando alguém de preguiçoso a torto e a direito. Precisamos conhecer a natureza da preguiça, que pode ser nociva da ordem da saúde, o que requer atenção. Ou de ordem da preguiça pela preguiça mesmo, relacionada à personalidade ou caráter, e que requer empenho e força de vontade, ou pode ser da natureza da criação, ao que costumam chamar de ócio criativo. Fato é que a preguiça sempre requer atenção, precisamos mergulhar dentro da nossa preguiça e entender o que está acontecendo para poder identificá-la e dar um rumo para ela, porque o tempo não para esperando a preguiça passar.

Esse artigo foi escrito em um dia de muita preguiça física.

Que toda preguiça nos sirva para alguma coisa, que todo ócio seja construtivo, porque *mente vazia é oficina do diabo*, que nada nos acrescenta de bom na vida.

"Há um ócio criador, / há outro ócio danado,
há uma preguiça com asas / outra com chifres e rabo!
Há uma preguiça de Deus / e outra preguiça do Diabo! (...)
Viva a preguiça de Deus que criou a harmonia, que criou o mundo e a vida, que criou tudo o que cria!"

E a mania virou superstição

Maria Angélica era uma colega de faculdade, que sempre fazia as provas com a mesma caneta. Por volta do terceiro semestre ela começou a apresentar certo distanciamento de nós e alguma inquietação, estalava os dedos, balançava as pernas e fazia tic e tac apertando o botão de outra caneta.

Pelos corredores da faculdade corria a fama de que ela frequentava uma daquelas belas casas de cartomantes da W3 Sul (nome de uma rua em Brasília). Isso não chamaria a atenção se não fosse pelo fato dela ir três vezes por semana e, naqueles dias, alguém sempre a via entrar ou sair. Como disse o escritor Lima Barreto em sua crônica: *Não se zanguem*, eu também "Não tenho absolutamente nenhuma ojeriza pelas adivinhas; acho até que são bastante úteis, pois mantêm e sustentam no nosso espírito essa coisa que é mais necessária à nossa vida que o próprio pão: a ilusão."

É, um pouco de ilusão não faz tão mal, vez ou outra, o problema é viciar-se nela.

Mas Lima Barreto talvez se incomodasse pela má-fé de alguns, daqueles que alimentam superstições, crenças em amuletos, fidelizam seus clientes e por vezes agravam os problemas das pessoas que chegam lá com uma angústia e saem com dois problemas...

Em outra crônica (de título: *Anúncios...Anúncios*) Lima Barreto escreve: "Outra coisa que me surpreende, na leitura da seção de anúncios dos jornais, é a quantidade de cartomantes, feiticeiros, adivinhos, charlatães de toda a sorte que proclamam, sem nenhuma cerimônia, sem incômodos com a polícia, as suas virtudes sobre-humanas, os seus poderes ocultos, a sua capacidade milagrosa."

Voltemos ao caso de Maria Angélica, o tempo foi passando e, na proporção em que se aproximava a semana de provas, Maria intensificava o tic e tac da caneta. Ela tinha várias dessas canetas de botão, a cada dia ela estalava mais os dedos, sacudia mais as pernas, e se quebrava o botão da caneta jogava fora imediatamente, e do estojo pegava outra sem cerimônia. Bastava não ter o que copiar do quadro e o tic e tac reaparecia, era a trilha sonora que acompanhava a explicação do professor.

Tornou-se um som como o do ventilador, no começo incomodava, e quem sentava perto dela pedia para parar, porque o sacudir das pernas balançava a cadeira alheia, somado ao tic e tac, ficava difícil, mas era inútil se queixar. Oscar, o colega que sentava atrás dela, sempre falava: "Maria Angélica, para com essa mania!" Mas o jeito era deixar o ventilador ligado para dispersar o som.

Os professores sofriam, porque em meados de junho já faz um friozinho nas noites de Brasília, ainda assim lá estavam os ventiladores, o tic e tac e a professora de Grécia Antiga, rouca de dar dó.

No dia da primeira prova, passados quinze minutos, a nossa colega inquieta se agitou na carteira, largou a prova amassada. E, em cinco passos que deu até a mesa da professora, já parecia recomposta, mas na verdade não conseguíamos descrever seu perturbado estado de espírito, com voz aflita foi rapidamente falando:

"Olha! Você viu?" Mas sem dar tempo da professora perguntar 'o quê?' emendou: "Isso foi uma tragédia anunciada! Eu sabia, e o que você vai fazer agora para resolver isso? É sua culpa! É sua culpa, sua culpa!"

E nesses últimos "sua culpa" ela já estava muito alterada, tinha movimentos corporais bem exaltados, movia a cabeça de um lado para o outro, imprevisível!

Nessa situação todos os corações palpitaram no mesmo ritmo, todas as trinta e nove canetas daquela sala pararam entre os dedos, ninguém ousava marcar um X em qualquer questão. Todos queriam saber do que se tratava. Afinal de contas, dias antes, uma explosão no transformador já havia assustado os alunos, estavam todos ansiosos pelas provas e meio sobressaltados, seria algum ex-namorado ciumento que a esperava do lado de fora? Uma bomba que alguém deixara no banheiro, sabe-se lá!?

Em terras em que se taca fogo em índio indefeso, tudo é possível! Pelas cabeças passavam perguntas seguramente mais difíceis de responder do que aquelas provas esquecidas nas carteiras.

Pois bem, a professora Valquíria era uma mulher corada, de olhos vivos, sobrancelhas grossas e bem delineadas, mas que, com o rompante da Maria Angélica, empalideceu de tal modo que até suas sobrancelhas perderam destaque. Mas com seus olhos vivos e agora arregalados de susto, falou com sua voz pausada:

— Sim, Maria Angélica, eu vou resolver, mas o que houve?

Ao ouvir seu próprio nome e a promessa de uma solução, Maria Angélica se acalmou um pouco, como em passe de mágica, ponto para a professora Valquíria!

— A caneta não vai mais fazer a prova, se ela não fizer a

prova, quem vai fazer? — insiste Maria Angélica na solução.

Parecia brincadeira. alguns até quiseram rir, mas o caso era sério. Então o Oscar perguntou o que acontecera com a caneta. E Maria Angélica respondeu:

— Acabou a tinta, e essa é a minha caneta da sorte.

— Eu te disse que essa mania ia virar superstição! Agora senta que a gente vai dar um jeito!

Oscar era firme, sempre fazia os trabalhos em grupo com ela, ele transmitiu segurança e Maria Angélica sentou.

Tratava-se de uma caneta Bic, aquela modelo transparente, obviamente ela percebeu que a tinta estava acabando, a sorte estava no corpo da caneta, talvez por isso, o corpo de Maria Angélica se agitara tanto nos últimos dias...

Oscar sugeriu trocar o cartucho, mas isso implicava em trocar a ponta, e ela não queria, por outro lado todos queriam ajudar a sanar o desespero de Maria Angélica. Determinado a solucionar a questão. Oscar se prontificou a trazer uma seringa e fazer uma transfusão de tinta para a caneta dela, essa proposta fez reluzir o rosto da nossa colega. Então a professora propôs que e a prova ficasse para outra aula, todos concordaram, fariam a prova todos no mesmo dia, não deixaríamos Maria Angélica fazer prova sozinha.

Provas corrigidas e mais uma vez Maria Angélica esnobava a sua nota 10.

No semestre seguinte soubemos que ela trocara as visitas na casa da cartomante por terapia com um psicólogo e aulas de equitação, os tic e tac foram silenciados e na formatura Maria Angélica foi a oradora da nossa turma.

Maio, Mães, Medeia e Mitologia

Maio é o mês das mães, então vamos falar sobre elas.

O mês parece girar em torno de uma unanimidade: as santas mães. Queria falar só das virtudes das mães, como todo mundo faz, mas como dizia minha mãe: "eu não sou todo mundo". Então começo dizendo que nem toda mãe se inspira na virgem Maria, há mães que são regidas por uma aura de Medeia. Acho que isso precisa ser lembrado, já que, não é por ser Medeia que deixa de ser mãe, e é dessa mãe Medeia que vou falar, porque das outras mães já tem muita gente falando. Ah, sobre os pais podemos falar em agosto. Agora é a vez delas.

Medeia é uma figura da Mitologia Grega, filha de Eetes, rei da Cólquida (hoje República da Geórgia), Medeia era uma princesa voluntariosa...

Pode até ser que alguém faça polêmica com o que vou dizer, seja por má-fé ou por ingenuidade. Em todo caso, alguém precisa falar sobre as mães Medeia e também lembrar o sofrimento dos órfãos de mães vivas. É que muitos filhos que sobrevivem ao modelo Medeia de mãe, amargam traumas, tristezas, mágoas e muitas lágrimas são derramadas nos dia das mães.

Medeia traiu o próprio pai para agradar e conquistar de vez o seu amado Jasão, que após roubar uma relíquia do reino, fugiu da ira do rei Eetes e junto com Medeia embarcou para a Grécia. Medeia era tão, digamos, "psicopata", que ao ver o navio do rei no encalço deles, atrás da relíquia roubada, mata o próprio irmão, Absirto. Depois o esquarteja, manda o marinheiro seguir com velocidade e vai jogando os pedaços do irmão ao mar... Por quê?

"Gravíssima pena pesa sobre todo aquele que, podendo, não dá sepultura em terra a um morto em alto-mar; assim, o rei vê-se obrigado a parar para recolher os pedaços do filho, que Medeia joga de tempos em tempos nas ondas revoltas. — Oh, mulher perversa... — bradam os homens de ambos os navios." (*Melhores Histórias da Mitologia* – vol. 2, de A.S. Franchini e Carmen Seganfredo.) Assim ela ganha tempo e tem sucesso na fuga.

Medeia cometeu muitas outras atrocidades para proteger e manter Jasão ao seu lado, a vida seguiu... Por fim, por conta das brigas e separação, para atingi-lo, ela matou os próprios filhos que teve com ele.

Esse era basicamente o perfil de Medeia, e lembrem-se: mulheres assim também são mães. Os feitos de Medeia seguem descritos em vários livros, entre eles o já citado: *As Melhores Histórias da Mitologia* – vol. 2, de A.S. Franchini e Carmen Seganfredo. Na minha percepção esse livro traz uma versão amena sobre as supostas intenções de Medeia ao envenenar os filhos. Em todo caso, essa versão mostra que Medeia usou os filhos para assassinar a filha do rei de Corinto, a princesa Creúsa, que se casaria com Jasão. Medeia, possuída de ódio por ter sido trocada, não mediu esforços para pôr em prática a sua sórdida vingança.

E quantas mães não usam seus filhos de maneira até pior? Ou numa tortura *Ad Aeternum* cometem abusos, negligência, maus tratos, violência...

Mães se sacrificam em benefício dos filhos, mas há as mães Medeia que sacrificam os filhos, em benefício próprio.

Há mães que, por não terem recursos mínimos para a sobrevivência, até se prostituem para mantê-los, e há as mães Medeia que jogam as suas crianças na prostituição para serem mantidas por elas.

Há mães que largam seus parceiros para protegerem seus filhos, e há as mães Medeia que largam os filhos ao Deus dará, para ficarem com seus parceiros.

Há mães que dão a vida por seus filhos, e há mães Medeia que levam os filhos ao desespero do suicídio.

A lista das mães Medeia e de seus crimes é grande. Precisamos saber identificar as mães, das mães Medeia.

Saindo da Mitologia e entrando na história bíblica, vemos que Salomão soube distinguir uma mãe de fato, de uma mãe de araque, quando julgou a Causa das Duas Mulheres que tiveram filhos por volta da mesma ocasião. Vamos relembrar esse caso. Elas moravam na mesma casa, o filho de uma morreu, então mãe do que morreu trocou os bebês, mas a mãe do bebê vivo notou que a outra mulher havia trocado as crianças; o morto pelo vivo. Então levaram o caso ao rei Salomão, e a discussão seguia: "O morto é seu filho, o vivo é meu" e a outra dizia: "O vivo é meu, o morto é seu". Até que Salomão mandou vir uma espada e disse:

"Divide em duas partes o menino vivo e dai metade a uma e metade a outra. Então, a mulher cujo filho era o vivo falou ao rei (porque o amor materno se aguçou por seu filho) e disse: 'Ah! Senhor meu, dai-lhe o menino vivo e por modo nenhum o mateis'. Porém a outra dizia: 'Nem meu nem teu; seja dividido'. Então, respondeu o rei: dai à primeira o menino vivo; não o mateis, porque esta é a sua mãe." (1 REIS)

Eis aí a diferença: o "amor materno".

Feliz mês das mães!

A vida não usa relógio

Quando ele chegou ao ponto, o bonde havia saído fazia cinco minutos. Em torno dessa informação é que José de Alencar conta a história do romance: *Cinco Minutos* (1856).

Quem anda ou andou de ônibus conhece bem a sensação de se perder o ônibus. Raramente uma pessoa dirá: "Ah, paciência!" Em geral é um misto de sentimentos, potencializado pelo objetivo que se tem em percorrer aquele trajeto.

Muitas vezes perder é sinônimo de ganhar. Parece contraditório, porque nós não fomos educados para lidarmos com a perda de modo a tirar proveito dela ou nem mesmo somos capazes de cogitar a possibilidade de uma perda ser um desvio, que evita uma tragédia. Vá saber o desenho das teias do destino!

Em vez de ampliarmos a visão do que fica, permitimos que o caos se instale, então vem a ansiedade, a impaciência, o descontrole emocional. Assim, de uma perda, perde-se a saúde, perde-se a paz de espírito, perde-se amigos, tudo isso porque só se foca no prejuízo, ou no ônibus que se perdeu, no engarrafamento que faz perder tempo e assim vai...

Li *Cinco Minutos*, em 1988, só me recordo do ano porque foi uma daquelas leituras obrigatórias da escola, e ele foi um dos livros que ajudou a moldar a minha visão de mundo. Naquela época eu ficara muito impressionada, me perguntava: Como míseros cinco minutos mudariam, para melhor, toda uma história de vida? O incrível é que fatos, que nem levamos em consideração e nem vemos com o potencial de alguma grande mudança e até mesmo os de aspectos negativos, se tornam uma guinada positiva na estrada da vida. E foi o que aconteceu no romance.

O autor do livro não diz o nome do personagem narrador, mas ele conheceu a sua futura esposa, Carlota, no bonde em que subiu algum tempo depois de perder o bonde anterior, por conta dos cinco minutos de atraso. Foi amor à primeira vista, apesar de ele não ter visto o rosto dela, pois estava coberto por um véu.

Naquela época, o recato e a restrição de comunicação eram entraves para se iniciar qualquer relação. As relações aconteciam por meio de cartas, recados ou bilhetes, e como ninguém sai dando o endereço da casa assim para um desconhecido, o jeito foi ele ir por quinze dias seguidos pegar, pontualmente, aquele mesmo bonde, na esperança de reencontrá-la, mas sem sucesso. O destino quer confirmar que ele age na hora que bem entende.

Os jovens apaixonados se reencontraram em outras ocasiões. A questão do tempo, ou melhor, da relatividade do tempo e de sua força é algo que marca o texto. Se por um lado cinco minutos fazem diferença no destino, por outro lado, a ansiedade modifica a percepção do tempo, mas para o que já está traçado não causa nenhuma alteração, porque o que tinha de ocorrer aconteceu independente dessa percepção atormentada do passar do tempo, como nesse trecho:

"Vivi um mês, contando os dias, as horas e os minutos; o tempo corria vagarosamente para mim, que desejava poder devorá-lo.

Quando tinha durante uma manhã inteira olhado o seu retrato, conversado com ele, e lhe contado a minha impaciência e o meu sofrimento, começava a calcular as horas que faltavam para acabar o dia, os dias que faltavam para acabar a semana e as semanas que ainda faltavam para acabar o mês."

Essa conduta do personagem em nada alterou o curso dos acontecimentos, a não ser um serviço doméstico que ele poderia ter feito em vez de ficar fazendo essas contas inúteis. A vida não usa relógio, ela segue o curso que tem de seguir, no tempo dela.

Por vezes nós também perdemos um tempo enorme calculando o tempo para isso ou aquilo, e as coisas mais importantes acontecem fora do nosso tempo programado.

Carlota era alguém que, no começo da narrativa, se mostrou ser uma jovem sedutora, mas que vai se revelando uma moça sem vigor, doente de morte, mas que teve a vida salva pelo beijo e abraço do personagem apaixonado. "— Oh! Quero viver! — exclamou ela." Essa cena remete ao beijo que desperta a Bela Adormecida...

Se por um lado o personagem tem um pulso que ousa querer controlar o tempo e o rumo das coisas, por outro lado, Carlota até então, não tem força vital. Eu a chamaria de "mosca morta", mas que despertou com a força da paixão do amado, que viajou para a Europa atrás dela, onde ela teria ido para tentar curar a sua enfermidade.

"Desta pequena causa, desse grão de areia, nasceu a minha felicidade; dele podia resultar a minha desgraça. Se tivesse sido pontual como um inglês, não teria tido uma paixão nem feito uma viagem; mas ainda hoje estaria perdendo o meu tempo a passear pela rua do Ouvidor e a ouvir falar de política e teatro."

Acho curioso ele achar que não teria conhecido a Carlota se não tivesse perdido o bonde anterior, mas quer saber o que eu acho? Que se ele tivesse sido pontual, ela poderia ter se adiantado por alguma razão e ter pego o bonde anterior. Afinal de contas, quem nunca chegou um pouco mais cedo em algum lugar?

Como disse Manuel Bandeira em um poema: "o cálculo das probabilidades é uma pilhéria".

Golpe do baú

Quando falo sobre os livros nessa coluna, penso nas pessoas que não gostam de saber o fim da história, mas, por outro lado, penso em quem é como eu que, mesmo sabendo que o Titanic afundou, revi o filme dezenas de vezes...

Gostamos das surpresas, mas nos relacionamentos procuramos a estabilidade que a confiança estabelece, mesmo sabendo da existência da imprevisibilidade da vida.

Engana-se muito quem acha que é difícil ser enganado. A prática de iludir e enganar o inimigo vem desde que o homem é homem. A camuflagem é um recurso de sobrevivência de muitos animais, não se restringindo às borboletas, camaleões ou à lagartixa-satânica-cauda-de-folha (que de satânica não tem nada). Pois é, o ser humano também se camufla, se por um lado todos sabem que há lobos em pele de cordeiro; por outro há os que acreditam em qualquer aparência, sem julgar se se trata ou não de uma camuflagem.

Até mesmo um noviço desconfia das aparências.

A propósito, *O Noviço*, personagem e título do livro que quero sugerir para leitura, trata-se de uma peça teatral que inaugura a comédia no teatro brasileiro pelo ilustre autor Martins Pena.

Ambrósio e Rosa se casaram no Ceará. Dois anos depois do casamento, ele partiu com o dinheiro que Rosa herdara da mãe para investir em um banco em Montevidéu, no Uruguai; nunca mais voltou. Seis anos depois da sua partida, a esposa conseguiu localizá-lo. Ele estava no Rio, casado com outra mulher, Florência, uma viúva rica. Ele tinha um mau caráter, ela, o Complexo de Cinderela: deu certinho. Florência, mesmo rica, achava que sem esse segundo marido não seria capaz de dar conta da vida. Uma mulher que vive de ilusão é o par perfeito para um *malandrão*.

Tem mulher iludida que acha que vai mudar o marido e vice-versa, e tem mulher como a Florência que, por sua vez, também estava iludida, achando que Ambrósio, seu marido, era perfeito. Tem até quem ache que fará de um guerreiro nato um frade, como é o caso de Carlos, o Noviço descrito no livro.

Florência talvez desconhecesse a *lábia* poderosa de quem trama um belo golpe do baú, e falava sozinha: "Se não fosse este homem com quem casei-me segunda vez, não teria agora quem zelasse com tanto desinteresse a minha fortuna. É uma bela pessoa... Rodeia-me de cuidados e carinhos..." Tenho alguns amigos que se ouvissem isso hoje em dia, diriam: "Ah, vá!"

Carlos, sobrinho de Florência, era noviço, não porque tinha inclinação para tal ofício. Ambrósio era um ser camuflado, e astutamente convenceu Florência a mandar o sobrinho (Carlos) para o seminário, a filha (Emília) para um convento e o filho caçula (Juca) já estava recebendo as devidas influências para também ser frade. Para Ambrósio, nada melhor do que mantê-los isolados, para que ninguém pusesse desconfiança em suas cabeças, e, sem os três para fatiarem a herança, o caminho de Ambrósio estaria livre para o sucesso total de mais um golpe do baú.

Toda a trama nos orienta também para a reflexão sobre os talentos das pessoas. Carlos vivia fugindo do seminário e ele, em conversa com sua prima Emília, dizia:

"Não que a vida de frade seja má; boa é ela para quem a sabe gozar e que para ela nasceu (...) Eis aí o por que vemos entre nós tantos absurdos e disparates. Este tem jeito para sapateiro: pois vá estudar medicina... Excelente médico! Aquele tem inclinação para cômico: pois não senhor, será político... Ora, ainda isso vá. Este outro só tem jeito para caiador ou borrador: nada, é ofício que não presta... Seja diplomata, que borra tudo quanto faz.

Aquele outro chama-lhe toda a propensão para a ladroeira; manda o bom senso que se corrija o sujeitinho, mas isso não se faz: seja tesoureiro de repartição, fiscal, e lá se vão os cofres da nação à garra."

A contrariedade de Carlos era agravada pelo fato dele não ter inclinação para o ofício de frade, sua vocação estava no extremo oposto: ele queria ser militar e falava expressando a imaginação que brotava do seu sonho: "Eu, quisera viver com uma espada à cinta e à frente do meu batalhão, conduzi-lo ao inimigo através da metralha, bradando: ´Marcha... Camaradas, coragem, calar baionetas! Marche, marche! Firmeza, avança! O inimigo fraqueia... Avança bravos companheiros, viva a Pátria! Viva!' e voltar vitorioso, coberto de sangue e poeira... Em vez desta vida de agitação e glória, hei de ser frade, revestir-me de paciência e humildade, encomendar defuntos..."

Vimos, no Brasil de hoje, muitas histórias trocadas. Talvez não pela imposição familiar, mas social, econômica, cultural... A obra vai discorrendo sobre várias outras inclinações. Infelizmente, em geral, ainda não se vive de talento nesse Brasil.

Ambrósio, por sua vez, também deu pistas de sua vocação: "Se em algum tempo tiver de responder pelos meus atos, o ouro justificar-me-á e serei limpo de culpa. As leis criminais fizeram-se para os pobres." Essa história já é batida...

Ocorre que Rosa, a primeira esposa, o descobriu. Florência e todos os demais ficaram a saber quem de fato era o senhor Ambrósio. E, depois de muitas cômicas confusões e algumas trapalhadas, Ambrósio... espera um pouco, não posso contar o final dessa história...

Salada de letras

No fundo no fundo, nem tudo na nossa vida e no nosso dia a dia é assim tão novo, nem tão novidade como o mundo acelerado nos mostra.

A começar pelas batatas que comemos, seja em forma de purê, aos pedaços numa bacalhoada, as fritas servidas nos *fast food* ou aquelas embaladas em sacos barulhentos. É sempre a boa e velha batata. Há séculos recheando a barriga da nossa gente. E o trigo então? Milenar! É um dos mais clássicos alimentos no cardápio da humanidade.

Sempre que posso chamo a atenção para esses nossos mais primitivos companheiros das horas difíceis, na hora em que a forme aperta o corpo pede comida com sustância. Até mesmo a mente quando precisa ser bem nutrida, nada melhor como a leitura de um bom clássico.

Na Greve dos Caminhoneiros, o bom e velho feijão com arroz e batatas garantia o estoque da sobrevivência por algum tempo. Ah, sim! As batatas e as verduras não foram esquecidas e logo iam sendo levadas para casa. Mesmo quem nunca comia salada não deixava escapar nem uma folha murcha; era melhor fortalecer o sistema imunológico, como pensavam alguns. Por fim, a raiz das crises geralmente será algum combustível, seja físico, moral ou os das nossas máquinas.

Durante as manifestações, cada um se preocupava mais com um combustível do que com outro. Havia uma espécie de hierarquia das necessidades, como se elas não se esbarrassem em algum ponto não muito distante. O mais importante para alguns era o gás; para outros, gasolina; mas meu eu primitivo só pensava em comida, e eu ria de mim mesma. Essa minha gula me faz passar vergonha, vergonha essa que só durou até ver a alta dos preços de produtos que ainda nem tinham acabado, senti vergonha alheia.

Confesso minha mediocridade quando cheguei ao mercado e vi as caixas de bombons, ali, intocáveis, sorri. É que chocolate é a versão sólida do álcool, é *flex*: ingere-se quando se está alegre ou quando se está triste. Mas isso só na fartura, daí a gente pode até cantar como o bom Tim Maia: "não adianta vir com guaraná pra mim é chocolate o que quero beber". Ou essa, mais didática, do Patati Patatá: "... Comer comer / comer comer / é o melhor para poder crescer. / Quero comer no almoço / Um bife bem grosso / Polenta, batata e arroz / Prefiro carne assada / Banana amassada com leite...". Então chegamos na Banana, outro alimento clássico...

Mas vamos ao que interessa: quero sugerir hoje os livros da série infantojuvenil *Diário de um Banana*, do autor Jeff Kinney. Pois é, tenho falado aqui sobre vários clássicos da Literatura, mas estive visitando a estante do meu filho. Filhos crescem e alguns livros são deixados meio de lado, e fui diretamente neles. Queria sugerir a leitura de um livro recente e eis que me deparo com o volume oito da série. Apesar do personagem do livro já ter ganhado vida nas telas do cinema, o livro sempre vale ser lido.

Comecei a ler e não consegui parar. O *Diário* fala das aventuras, angústias, relações interpessoais e expectativas do personagem Greg Heffley, diante da vida.

Foi então que, de forma inesperada, lá estavam as batatas: "O Nolan come todas as batatas, mas sempre deixa pra gente aquelas que ficam caídas dentro do saco. Eu já vi uns caras saindo no tapa por causa de meia dúzia de batas fritas frias e murchas." Pessoas e personagens sendo gente dentro e fora dos livros...

Instantes após ler isso, lembrei-me dos vídeos compartilhados nas redes sociais, na semana da Greve, gente de Deus! O que era aquilo? Onde foi parar a fé do povo? Eram brigas na fila, por sei lá qual motivo, mas o que me impressionou foram as armas: eram embalagens de amaciante de roupa tacadas nas cabeças das pessoas caídas pelo chão, um rebuliço de envergonhar a nossa espécie.

Pode ser que um dia eu mude de ideia, mas hoje acredito que até a digna luta pela sobrevivência tem limites. Achei patético! Como diz uma fábula de Esopo, que não me recordo qual, mas um dia poderei falar dela aqui, a presa sem poder escapar e ao preferir morrer num altar de um Deus, diz: "morrer, mas com toda dignidade".

Após o pensamento ser invadido por aquela lembrança, mergulhei novamente no livro e vejo o Greg se queixando do convite que a mãe elaborou para o seu aniversário. O convite é lindo e acho que vale ser compartilhado incontáveis vezes: "Venha comemorar... Festa de aniversário de Greg Heffley, sábado às 16h."

E aqui a parte mais legal, que por ter suas razões Greg não gostou, já que as mães dos seus colegas também resolveram adotar o convite e a sugestão de presente virou moda. "P.S. Gregory já tem brinquedos demais... Se quiser trazer um presente, que tal um livro?"

Você pode dizer que foi corporativismo, mas eu amo quando um livro faz *merchandising* (anúncio publicitário) de livro, afinal se ele não fizer quem o fará?

Fica a dica: foi convidado para uma festa? Então a sugestão é: dê um livro de presente.

Memórias em conserva

Por mais que a gente seja bom de garfo, sempre tem alguma coisa que não cai bem, seja no visual, no paladar ou por ser difícil de digerir. Não foi o que aconteceu no meu caso com o palmito, que eu sempre apreciei. Mas algo aconteceu e deixei de comer essa iguaria. Várias vezes me perguntaram por que motivo não comia palmito. Ao que respondia: "tenho medo de pegar botulismo..."

Esse receio começou no fim da década de noventa, meu filho era pequeno e o instinto de sobrevivência maternal estava de vento em popa.

Lembro-me de maçantes reportagens sobre o palmito em conserva, de onde vinha, como era a extração legal e ilegal, etc. Mas confesso que não me recordava bem qual era a marca do tal palmito acusada de deixar uma mulher em gravíssimo estado de saúde. Palmito era palmito e se um podia matar, então todos seriam assassinos em potencial. E assim se vão décadas sem pôr um pedaço de palmito na boca, quem dirá comprar palmitos! Acho até que meus filhos nunca comeram palmito. Encerra aqui a memória que conservei sobre a minha relação com o palmito.

Então, dias atrás, me deparei com o livro biográfico, lançado nesse ano de 2018, de Carlito Gini, *Minha Vida daria um livro e deu.* Abro no capítulo um: Suando Frio. Sexta-feira, 17h30. O ano: 1997.

"O telefone toca e a secretária entra na minha sala e me avisa:

— O Carlos Nascimento quer falar com você.

— Quem?

— Aquele jornalista da TV Globo, e diz que é sério. (...)

— É o senhor Carlos Gini?

— Sim, sou eu.

— O que o senhor tem a dizer sobre a acusação do CVS - Centro de Vigilância Sanitária quanto ao caso da moça de Santos, que está morrendo por ter comido um palmito Gini estragado?

Eu? Eu não sabia de nada, ninguém da família dela, da imprensa, do CVS, nenhum advogado tinha entrado em contato comigo (...).

— Preciso de um tempo para me informar sobre o caso.

— A notícia está programada par ir ao ar hoje, é o principal assunto do dia.

Meu mundo caiu. Como eu iria descobrir o que estava acontecendo em pouco mais de uma hora, em plena sexta-feira, no fim do expediente?"

Após ler esse trecho imediatamente me recordei do caso.

Gente, que história!

Um dia, uma reportagem e a honra da empresa Gini estava arruinada.

Em 1763, Voltaire escrevera em seu livro: *Tratado sobre a Tolerância*, a seguinte frase: "...os tigres dilaceram suas presas para comer, enquanto nós nos exterminamos por causa de alguns parágrafos." Qualquer departamento de comunicação comprometido com a ética, tende a usar das premissas básicas da isenção, agilidade e apuração, o que leva ao dever de investigar os fatos em diversas fontes. Confiar apenas na informação de um órgão, apenas pelo fato dele ser oficial, é o mesmo que ser uma imprensa estatal que se propõe a ser porta-voz do Estado.

Infelizmente, nesse caso, percebe-se que no afã de uma pretensa agilidade, e ambição por um furo de reportagem, perdeu-se a sensibilidade humana, e a capacidade de mensurar as consequências de um erro dessa magnitude. A pressa é inimiga da perfeição.

O livro narra, não apenas essa experiência na vida de Carlito Gini, mas muitas de suas limitações, perdas e superações. A vida dele deu um belíssimo livro, digno de ser lido. Inclusive pelas pessoas que não gostam de ler (Carlito também não é muito dado à leitura), sofreram injustiças e perderam a fé ou a esperança. Leve, bem humorado e despretensioso, ele nos surpreende indo além do que se propôs.

A vida de Gini não foi brincadeira, muitos pensam que basta nascer em berço de ouro e nenhum problema o atingirá, ledo engano. Todos têm sua cruz.

Após o episódio com a imprensa, a injustiça sofrida por não ter sido feita perícia no lote do palmito e por não ter sido ouvido, a empresa sangrou e agonizou por anos e, ainda na atualidade, Gini tem processos em andamento. Mas a realidade é outra.

Provavelmente não fosse a determinação, movida por uma consciência limpa, e esse caso poderia ter acabado em tragédia, mas ela segue em superação.

Sempre fico estarrecida com a dimensão da influência que nossas vidas sofrem do meio externo, parar de comer palmito foi o de menos... É necessário, ainda mais em tempos de redes sociais, um despertar de consciência para não cometermos injustiças com notícias, se não falsas, inconsistentes. Quando se fala em *Fake News*, me parece que a briga é mais por espaço do que pela ética...

É melhor cuidarmos do que conservamos na memória, antes que alguém ponha a nossa memória em conserva, não num enlatado, mas em alguma tela. O dinamismo e a busca por saber não podem parar.

Quando o sapato aperta

Quando pensamos na associação entre sapatos e princesas, logo vem à memória a história da Cinderela, que perde o seu sapatinho após um baile no palácio real.

Mas os plebeus também têm lá as suas fixações por sapatos.

Uma vez ouvi o estilista Clodovil falando que não gostava do sapato feminino com salto plataforma, dizia que era um salto grosseiro ou coisa semelhante. Então, dias atrás li num jornal da capital paulista que a Rainha da Inglaterra, Elizabeth II, não aprova o uso de sapatos de salto plataforma, aqueles com acabamento em cortiça. A notícia dizia ainda que ser da realeza implicava, para as mulheres como Kate Middleton (*Duquesa de Cambridge*) e Meghan Markle (Duquesa de Sussex), *algumas restrições* como a de não usarem esse tipo de calçado perto da rainha ou eventos oficiais...

Achei a restrição mais leve do que os saltos dos tais sapatos...

É verdade que Kate e Meghan não são princesas, mas têm potencial para tal, portanto, atenção para os sapatos!

Achei curioso o tipo de notícia que se dá atualmente sobre a realeza. Verdade seja dita, acho tão irrelevante! Não pelos saltos plataformas, ah, sim não tenho nada contra, mas para mim também são irrelevantes. Considerando a minha altura, qualquer que seja o salto e qualquer que seja a altura dele, me sinto o próprio e inesquecível Jorge Lafond no auge dos seus um metro e noventa e seis centímetros.

Pois bem, notícias assim, sobre o gosto da Rainha, são rasteirinhas perto dos feitos da outra Rainha da Inglaterra, a Elizabeth I. Um dos seus feitos realmente dramáticos foi o de manter a sua prima, a bela e alta Mary Stuart, Rainha da Escócia, presa por uns dezenove anos e, por fim, decapitada a mando da Rainha. Reza a lenda que foram necessários três golpes para que a dita morte limpa fosse finalmente executada.

Conhecendo essas histórias, é difícil achar que realmente seja algo dramático não poder usar um determinado modelo de sapato e também achar qualquer traço digno de correção na atual Rainha da Inglaterra.

Por outro lado, conhecendo o contexto da história nos tempos de Elizabeth I, época que o escritor e dramaturgo William Shakespeare viveu, não é de se espantar com o que chamam tragédia do teatro Shakeasperiano. Também não é de achar assim tão, digamos, tão desesperador quaisquer que sejam as atuais restrições lá nas terras monárquicas.

Shakespeare tinha pouco mais de vinte anos quando Maria Stuart foi decapitada, e a sua obra é recheada de eventos históricos como os dramas *Henrique IV*, *Henrique V e Ricardo III*; e ainda as tragédias *Cleópatra e Júlio César*, a lista segue... E a obra de William não teria passado ilesa por meio de tantas intrigas e reais tragédias.

Em *Romeu e Julieta*, por exemplo, o enredo gira em torno de um amor proibido que culminou no suicídio do casal, e é de praxe dizer que a tragédia da história é esse ato, não o fato da inimizade das famílias Capuleto e Montéquio. Mas o ódio das duas famílias é a pedra angular que sustenta a peça. Se por um lado Romeu e Julieta é uma história de amor, é o ódio dos bastidores familiares que interfere em seus destinos.

Se a preocupação dos tabloides de hoje em dia é a moda dos sapatos das princesas, é possível interpretar que a história que Shakespeare reconta, refira-se "à história de seu país e às disputas sangrentas entre as casas Lancaster e York — que só tiveram fim quando subiu ao poder a dinastia Tudor, da qual fazia parte a rainha Elizabeth I —, querendo com isso demonstrar que o ódio irresponsável de nobres rebeldes é capaz de tudo destruir." Como bem nos apresenta Isabel de Lorenzo.

Ah, sim! Romeu e Julieta não é uma invenção criativa de William. Ele recontou e a forma como ele o fez é que a torna tão especial.

O príncipe da história de Romeu e Julieta corresponde à Rainha Elizabeth I, sua palavra tem força de lei. E no final da história ele diz:

"Capuleto! Montéquio! Vejam a maldição que pesa sobre seu ódio! O céu conseguiu matar suas alegrias com amor! E eu, por ter fechado os olhos para suas discórdias perdi dois parentes. Todos fomos punidos."

Na sequência observa-se a paz selada entre as famílias. Ao que o Príncipe encerra:

"Sombria paz esta manhã nos trouxe."

A guerra das famílias levada até as últimas consequências foi quem deu seu jeito de estabelecer a paz. Infelizmente outros morreram antes disso, inclusive pelas mãos do próprio Romeu. Não nos contentemos em conhecer a história, nada substitui a leitura da obra.

Se a alegria das famílias era a manutenção das disputas, foi pela verdadeira tristeza que a vida em harmonia entre os Capuletos e Montéquios pôde se concretizar.

Hão de concordar comigo que as histórias de antes eram bem mais eletrizantes do que os sapatos plataformas de hoje em dia. Mas cada um é que sabe onde o sapato aperta e toda família tem lá seus calos, mas cá para nós, Elizabeth II é uma Cinderela em comparação com Elizabeth I. Mas alguns querem por força nos fazer antipatizar com essa linda senhora.

Conversa puxa conversa, que puxa livro, que puxa conversa...

Outro dia encontrei uma conhecida nas minhas esporádicas e saudosas caminhadas pelo parque de Águas Claras no Distrito Federal.

Eu estava parada bebendo água, ela passou e sussurrou: "Parece a Madalena..." Olhei e logo a reconheci. Fazia tempo que não nos víamos, trabalhamos juntas por muitos anos, cumprimentamo-nos calorosamente. Seguimos a caminhada juntas pelo parque, sentamos perto do lago dos patos para refrescar e respirar um pouco de umidade no ar, o sol do cerrado não é brincadeira! No desenrolar da conversa perguntei por nossa colega, a Maria Paula. Então me disse que ela havia morrido. Pasmei, não apenas pelo passamento, mas também quando soube a causa *mortis*: parto.

— Ela não era médica? — perguntei com ares de incredulidade.

— Sim, era.

Que ainda se morre no parto é sabido, mas fiquei mais perplexa pelo fato dela ser médica, estar num hospital de cidade grande, conhecer os tratamentos de ponta... Na minha ignorância esqueço que a morte não faz distinção entre os viventes.

Soube que era uma gravidez de risco, já era o seu terceiro filho e a indicação era para que ela abortasse para salvar sua vida, mas ela seguiu até as últimas consequências. Fiquei muito sentida e reflexiva com esse caso. Conversa puxa conversa e quando dei por mim estávamos falando sobre aborto, eutanásia e vários outros assuntos.

Então ela me dizia que, assim como a Maria Paula, ela era contra o aborto, mas era a favor da eutanásia e do suicídio assistido. Fiquei preocupada e comecei a observá-la mais olhos nos olhos. Sim, qualquer menção ao autoextermínio é motivo de alerta e requer de nós muita atenção.

Aquela conversa foi me direcionando para uma crônica do Lima Barreto, e tomei uma posição de observadora e ouvinte, sem nada rebater com as minhas ilusórias verdades.

Pois bem, daí a pouco ela me diz que raramente alguém que defende o aborto defende a eutanásia, porque é muito mais fácil pôr o outro na berlinda e se safar do que encarar a morte de peito aberto. Muda eu estava, calada permaneci. Dizem que quem cala consente, não sei... Fato é que Maria Paula, como médica, sabia melhor que ninguém o risco que corria, e se preparou para isso, direito dela. Não seríamos nós duas que levantaríamos críticas ou palpites infundados.

Conversa puxa conversa, que puxa livro, que puxa conversa, eis um caso ocorrido em 1915, no Rio de Janeiro: um escândalo provocado por uma tentativa de aborto por parte de uma mulher. Ela, uma vez separada do marido com quem tinha uma filha e, se encontrando grávida do então atual namorado, sentindo-se pressionada pela lei, que não iria lhe garantir a guarda da filha naquela situação, decidiu abortar o bebê para garantir a guarda da filha.

Essa mulher tinha uma amiga, parteira, que teria se prontificado a ajudar, na condição de amiga, não de fazedora de anjo profissional. Ocorre que o fato foi descoberto, a parteira foi presa e sofreu linchamento moral por parte de toda a sociedade que se julgava, como sempre, um poço de virtudes. Fato é que a parteira não suportou tamanha pressão da lei do Estado e da lei das más línguas da sociedade e, na cadeia, cometera suicídio.

Esse caso foi narrado em uma das crônicas de Lima Barreto, chamada *A Lei*. Ele é aquele autor que não dá para sugerir apenas a leitura de uma de suas crônicas, mas de toda a sua obra.

Voltando para a conversa no parque, muito assunto para pôr em dia. Mas depois de alguns minutos de prosa, observei que o cotidiano de 2018 tem muitas semelhanças com o cotidiano de 1915. Se por um lado o mundo passou por crises fenomenais como a de 1929, por outro, a moralidade hipócrita, os valores das bajulações continuaram com a cotação em alta.

A conhecida continuou me atualizando: "Sabe o que aconteceu com nosso ex-chefe, o João Jorge?" Respondi que não, então ela solta de uma vez: "matou-se". Pessoas se matam por mil motivos, o dele fora talvez seu único gesto nobre (obviamente, respeitando as devidas proporções). Muitos funcionários e empregados públicos, chefes de família, se matam por conta desses tipos de chefes de repartições.

Esse não suportou o peso de sua imoralidade. Ele conheceu o mundo, hospedou-se nos melhores hotéis da Europa, Ásia, Estados Unidos. Voou nos melhores assentos das melhores companhias aéreas, teve os carros mais possantes, tudo à custa dos impostos aos brasileiros. Era funcionário público de carreira, mas trabalhar que é bom, nada. Era um imprestável que vivia para bajular uma meia dúzia de caquéticos do Planalto, chamados de figurões.

Eram os mantenedores de seu cargo de chefia e do seu passaporte oficial, que sempre lhe garantia um voo para onde quer que fosse, mesmo em cima da hora. Não perdia tempo na fila da Polícia Federal. Isso é só para os servos da nossa querida "ré-pública" como chamam alguns intelectuais.

Pelo que eu entendi parece que João se envolveu com uma governanta de uma mansão situada lá pelas bandas da Península dos Ministros e ficou chocado quando soube, no mesmo dia, de uma vez, que a engravidara e tinha contraído sífilis. Ele era um sujeito apático, mas se deslumbrou com as aquisições que supostos poderes poderiam lhe proporcionar, só aos cifrões seus olhos brilhavam. E como adolescente que engravida na primeira vez, foi contaminado na primeira pulada de cerca e acabou pulando de um shopping de Brasília. Muitas outras coisas colaboraram para isso, o somatório de sua jornada na terra, fechada com a chave das chagas...

A lei continua à margem, aquém e muitas vezes a serviço de quem não deve. Como encerra Lima Barreto, outra crônica, chamada *Pólvora e Cocaína*: "Há sempre no Estado curiosas contradições".

Traição: na vida e na literatura

Quem nunca foi traído que dê a primeira chifrada, oops, quis dizer: que atire a primeira pedra, não no traído, mas no traidor. É só um trocadilho, meus amigos, continuem lendo que verão minha pacífica sugestão para lidar com os chifres.

Essa coisa de fazer barraco ou de bancar o "Perdoa-me por me traíres" é só para peça de Nelson Rodrigues. Nunca entendi quem faz barraco com a pessoa amante, não é o amante quem tem o compromisso, nem quem jurou ser fiel. Aliás, nunca entendi porque se faz barraco, seja com quem for, por conta de um par de chifres.

Ah! Não me chame de inexperiente, nem me diga que não sei o quanto um chifre fere, sei que fere, sei que dói, mas há remédios menos amargos!

Quando, em certa ocasião, peguei um namorado no flagra, não agi como o título da peça de Nelson Rodrigues, nem fiz barraco. Sabe o que fiz? Olhei os dois, olhos nos olhos, como quem faz exame de fundo de olho, para ter certeza de que eles estavam vendo que eu vi, e segui meu caminho como se nada tivesse acontecido.

É verdade que devo ter um ego extremamente vaidoso para submeter meu estado de espírito a traidores, o que é um par de chifres na fila do pão? Meu orgulho vale mais. Como dizia o Clodovil: "eu vou morrer de pé..." Eis aí minha sugestão, o que não tem remédio, remediado está.

A gente tem a tendência a achar que somos muito inovadores, e isso também é uma manifestação da nossa vaidade. Fato é que chifre é tão recente quanto a humanidade. O Rei Davi já paquerava a mulher alheia que tomava sol na laje... Por aí se vê...

Molière foi um escritor nascido na França no ano de 1622, e escreveu um livro chamado *Escola de Mulheres.* Nesse livro, o personagem Arnolfo, que sempre zombava dos traídos de sua sociedade e que morria de medo de ser motivo de piadas vingativas a seu respeito, praticamente cria uma menina, bem aos moldes para que venha a ser uma mulher fiel.

Ele dizia cheio de certeza: "a moça com quem caso possui tal inocência que minha testa jamais sofrerá o agravo de um desenho novo." Mas o tiro saiu pela culatra. Antes mesmo de casar já levara um par de chifres, justamente da mulher que de tão ingênua se tornara uma sonsinha...

No primeiro ato Arnolfo já se dirige ao amigo dizendo a capciosa frase:

"Na sua cabeça é evidente, existe a certeza de que os chifres são adorno infalível de qualquer matrimônio." Que se tenha medo de chifres é uma coisa, mas quem não tem testa blindada que não ria da testa alheia. Ele dizia que se casaria "com uma tola para não bancar o tolo" e que "uma mulher esperta é mau presságio: eu sei o que custou a alguns casarem com mulheres cheias de talento; me caso com uma intelectual, interessada apenas em conversas de alcova, escrevendo maravilhas em prosa e verso, frequentada por marqueses e gente de espírito, e fico sendo apenas o marido de madame, discreto a um canto, como um santo sem crentes. Não, não, agradeço esses espíritos cheios de sutilezas. Mulher que escreve sabe mais do que é preciso. Pretendo que a minha seja bastante opaca para não saber nem mesmo que é uma rima... Em suma, desejo uma mulher de extrema ignorância... prefiro uma mulher feia e tola a uma belíssima, mas cheia de talento." Eis sua escola de mulheres...

Confesso que ele mereceu os chifres que levou, Molière é um escritor satírico fantástico, tacou-lhe os chifres no personagem... E eu ri... Confesso.

O chifre é democrático, aceita de intelectuais a analfabetos, de reis a profetas... Gosto muito das falas de Crisaldo, amigo de Arnolfo, "O Mundo ri na proporção da gravidade com que se enfrenta a coisa." No último ato, Crisaldo fala para Arnolfo após esse descobrir que é corno: "Bem posso imaginar qual é o seu suplício: regou a planta durante tantos anos e agora é outro que se deita à sombra dela. Agora é outro que lhe come os frutos. (...) Para quem acha os chifres a suprema vergonha, não casar é a única maneira de estar bem seguro."

A traição não precisa necessariamente ser patética, ela pode virar música, comédia, ou histórias... Arnolfo não tinha descanso, tinha um espírito perturbado, e como bem falou Crisaldo, não dá para perder tempo pensando em ser ou não traído, isso não depende da pessoa, então o traído não pode ser censurado. Paz aos traídos, porque: "passar a vida inteira pensando em não ser isso, já é ser meio isso."

Para você que lê essa coluna não achar que é só homem que tem medo de chifres, volto ao Nelson Rodrigues, há uma crônica dele intitulada: *O Homem Fiel*, em que a mulher é quem tem medo de ser traída. Trata-se do casal Simão e Malvina, ela "Era uma dessas criaturas para quem tudo se resumia no problema de 'ser ou não ser traída'" Ela dizia: "Meu filho, quero te dizer uma coisa: 'topo fome, pancada, tudo, menos traição.

Traição, nunca!'" Mas Simão já dissera que com sua asma não daria conta nem de uma, quem dirá de duas mulheres: "Asmático é o único que não trai!"

Mas sobre essa crônica não quero contar o final, para que os leitores saboreiem com o paladar mais exclusivo.

A vida me pediu mais que dinheiro

Graciliano Ramos definiu minhas emoções quando participei da Vigésima Quinta Bienal Internacional do Livro de São Paulo, em 2018, por ocasião do lançamento do meu livro infantojuvenil: *Certas Memórias de uma Caneta Torta.*

Foi um evento indispensável para o Brasil e o mundo. Muitos livros! E a esperança se renova no país que levará duzentos e sessenta anos para se desenvolver em leitura e conquistar índices superiores, conforme pesquisa do Banco Mundial divulgada em 2018.

Acho que talvez eu não tenha o perfil dos autores para frequentar tal evento. Muitas fotos, luzes, livros, ruas, praça de alimentação, incontáveis estandes de editoras, livrarias, alunos, autores, professores, gente de visão de mundo e de futuro, cordel, interpretações, palestras, escritores dando autógrafos... Seria o paraíso para mim, mas...

Senti angústia. Aquela descrita no livro: *Angústia*, do escritor Graciliano Ramos.

"Certos lugares que me davam prazer tornaram-se odiosos. Passo diante de uma livraria, olho com desgosto as vitrines, tenho a impressão de que se acham ali pessoas exibindo títulos e preços nos rostos, vendendo-se. É uma espécie de prostituição. Um sujeito chega, atenta, encolhendo os ombros ou estirando o beiço, naqueles desconhecidos que se amontoam por detrás do vidro. Outro larga uma opinião à toa. Basbaques escutam, saem. E os autores, resignados, mostram as letras e os algarismos, oferecendo-se como as mulheres da Rua da Lama.

Vivo agitado, cheio de terrores (...) Impossível trabalhar. Dão-me um ofício, um relatório, para datilografar, na repartição. Até dez linhas vou bem (...) E lá vem o erro..."

Ocorre que todo caminho tem as suas próprias pedras características do solo. Entretanto, prefiro a angústia do mercado literário às limitações do mercado financeiro. Digo isso porque fui empregada pública e agora escrevo, posso afirmar que não tive como escapar da angústia. Mas há angústias que geram e criam vidas e as angústias que quando não matam, sufocam o indivíduo.

Nos tempos em que trabalhei em um banco público, eu era uma leitora voraz, entendia de bolsa de valores a Tutancâmon. Mas, antes de ingressar naquele emprego, a última experiência prática que tinha era trocar fraldas e ferver chupetas e mamadeiras, e foi isso que disse na entrevista para designação de áreas para os aprovados no concurso. Falei a verdade. Ora, quem ferve água poderia fazer café, mas esse departamento de copa era terceirizado.

Fui parar na tecnologia.

Nunca trabalhei em agência bancária. Não sirvo para omitir intenções e com isso negar a liberdade de escolha, apesar de acreditar no destino. Sim, não nego as minhas contradições, é na contradição que acho meu parco equilíbrio. Admiro as pessoas que têm certeza de tudo, eu, de tudo duvido. Acho que vender pacotes bancários, hoje, já não é tão mais fácil que vender livros. Mas mercado é mercado...

Naquela época descobri quão alienados nós somos. Eu tinha a ilusão de que todo funcionário público era sábio, só por ser aprovado em um concurso público, ledo engano. O crachá era mais maleável que muita gente que o usava pendurado ao pescoço. Conheci verdadeiras mulas empacadas, mas que se sentiam um Puro-Sangue Inglês solto na relva.

Fiquei muitos anos naquele emprego público em Brasília. Eu amava o que fazia ali e, até certo ponto, fui bem reconhecida pelo meu desempenho. Amava a empresa em absolutamente tudo o que ela dizia ser sua Missão, seus Valores e sua Visão. Compartilhávamos integralmente disso, mas entre a teoria e a prática existe um íngreme abismo cheinho de pessoas com seus próprios valores, suas próprias missões e suas próprias visões. Por muitas vezes, visões curtíssimas, missões esdrúxulas e valores duvidosos, nada novo, em todo lugar, todo tipinho de gente...

O amor por aquele emprego seguiu cego, até que um dia a Caixa Econômica Federal lançou uma maciça propaganda na TV cujo *slogan* era: "Caixa, a vida pede mais que um banco".

Mergulhei por meses numa reflexão profunda, nunca uma verdade foi dita com tanta clareza. Era a motivação de que eu precisava! Tomei coragem e, por fim, chutei o balde! E aqui me encontro economicamente pobre, mas com tudo mais seguindo de vento em popa. Se para uma área de tormenta ou mar de calmaria? Ah! Isso não sabemos, mas de todo jeito, já é mais que um banco, porque ali só há dinheiro, e a minha vida pede mais que dinheiro. Portanto, ousemos!

Graciliano e muitos outros autores da literatura brasileira, que eram também funcionários públicos, se é que não sentiam, com certeza entendiam muito bem sobre o ardente desejo de largar esse porto seguro onde se ganhava o pão. Eu larguei. Muitos ficaram só na vontade...

"Se pudesse, abandonaria tudo e recomeçaria as minhas viagens. Esta vida monótona, agarrada à banca das nove horas ao meio-dia e das duas às cinco, é estúpida. Vida de sururu. Estúpida."

Isso posto, não posso ter a pretensão de escrever algo novo, está tudo escrito, por isso transcrevo os sentimentos dos gênios, pois na minha miserabilidade humana, nem a minha angústia é original, como transcrevê-la com originalidade?

Os ladrões fizeram a biblioteca de refém

Certo dia quatro ladrões entraram na casa do empresário e bibliófilo José Mindlin, mas o seu tesouro não interessou a nem um dos quatro assaltantes.

Tratava-se de uma biblioteca. Um acervo que chegou a cerca de quarenta mil livros, incluindo mais de dez mil livros raros. Os ladrões fizeram a biblioteca de refém, ameaçando tacar fogo nos livros para atingir José Mindlin, que no momento estava com Guita, sua esposa. José argumentou com o assaltante que o maior prejuízo seria o cultural, que iria desaparecer, mas o ladrão não se sensibilizou, mandou José ir para um cômodo dar um jeito de pedir à secretária para trazer dinheiro ou abrir o cofre.

Enquanto isso o criminoso segurava uma granada perto de Guita, ameaçando os livros. É aquela típica situação que seria engraçada, se não fosse trágica. O valor monetário do acervo? Nem o próprio dono saberia dizer. Guita conversou com esse assaltante e descobriu que ele tinha o ginasial completo, mas estaria desempregado e dizia não ter medo de morrer. Persistentes os ladrões não arredavam o pé da casa.

A biblioteca, chamada carinhosamente de biblioteca indisciplinada, levou aproximadamente oitenta anos para se formar. E, em 2005, Mindlin doou a Biblioteca Brasiliana Guita e José Mindlin para a Universidade do Estado de São Paulo – USP. E foi assim que o povo brasileiro, exausto de ser roubado, ganhou um dos mais importantes tesouros.

O desfecho do assalto: Mindlin entrou em contato com um conhecido dele que enviou a maleta com o valor pedido pelos ladrões. Após entregar a maleta José disse ao ladrão antes que ele saísse: "se precisar de emprego aparece lá na Metal Leve (empresa de José)". Mindlin quis dar uma chance, porque o ladrão tinha cumprido o acordo de cavalheiro, pois se retirava da casa sem causar nenhum tipo de dano, somente levando o dinheiro conforme havia anunciado antes.

Agora precisamos reconhecer a dedicação de pessoas como José Mindlin e de Guita, uma das maiores restauradoras de livros antigos que o Brasil já teve, que é do meu conhecimento. Muitas pessoas doam o que podem em prol do desenvolvimento humano de nossos irmãos da nação brasileira. Uns doam livros, outros tempo, outros espaços em mídia, outros leem para alguém, outros apresentam livros, bibliotecas se empenham em acolher leitores em seus espaços e assim segue a nossa dedicação em prol da cultura. Quem não sentiu a perda do acervo do Museu Nacional? Todos sentimos. Precisamos valorizar mais o que já conquistamos e o que nos é garantido.

Em 12 de abril de 1980 foi assinado o Decreto nº 84.631 instituindo uma semana muito especial, que vai de 23 a 29 de outubro. Trata-se da Semana Nacional do Livro e da Biblioteca. Precisamos valorizar todos os eventos alusivos a essa Semana, as datas dos eventos não se restringem a esses dias, em diversas bibliotecas há eventos espalhados pelo mês inteiro.

O artigo segundo desse decreto diz que: "Os festejos e comemorações, de caráter cultural e popular, deverão ser levados a efeito em todo o território nacional."

Então vamos comemorar e aprimorar nosso desenvolvimento humano.

Costumo dizer que um livro, assim como outros objetos, é possível que tirem de nós, a riqueza imaterial, não. Um livro lido, um conhecimento adquirido, um prazer vivido numa leitura, isso ninguém rouba de você. O conhecimento carrega poder em si mesmo, e muitas pessoas precisam de alguém que apresente um livro, como se apresentam pessoas, serviços, lugares, como se dá referência para emprego...

Hoje não vou indicar livro nessa coluna, porque quero convidá-los a fazerem uma visita à biblioteca, há sempre uma no nosso caminho. Vamos lá dizer um: "olá!" E ver, além do acervo, o que elas estão preparando para nós no mês de outubro.

Palavras inúteis

"Ah! quem há de exprimir, alma impotente e escrava,
o que a boca não diz, o que a mão não escreve?
- Ardes, sangras, pregada à tua cruz, e, em breve,
Olhas, desfeito em lodo, o que te deslumbrava...

O pensamento ferve, e é um turbilhão de lava:
E Forma, fria e espessa, é um sepulcro de neve...
E a Palavra pesada abafa a Ideia leve,
Que, perfume e clarão, refulgia e voava.

Quem o molde achará para a expressão de tudo?
Ai! quem há de dizer as ânsias infinitas
Do sonho? e o céu que foge à mão que se levanta?

E a ira muda? e o asco mudo? e o desespero mudo?
E as palavras de fé que nunca foram ditas?
E as confissões de amor que morrem na garganta?!"

Esse poema de Olavo Bilac se chama *Inania Verba*, (traduzindo: palavras ocas ou inúteis). É incrível a capacidade que Bilac tinha de traduzir sentimentos tão profundos, atemporais, e palavras de valores inestimáveis.

Costumo dizer que se não temos algo de bom para falar é melhor ficarmos quietos, não me refiro aos registros de queixas, elas sim também devem ser feitas. Refiro-me nas nossas relações cotidianas, em que tudo vira motivo para um desarranjo de palavras, quando não inúteis, maléficas. Os maus sentimentos são fáceis de serem expressados, por gestos, por palavras, até mesmo pela apatia. Mas o amor... A fé... Os mistérios da vida... Ah! Para expressá-los, só mesmo poetas como Olavo.

Quem achará o modelo para a expressão de tudo? Há de ser humilde para ser grande... Há de ser autêntico, há de ser rebelde, há de ser quem se é. Olavo Bilac vivia o seu eu interior, jamais seria daquelas pessoas que se chamam por aí de "Maria vai com as outras" era dono dele mesmo. Fez faculdade de medicina e direito, mas não concluiu nenhum dos dois cursos, talvez os cursos não estivessem à altura dele, quem estaria?

Ele foi o "Príncipe dos poetas brasileiros". Mas em pleno começo da República se envolveu com política, foi preso, depois solto. Foi um dos fundadores da Academia Brasileira de Letras. E com sua belíssima obra nos aponta um caminho lindo das palavras, e quem as há de dizer?

Acho que nós podemos dizer as palavras de amor que nunca foram ditas, ou que até hoje não ouvimos.

Conhecimento é fonte de felicidade

O que te desanima na vida? Pode ser falta de apoio para avançar rumo à concretização dos seus sonhos, ou a falta de esperança quando você se vê nadando contra a corrente. Pare um momento só, e pense sobre isso.

O que de fato precisamos é conhecer o que, intimamente, nos dá ânimo de vida. O que nos impulsiona rumo às conquistas pessoais, porque incontáveis são as coisas que nos afligem. E isso não é novidade da vida contemporânea, ou do estresse do mundo industrializado. As aflições existem desde que o mundo é mundo... Mas o que para uns é motivo de desespero para outra pessoa passa despercebido. O nosso empenho é para não nos desesperarmos perante as dificuldades.

Já sabemos que o que é importante para uma pessoa pode não significar nada para a outra, até aí tudo bem. A problemática surge quando misturados em grupos, com interesses diversos e, por vezes, conflitantes, perdemos o foco daquilo que de fato nós viemos fazer no mundo e passamos a pegar carona no sonho dos outros.

Precisamos cada vez mais difundir a máxima: "conhece-te a ti mesmo e conhecerás o universo e os deuses." (Frase escrita na entrada do santuário de Delfos, e posteriormente propagada pelo filósofo grego Sócrates). Porque a falta de conhecimento é origem de muitos males, dores e sofrimentos. Seja o conhecimento de qual ordem for. Até na Bíblia há um trecho que diz: "O meu povo está sendo destruído, porque lhe falta o conhecimento".

Quando a gente se conhece, a gente se respeita. Não violamos os nossos valores, não corrompemos a nossa essência para agradar alguém. É possível melhorar como ser humano no mundo, trabalhar melhor e, assim, contribuir positivamente para o desenvolvimento da sociedade. E então, sim, agradar, não a todos, pois nem Jesus agradou a todos, pois muitos se identificaram mais com Barrabás.

No livro: *À Prova de Crise*, Israel Rocha, um de seus autores, diz que:

"Ter o conhecimento de suas principais forças, entender como a sociedade é afetada por suas ações, agir de maneira coerente consigo mesmo, saber o que te motiva e onde investir sua energia são fatores que irão definir quem você é ou quem gostaria de ser."

Esse conhecimento será a nossa mola mestra na existência. Não há nenhum problema em nos juntarmos em grupos de sonhadores desde que os sonhos sejam compatíveis. A questão é quando se abre mão dos próprios anseios para seguir um sonho que por vezes segue na contramão do nosso próprio sonho. E muitas vezes permitimos que isso aconteça por não termos o conhecimento dos próprios pontos fortes e desejos de vida. Às vezes, a mente está tão atordoada pelos bombardeios das demandas sociais que nos perdemos enquanto indivíduos e posteriormente sofremos por isso.

É claro que todos nós temos a capacidade de nos adaptarmos e até darmos os frutos (resultados) para os quais não temos o dom. Em algumas fases da vida isso é necessário até para a nossa subsistência, e isso funcionará por algum tempo, no entanto, mais dia menos dia, você adoece física e mentalmente. Quando não, a frustração se torna crônica e a vida diariamente infeliz, e assim vem o desânimo, o cansaço e a desesperança. Perde-se o sentido da existência, e a origem disso pode estar no desconhecimento de si mesmo.

Para evitar esse tipo de doença é preciso, na medida do possível, preservar um mínimo de autonomia, respeitar a própria individualidade e isso só é possível por meio do autoconhecimento. É preciso não perder a consciência de que o conhecimento é fonte de felicidade. Alguns desavisados dirão que é o dinheiro, mas antes dele vem o conhecimento de si, do meio em que se vive e também do que esse meio espera de nós.

Kátia Barreto, uma das autoras do livro: *À Prova de Crise*, ressalta:

"Nosso Marketing pessoal também é constituído da nossa imagem externa, ou seja, como nos vestimos em cada tipo de ocasião, como nos comportamos diante das diferentes situações e pessoas, se somos pontuais, se somos assertivos na resolução de problemas e se nos comunicamos com clareza. Por isso julgo tão necessário o autoconhecimento, que pode ser adquirido através da experiência de vida com a maturidade, mas que também conta com a ajuda de profissionais preparados, como Coachs e Psicólogos..." Recursos não faltam para auxiliar nesse processo de desenvolvimento.

Os livros nos ajudam no autoconhecimento, assim como no melhor desempenho profissional, e todos caminham de mãos dadas.

Feliz Ano Velho

Vez ou outra algumas bibliotecas doam parte do acervo, geralmente revistas e livros antigos com muitos exemplares, etc. Quando isso acontece é o mesmo que achar um bilhete premiado e, para mim, quanto mais antigo for o exemplar, melhor. Não foi à toa que enveredei pelos caminhos da História.

Pois bem, outro dia peguei uma revista de Educação, publicada pelo Ministério de Educação e Cultura – MEC, de 1981. Na época João Figueiredo era o Presidente da República e o Ministro da Educação e Cultura era o gaúcho Rubem Ludwig. Figueiredo, eu conhecera pessoalmente quando criança, mas não me recordo de ter algum dia ouvido falar no Rubem.

Então, numa rápida busca, descobri em fontes da Fundação Getúlio Vargas que: "A gestão de Ludwig no Ministério da Educação foi considerada positiva tanto pela comunidade de ensino quanto pela imprensa. Entre outros pontos, foram elogiadas a recusa em reconhecer novos cursos universitários e a ênfase ao ensino básico, aquinhoado com cerca da metade do orçamento do MEC, em 1982. Em agosto, quando se anunciou que o ministro deixaria a pasta, os reitores das universidades manifestaram publicamente sua contrariedade e apreensão."

Voltei para a revista, comecei a ler, e me deparei com uma notícia que citava a fala desse ministro quando da abertura do I Congresso Brasileiro de Pessoas Deficientes: "Nos fundamentos de nossa política os princípios educacionais da pessoa deficiente não podem diferir dos princípios da educação de qualquer ser humano, pois a atual política da educação e da cultura deve ser aberta e diversificada e pretende exprimir nossos ideais democráticos e nossa obstinação em perseguir a realização do bem comum". Outro ponto ressaltado foi a proposta de criar "um sistema nacional de atendimento ao pré-escolar deficiente, principalmente entre famílias de baixa renda, ocasião em que salientou que "na educação especial, ou educação dos excepcionais, deverão sobressair, em determinados momentos, tipos especiais de serviços, de recursos, de meios, de instrumentos que possibilitem respostas a problemas específicos. Basicamente, o que importa é a integração do deficiente, inclusive no mercado de trabalho."

Isso era a questão da inclusão vindo à tona. Devido à riqueza da informação, dediquei parte dessa coluna às transcrições literais.

Assim que terminei de ler a revista, veio à minha memória um livro que li ainda adolescente: *Feliz Ano Velho*, um livro biográfico de Marcelo Rubens Paiva, com dezenas de edições até aqui. Sugiro a leitura desse livro que gira em torno do acidente que o Marcelo sofreu em dezembro de 1979. Ele tinha vinte anos e ficou tetraplégico após um mergulho de cabeça em um lago. Marcelo é muito conhecido, mas a questão da deficiência ainda requer conhecimento, pesquisa e conscientização.

Na biografia, alguns trechos nos fazem refletir bastante como esse que ele escreve quando passa de carro pela Avenida Paulista: "Ah, que inveja de vocês todos. Adoraria estar trocando uns passos nessa calçada, dançando com esses postes, correndo..." Geralmente nós não damos valor para isso...

É ele mesmo que sinaliza que o ano de 1981 seria "o Ano Internacional do Deficiente Físico" ao me deparar aleatoriamente com esse parágrafo, *pensei, preciso mesmo falar sobre a inclusão, sobre a deficiência, sobre essa luta, precisamos nos conscientizar disso.* Passaram-se décadas e a questão continua presente.

Com seu linguajar do cotidiano e coerente com a idade e a época Marcelo denunciava as mazelas causadas pela cegueira da nossa individualidade: "As famosas e imbecis barreiras arquitetônicas (nunca vi uma sociedade gostar tanto de escadas como a nossa)" Mas ele não se deixou abater, apegou-se a boas lembranças e inspirava-se nos exemplos de superação. "Lembrei-me do Steve Wonder que, mesmo cego, toca todos os instrumentos." Ao fim do livro, ele dizia que: "Não sei como vou estar fisicamente, não sei como irei ganhar a vida e não estou a fim de passar uma lição." Mas passou não só uma lição, o alerta continua. Após esse livro, outros vieram, trabalhou na imprensa, é dramaturgo, escritor e atualmente é colunista do jornal O Estado de S. Paulo.

Quem escreve, sabe que às vezes nós escolhemos o tema, mas outras vezes o tema nos escolhe. Então aí está o tema, da melhor forma que pude trazer para a nossa conversa e reflexão.

Tudo aponta para a necessidade de sairmos do discurso bonito e entender o motivo de não partirmos para a atitude de forma mais assertiva. A meu ver isso envolve a miséria moral e intelectual que nos leva à falta de empatia.

A Revista e o livro biográfico do Marcelo parecem antigos, mas a demanda é muito atual. No ano passado (2017), o site das Nações Unidas publicou que: "A Convenção da ONU pede a compreensão da deficiência como uma questão de direitos humanos e destaca obstáculos enfrentados por pessoas nessa condição, como o acesso físico a edifícios, estradas e transportes, bem como o acesso à informação através de comunicações escritas e eletrônicas.

Além disso, visa a reduzir o estigma e a discriminação, que são muitas vezes as razões pelas quais as pessoas com deficiência são excluídas da educação, do mercado de trabalho e de outros serviços." Segundo a ONU, há cerca de um bilhão de pessoas com deficiência no mundo. É gritante a incidência!

Tratamento, transporte, inclusão, respeito e acessibilidade adequados são questões há décadas levantadas. Diante disso, o que nós estamos esperando para nos colocarmos no lugar do outro?

Só se encanta quem contempla

Uma das coisas mais nefastas que o estresse rouba da gente é nossa capacidade de contemplarmos o belo. Por outro lado, a falta dessa contemplação alimenta o estresse, e assim seguimos nesse quase interminável ciclo pernicioso.

Algumas pessoas, ao longo da história, não contemplavam o belo, nem liam livros, por falta de tempo. O que revela uma dose de contradição, pois parece que antigamente os dias rendiam mais. Entretanto, a realidade tinha outras exigências, para se dar um simples recado a alguém, lá iam a pé, ou mandavam cartas que levavam meses para chegarem ao destinatário. Então, pessoas ousadas sonharam: "que bom seria se pudéssemos nos comunicar com outras pessoas, em tempo real e sem sair do lugar", e do sonho criaram o telefone.

Mesmo assim a vida seguia exigindo cada vez mais tempo. Muitas pessoas tinham, por vezes, de andar quilômetros a pé, todo santo dia para ir até o local de trabalho, muitas vezes braçal. Voltavam para casa exaustos ao fim do dia, a ponto de dormirem sem tomar banho, afinal, não tinha chuveiro elétrico. Banho quente só se esquentasse uma chaleira com água, no fogão de lenha, para tomar banho nas bacias. Os mais abastados poderiam ir de charrete, ou no lombo de um cavalo e contar com alguém em casa para preparar um banho morno...

Na proporção das dificuldades, nasciam e nascem os sonhos, mas sonhar exige tempo e também contemplação, e até isso a vida estressante nos rouba.

Então os nossos antepassados continuavam sonhando: "que bom seria termos um veículo que nos levasse aos lugares de forma mais rápida e sem que tivéssemos de fazer esforço físico". E, de sonho em sonho, passamos do telefone ao carro. Mas, curiosamente, a vida parece insaciável de tempo. Sempre falta tempo para ela ser plena e, na correria por uma vida em paz e confortável, vemos a falta de tempo crescer em proporções geométricas.

Do sonho do telefone fixo e do veículo da mobilidade, sonhamos também em ter um aparelho que nos permitisse falar com as pessoas enquanto nos movimentássemos pelas cidades. Além disso, que pudéssemos mandar correspondências, recados, documentos sem termos que ficar presos nas casas ou no escritório, e esse sonho criou o smartphone, mas pasmem, a falta de tempo só aumentou.

Então vieram as redes sociais, para sinalizar para a gente que nunca houve falta de tempo e, sim, falta de prioridade do que realmente importa na vida. Nelson Mandela estudou por correspondência tradicional, enquanto esteve preso por ocasião do Apartheid.

No Brasil, Antônio Francisco Lisboa, o Aleijadinho, privado até de sua mobilidade física, pois teve um tempo em que, para se locomover, se arrastava de joelhos, criou obras que atravessam o tempo como um raio que corta o céu, impossível não se encantar. Mas só se encanta quem contempla, quem não contempla se ilude com a vida.

Todas as vezes em que me vejo atormentada pelo estresse do dia a dia, contemplo as obras de arte, por isso quero sugerir o livro de Rodrigo Bretas, que fala sobre a vida e a obra de Aleijadinho.

Precisamos refletir sobre o que estamos fazendo com o nosso tempo. Ele passa e precisa ser usado em tempo real. Ninguém consegue guardar o tempo na geladeira para degustar depois, ele precisa ser absorvido no momento em que está aberto, tem validade instantânea. Só o resultado das nossas atitudes e das nossas obras permanecem, sejam elas quais forem. Precisamos deixar algo de bom para as gerações futuras nem que sejam bons exemplos de luta, ainda que não tenhamos esculpido nada, ainda que não façamos faculdade... Exemplo é a coisa mais democrática que podemos deixar, sejam eles bons ou maus.

Outro dia apontei um telhado para uma amiga, comentando sobre o capricho do acabamento, enquanto olhávamos, algumas pessoas que passavam a passos largos, também olhavam o que estávamos contemplando, isso é maravilhoso! Ela nunca tinha contemplado a beleza dos telhados... Uma pausa de poucos minutos na correria do dia a dia modifica a forma como vemos o mundo, acalma a alma e eleva o espírito.

O estresse requer uma dose de inteligência emocional para ser combatido, por vezes ele surge exatamente por não raciocinarmos em cima do modo de vida que estamos levando. Seguimos com a maré, sendo usados como massa de manobra, um movimento que nunca sai de moda e que cega nossos olhos e o nosso entendimento.

Contemplar a beleza da criação é indispensável para neutralizar o estresse. Somos herdeiros de muitos sonhos concretizados, não damos o devido valor e, na nossa ingratidão, negamo-nos até a retribuir fazendo o uso adequado da nossa herança.

Muitas vezes levamos uma vida leviana como a do filho

pródigo que desperdiça toda a herança que o pai lhe dera, mas ele voltou para casa e foi recebido com festa. Acho que o estresse é bom para nos mostrar o caminho de volta ao lar da contemplação, das heranças que nos deixaram.

O trem passa, a história permanece

Li o livro *O Trem do Tempo*, da escritora Arlene Padrão, em 2016, e lembrei-me de que na época escrevi algo sobre ele. Puxei a mensagem que mandei para a autora e trouxe para compartilhar com vocês. O livro é um completo romance biográfico dela, da história de Aguaí, São Paulo, e, inevitavelmente, do Brasil. Ele deixa um gostinho de quero mais. Lembro-me de uma sensação de sublimação que ele me proporcionou, aquelas que fazem a gente ler devagar para esticar o livro um bocadinho mais.

Logo na primeira metade de *O Trem do Tempo*, quando a autora abre o capítulo Terra das Apostas: "A cidade de Aguaí coleciona estórias de apostas e de apostadores folclóricos." O trecho trouxe à minha lembrança uma obra escrita em outra cidade do interior paulista, Areias, o livro se chama *Cidades Mortas*, de Monteiro Lobato. Isso porque, na primeira parte do livro, o autor fala sobre a mesmice da pequena cidade Oblivion, ele dizia: "Um coronel inglês suicidou-se 'tired of buttoning and unbuttoning' — cansado de abotoar e desabotoar a farda. A vida em Oblivion é um perpétuo 'buttoning and unbuttoning' que não desfecha no suicídio. Salvam-na a botica e o jogo. A botica, porque nela há uma sessão permanente de mexerico, e o mexerico é a ambrosia dos lugarejos pobres. E o jogo, porque quem perdeu não pode suicidar-se antes da desforra, e quem ganhou vai alegre, a cantarolar que afinal de contas a vida é boa. Dessa forma escapam todos ao cansaço da mesmice." Parece que em *Cidades Mortas* há mais vida, que nas demais cidades...

Além de poder ser comparado ao livro de Lobato, *O Trem do Tempo* traz curiosidades sobre vários temas e nos atualiza com seu minidicionário de Costumes e Expressões Locais. Conhecia algumas, outras não, mas já fui logo gostando do "Sapecô, tá assado" que quer dizer: "alguma coisa feita de forma ligeira, sem necessidade de capricho".

Vários outros pontos aguçam a nossa curiosidade e ampliam o nosso leque cultural. Como a questão das parteiras, (a humanidade deve muito, senão quase tudo, às parteiras, considerando o tempo em que elas atuam e o tempo que existe a cesariana, perguntaria um típico adolescente: "quem é a cesárea na fila do pão?" – colóquios de adolescentes).

E também a questão dos apelidos, uma forma de ser popular e aceito na sociedade, algo que ocorre também em Bali (Indonésia), onde, segundo um professor que tive, a pessoa para ser aceita, ou inserida socialmente precisa pagar um mico. Como diz a autora: "em Aguaí, ser conhecido por um apelido é mais do que comum e o costume já mereceu inclusive reportagens na mídia. No passado quando o famigerado bullying ainda não integrava o nosso dicionário social-e-politicamente-correto, não havia moleque que não fosse apelidado, muitos deles carregando a alcunha até o fim da vida, quase um troféu, afinal, essa era mais uma forma de ser aceito ou se destacar no grupo. E ninguém ficava traumatizado por isso!"

É notável, a meu ver, que o forte do livro, não é a forma. É, sem sombra de dúvidas, o conteúdo, o que aliás, é o que valorizo mesmo em uma obra.

Arlene escreve de forma a dar o seu recado, uma forma prática e parece que ela é uma mulher prática, contudo, trouxe diversas vezes uma linguagem poética encantadora como quando diz: "ele ouviu um barulho estranho furando a noite..." Sua escrita é "Bão por Bosta", a autora trouxe temas que, longe de serem nostálgicos, são engraçados, tristes e românticos como a vida é, e até muito mais provocativo. Por que digo isso? Bom, se naquela época não havia tantos médicos, por outro lado havia parteiras, benzedeiras, pajés, os chás..., mas hoje isso é visto como exercício ilegal da profissão... Então, se queres andar, ou melhor, morrer na lei, é melhor esperar nos corredores dos hospitais públicos...

O fechamento do livro se dá com "Um Pouco de História", para mim, caracteriza-se um serviço crucial para a sobrevivência de qualquer sociedade. "Os aguaianos precisam — e merecem — saber que descendem de pioneiros corajosos, de gente que não fugiu à luta e que a região abriga em seus recônditos, muitos feitos dignos de serem conhecidos e valorizados."

E não é que fui pesquisá-la no Google? Uma cidade linda, com histórias lindas! Num Brasil com tantos habitantes com baixa autoestima e carência de inspirações virtuosas, *O Trem do Tempo* é um apoio à nossa moral, não só dos aguaienses.

Só lamento que nenhuma grande editora (com seus jovens selecionadores de livros que, em suas, suponho, sábias opiniões de mercado, saibam quais livros são vendáveis, merecem ser publicados, e lidos pelos brasileiros) se dignou a publicá-lo. Tendo esses escritores, como Arlene, de publicar por conta e risco.

Um aporte de uma grande editora é o que, supostamente, daria riqueza estética ao livro, entretanto, o conteúdo do livro: *O Trem do Tempo*, passou com toneladas atropelando as formalidades da forma.

Seu pedido já saiu para entrega

Chegou àquela época em que muitos pedem e poucos agradecem. Passa ano entra ano, nascem alguns e outros morrem, mas é sempre assim. É aquele sentimento de ingratidão que todos nós, possivelmente, já experimentamos. Inclusive Jesus, quando curou dez leprosos, mas apenas um voltou para agradecer e esse, além de curado da lepra, fora também salvo, pelo gesto de gratidão.

A maioria das pessoas está ligada no Natal, não em Jesus. Queremos a cura para as nossas "lepras", mas não exercitamos a gratidão. Isso quando a pessoa não fica reclamando o ano todo por não ter recebido isso ou aquilo que pediu, muitas vezes porque nem pedir sabe. E isso também é bíblico, em algum lugar está escrito: "pedis e não recebeis, porque pedis mal, para esbanjardes em vossos prazeres".

O prazer não deve vir antes da conquista, isso é como colocar a carroça na frente dos bois. A droga faz isso, por isso é um flagelo, ela entrega o prazer, depois a conta, com juros por vezes impagáveis.

Não sei você, mas eu sempre tive dificuldade em diferenciar a linha que separa a persistência dos murros em ponta de faca. Às vezes insistimos em algo que queremos muito, mas que só enxergamos a aparência. Como já disse antes, na vida tudo vem em "combo" é um pacote cheio de adicionais pelos quais muitas vezes a gente ignora.

Pedimos e quereremos receber de imediato. Os serviços de

atendimento até tentam acompanhar a demanda, serviço de *delivery* se tornou uma espécie de lâmpada mágica do Aladim, mas não é. Motoboys se arriscam e arriscam os outros para entregarem o seu pedido, porque quaisquer cinco minutos de atraso o cliente já liga para o restaurante e, na maioria das vezes, ouve: "seu pedido já saiu para entrega". Mas quando é outra ocasião, e esse cliente encontra com um entregador no trânsito, aí já o "xinga" ou roga mil pragas, condenando a pressa desse motoboy. Pois é, a conduta muda conforme a situação, aí é quando a ingratidão fala mais alto.

Em *Contos de Assombração*, da escritora Marry de Faria, tive a oportunidade de destacar várias cenas de pedidos que, aparentemente seriam bons, mas que se transformaram em pesadelos. E é incrível como, para pedir, as pessoas, tanto nos contos como na vida real, não medem esforços, mas para agradecer são como os nove leprosos.

Em um dos contos, um casal não consegue ter filhos, então um belo dia eles fazem um pacto com o diabo para conseguirem o que queriam: "ao diabo ofereço agora, a minha carne, meu prazer, e a ele pertença o fruto de nosso desejo!" Foi tiro e queda. Meses depois nascia o tão desejado filho. Um verdadeiro diabo, não por acaso o título desse conto é *Roberto do Diabo.*

Adianto que as consequências foram devastadoras tanto para o Roberto, quanto para a família, e pessoas que nada tinham a ver com esse pacto e foram vítimas desse pedido que só mirou no próprio umbigo do casal. À primeira vista pode-se perguntar: "que mal há em desejar um filho?" A resposta é óbvia: "nenhum". Mas se a gravidez não vem, alguma coisa há, mas que nosso entendimento não alcança.

E é aqui que eu chamo a atenção para os tais murros em ponta de faca que são diferentes da persistência. A persistência não deve forçar ou violar regras, os murros machucam, a persistência é paciente, sabe que há tempo para todas as coisas.

Em outro conto, Marry, que mora no Vale do Paraíba, trouxe o nosso querido Saci, *Caça ao Saci-Pererê.* Nesse conto, Zezinho, um menino muito esperto, sai à caça do Saci para fazer pedidos muito nobres, mas que geraram consequências tristes, porém foi o que ajudou a fazer de Zezinho um grande homem. Sem os percalços que enfrentou na jornada da vida, talvez ele não tivesse se desenvolvido tão bem.

Muitos dos contos são poéticos, outros trazem temas atuais como o aborto. Um deles, que narra um acontecimento no cemitério, fez-me lembrar dos tempos de criança, quando minha mãe me ensinara que não se devia ir a velório/sepultamento de sandálias abertas. É que a menina do conto teve, misteriosamente, o pé furado por um fragmento de osso humano. Esses contos trazem muitos ensinamentos em suas entrelinhas. Por fim, a autora fecha a obra com uma oração de família.

Achei o livro leve e saudável, apesar do tema assombração, ele soa mais como alerta e convida para refletirmos sobre os mistérios da vida, sobre as nossas atitudes e desejos.

Eu sou uma entusiasta do interior e da literatura nacional, principalmente dos autores oriundos do interior, que têm uma escrita mais intensa, profunda na simplicidade, mais fluida e sem interesses comerciais de massa. Aliás, nossos melhores escritores "raiz" são dos mais longínquos e diversos interiores, tais como: Augusto dos Anjos, José Lins do Rêgo, Graciliano Ramos, Adélia Prado, Cora Coralina e tantos outros...

Não se trata só dos romancistas regionalistas, trata-se de verdades que precisam voltar a serem ditas e para isso temos poucos autores de destaque nessa linha e os que temos não seduzem a indústria cultural de massa. Mas me sinto honrada em poder falar desses autores do interior, que tocam no âmago de nossa existência e fazem a vida ter mais graça e nossos corações mais gratidão.

Ano 2019

Na rota do êxito

Em 2015, a editora Novo Século lançou no Brasil a biografia do talentoso ator norte americano Jack Nicholson. Entre dezenas de filmes, ele atuou em: *Cada um vive como quer, O Massacre de Chicago, Laços de Ternura, Um estranho no Ninho e Sem destino.*

Pela constante visibilidade, os atores de Hollywood, aparentemente, têm a vida revelada para todo mundo, inclusive, muitas são as queixas pela falta de privacidade, pois o grande público tem dificuldade de distinguir a vida pública profissional e a particular pessoal. Ocorre que, geralmente, a vida pública só revela o lado do sucesso, mas o ator só faz sucesso quando está aparecendo. É como a dança das cadeiras, por outro lado, quando o artista não aparece, é o momento que ele tem um pouco de sossego.

Muitos não suportam o sossego, outros não suportam a badalação. Fato é que o equilíbrio faz falta na vida de qualquer pessoa, pois como os sábios sabem e propagam: "a vida não é um mar de rosas". Um bom exemplo disso é dito pelo próprio Jack Nicholson:

"Depois de Um Estranho no Ninho, eu tive tanta sorte por tanto tempo como ator que eu me sentia até elogiado demais. Quer dizer, isso valeu pra dois filmes e ficaram lambendo meu saco por cinco anos seguidos (...) O resultado disso foi que as pessoas começaram a adotar um padrão diferenciado pra mim e aí pensaram: 'pode crer, esse porra é elogiado demais. Bora logo dar umas cacetadas nele'. E assim fizeram..."

No capítulo (catorze) seguinte a essa fala, o biógrafo, Marc

Eliot, descreve a fúria que Jack sentiu pelo jornalista Woodward por ele ter publicado um livro em que revelava "o cenário social cinematográfico de Hollywood como de fato o era, uma parcela da sociedade perigosamente fora de controle — obcecada por dinheiro, sexo, fama e drogas — e incapaz de se cuidar por conta própria, ainda que testemunhando seus colegas atores, produtores e diretores caindo mortos por toda parte, fosse de overdose ou em consequência de uma nova doença encarada por uns como um flagelo aos que ultrapassavam os limites da moralidade. Era chamada de AIDS..." O contexto era meados dos anos 80. Nicholson então dissera que Woodward era "vampiro e um explorador de viúvas emocionalmente transtornadas" se referindo à viúva de John Belushi (ator que morreu de overdose de cocaína e heroína aos trinta e três anos).

A forma como se interpreta os papéis artísticos ou sociais, da vida real, direciona o humor e dita as consequências. Jack se aborreceu, mas acabou não tendo argumentos para processar Woodward, mas se irritara profundamente, quando poderia dar as mãos e abraçar o alerta que o jornalista estava fazendo. A luta por uma causa nobre poderia ser implementada desde a publicação do livro do jornalista.

Como o personagem do próprio Jack dissera certa vez em uma cena do filme: *O Massacre de Chicago*, enquanto ele lubrificava os projéteis com alho, um gângster pergunta o motivo e Jack responde: "Não são as balas que te matam. você morre por envenenamento do sangue". Curioso foi descobrir que essa fala não estava no roteiro, foi Jack quem criou e o diretor gostou muito. Às vezes nos deixamos envenenar por palavras...

Muitas vezes as pessoas sofrem as consequências de suas próprias escolhas, ou por não medir os impactos ou porque não consideram a hostilidade de pessoas que podem estar rondando. Principalmente a pessoas públicas como Jack Nicholson, que pelo êxito profissional atraem vampiros, não como Woodward, pois, a meu ver, o jornalista estava menos para aproveitador e mais como alguém que liga o alerta vermelho, pode ser desagradável, mas necessário.

Ele pode sim ter visto uma oportunidade de ganhos, e essa poderia ser mútua, mas que exigiria um altruísmo da parte de Jack o qual não se encontra fácil no mundo real de ninguém.

É comum nos acharmos sempre um poço de virtudes, e quanto maior a certeza disso, mais se tem o que aprender na vida. No discurso até assume: "sou falho", mas na hora de apontar o dedo, só enxergamos a falha alheia e metralhamos nossas supostas razões sem atentarmos que, muitas vezes, essas razões são, tão somente, consequências das próprias escolhas pelas quais não se quer assumir o preço.

O que acho bacana no Jack é que ele soube dar fluidez à vida, respeitou os nãos e contornou suas dificuldades abrindo outros caminhos guiados pela sua perspectiva. Onde um ator via um fracasso, no mesmo filme, Jack via sucesso. Se ninguém mais o queria em filmes bons, ele fazia os ruins mesmo, atuando como se fossem os melhores, o que, por fim, lhe rendia mais um degrau na ascensão. Ele dizia: "Eu nunca curti (estar nos filmes do Corman). Eu não sou uma pessoa nostálgica. Eram ruins, simples assim. Quem nunca viu meus (primeiros) filmes tem mais sorte do que eu, mas como todos os outros atores, eu precisava trabalhar (...) e esses eram os únicos empregos que eu conseguia arrumar. Ninguém mais me queria."

Interessante essa postura diante da vida, de deixar o destino agir, não parado esperando cair do céu, mas respeitando os nãos que recebia e tocando a vida dando sempre o melhor de si, e a vida soube retribuir. Ela sempre retribui a quem permanece nessa rota do êxito.

A biografia mostra que, obviamente, ele teve momentos de fracassos, alguns difíceis de engolir, que o levavam a pensar em desistir da carreira de ator. No entanto, ele seguiu fiel, reconhecia seus fracassos, que era falho em algumas situações, em vez de se colocar de vítima das circunstâncias. O resultado foi o êxito.

Não há quem passe pela vida sem ter que lutar por ela

Assisti na internet um documentário que falava de mães, e outros familiares, que abandonam crianças doentes nos hospitais. "A Grande Reportagem", produzida pela Record TV, trouxe entre outros, o caso do menino Breno. Chamou a minha atenção o fato de ele estar ali, na instituição hospitalar Cruz Verde, por ter encarado um incêndio para salvar a sua irmã, mas depois do ato heroico, por ter inalado muita fumaça, sofreu lesões no cérebro que o deixou em estado vegetativo, antes dos dez anos de idade. Imediatamente eu pensei: *a alma desse menino é nobre, íntegra e linda, mas, infelizmente, muitos de nós nos atemos somente para a aparência que os nossos olhos míopes enxergam.*

Em meio a esse devaneio, lembrei-me do Comitê Paralímpico, porque li, em algum lugar tempos atrás, que ele não considerava, por exemplo, pessoas sem um pulmão ou rim como deficiente para o esporte (ou alguma modalidade). Obviamente não dá para comparar um corredor com duas pernas para outro que tem uma, isso é visível e óbvio. Mas os pulmões, por exemplo, não são visíveis, então quem tem um, ou meio pulmão, vai correr com quem tem dois pulmões e ponto final.

Talvez isso tenha mudado, não sei, talvez os pulmões não sejam relevantes, também não sei... Também não faço ideia dos critérios, não sou médica nem entendo a lógica que se usa. Não sei, mas pensei, e por pensar escrevi, porque essa coisa do visível e do invisível me perturba e meu papel aqui é somente estimular a reflexão traçando alguns paralelos. O amor é invisível, mas toca profundamente.

No dia seguinte após ver o documentário, acordei reflexiva e imediatamente me lembrei de ter assistido a outro programa, o *Profissão Repórter*, com o tema "Dia de Visita no Presídio". A reportagem começa na fila do lado de fora, visitantes mais experientes orientam e prestam serviços para os visitantes novatos, sobre a roupa que pode entrar ou o tipo de sacola, etc.

Ficou claro o constrangimento pelos quais passam os visitantes de presos, seja por não se aterem às orientações, seja por não as receberem devidamente. Seja pelo que for é uma luta que começa de madrugada, quando não, os visitantes dormem na fila, para conseguirem entrar e pegar mais filas do lado de dentro, incluindo a de revista.

Uma das visitantes era uma mãe cuja filha estava presa fazia dois anos e, desde então, ela ia religiosamente todo domingo visitá-la... Do outro lado da minha mente, ressoava a fala de um pai que dizia não visitar o filho vítima de complicações da poliomielite, porque tinha que trabalhar e não tinha como ir vê-lo todo dia. Todo dia?... O filho dele, com quarenta e oito anos, estava há mais de quarenta morando no hospital, sem receber sua visita com frequência... Ele diz que não dá para ir lá todo mês...

Ao fim da reportagem sobre os abandonados nos hospitais, no dia de visita em uma instituição, dos duzentos moradores, somente catorze receberam visitas... E lá é tão simples, não precisa levantar de madrugada, nem passar por revista íntima... Obviamente também há casos de presos que não recebem visita, mas isso já é assunto para outra conversa...

Após esses casos de visitas e abandonos, ouvi aleatoriamente uma pessoa dizer que tem gente que não enxerga o valor das pessoas, ficam retidas em suas aparências. Então pensei: *Meu Deus! Preciso escrever sobre isso, então me diga um livro que eu possa sugerir a leitura e que tenha a ver com o cuidar de uma pessoa doente.* No mesmo dia o título brilhou na minha mente, é o livro de Lucinha Araújo: *CAZUZA Só as Mães São Felizes.*

Nesse livro, Lucinha, narra a vida desse cantor como só uma mãe excepcional consegue narrar. As lágrimas rolam no primeiro capítulo e, às vezes, é preciso interromper a leitura para respirar. Sinto-me incompetente para falar dele, porque ele está num nível muito acima da minha capacidade de descrevê-lo ou ao menos de fazer uma resenha, a única coisa que sou capaz de dizer é: "leia-o sendo mãe ou sendo filho..."

Se eu fosse citar partes do livro, eu mencionaria o livro inteiro aqui, mas há algo sobre a persistência dessa mãe que nos toca, é a fé no milagre. Quando em Boston, nos Estados Unidos, os médicos de Cazuza disseram não ter mais o que fazer, eis o que ela disse: "Relutei durante mais de um mês, ainda na esperança de que algum milagre sucedesse. Pela terceira vez, os médicos vieram dizer que não havia mais nada a fazer por Cazuza e aconselharam: 'a senhora deve atender ao pedido de seu filho. Volte para o seu país...'"

A meu ver, ela foi um milagre não só na vida dele, como das crianças que ela acolhe, como no sopro de vida que esse livro inspira em quem o lê.

Há alguns anos tenho uma questão que me intriga e, às vezes, me causa angústia, é tentar entender a linha que separa a persistência dos murros em ponta de faca. Já escrevi sobre isso em algum lugar, mas quando um tema nos escolhe para ser escrito, não tem como fugir.

O livro de Lucinha não respondeu qual é essa linha, porque ela persistiu até depois do fim, e eu não acho que ela tenha dado sequer um murro em ponta de faca, apesar de todos os desfechos dessa história. Hoje a persistência dela continua na Sociedade Viva Cazuza. A casa da instituição recebe crianças que não têm para onde ir quando recebem alta do hospital, elas são vítimas do HIV.

Estejam eles onde estiverem, mães e pais, não vamos desistir de nossos filhos! Como disse o próprio Cazuza: "Amor demais não atrapalha. Um filho rejeitado nunca conserta a cabeça. Um superprotegido tá limpo." Ele dizia sentir inveja de quem tinha que lutar pela sobrevivência, pela vida. Ele não sabia o quanto ainda lutaria por ela, e isso ninguém poderá dizer o contrário. Ele lutou pela vida com força, a meu ver, sobrenatural, não há quem passe pela vida sem ter que lutar por ela.

Perecemos por falta de conhecimento

Precisamos enxergar além dos nossos olhos, ver a beleza interior das coisas e dos seres, se não para compreender, mas para admirar a complexidade do mundo. É sabido que nossos olhos, desde os tempos mais primitivos, são usados como ferramenta que identifica o que pode ser um perigo em potencial.

Muitas pessoas confundem a verdadeira sentença: "não julgareis para que não sejais julgado", com a questão do olhar que identifica um perigo. Parece-me que há, sim, uma relação, mas o perigo que os olhos identificam teria relação com algo instintivo, como a percepção dos odores. Sabemos que uma comida está estragada pelo odor que ela emite, e assim ocorre com todos os nossos cinco sentidos. Pela sensibilidade da pele ou toque identificamos o perigo do fogo.

Entretanto, a meu ver, a questão do julgar está relacionada com construções morais de determinados grupos sociais. Se os cinco sentidos estão sujeitos a falhar devido a alguma questão de ordem funcional ou fisiológica, obviamente o julgamento social também está sujeito a falhas, acredito que ainda maiores. Por isso o bom senso é indispensável em qualquer análise.

(Percebam que, para falar disso, uso termos como: "parece-me", "a meu ver" e "acredito"?) Estamos numa sociedade que julga tudo o que dizemos e fazemos sem ter um mínimo de condições para sequer interpretar um texto e já querem nos dar lições de moral, curiosamente atacando a moral alheia. É o tal preconceito com o suposto preconceito de alguém, que o outro alguém diz sentir... É uma imposição de verdades. É óbvio que não nego a cruel perniciosidade dos preconceitos infundados.

Sobre a imposição de verdades, todas as vezes que um professor me diz que não há verdade absoluta, eu digo, assim sendo, essa afirmativa também não é uma verdade absoluta, concorda? Pronto! Assim dou largada ao estigma de *persona non grata*, obviamente porque não disse "amém"...

Sobre estigma e estereótipo. Volto aos grupos sociais, eles se formam ao logo de toda a vida, mas é nítido vermos as tribos urbanas, os grupos de adolescentes, que usam de objetos como fator de identificação. Algo como, por exemplo, vestir a camisa de um time e ser reconhecido como torcedor do time em questão. E muitos grupos fizeram questão de lançar mão de gírias ou expressões vocabulares próprias, equivalentes aos gritos de guerra. Isso é bem nítido e legítimo, considerando que o ser humano é um ser social visando à sobrevivência...

Ocorre que, nos últimos anos, se você vir alguém com a camisa do Corinthians, por exemplo, entende que aquela pessoa é torcedora do time e, se expressa esse pensamento, vem uma patrulha impulsiva dizendo que você está julgando a pessoa como torcedor, pelo simples fato dela estar vestida com a camisa e que isso é um estereótipo e blá-blá-blá.

Obviamente, sabemos ser isso possível, a pessoa pode ter molhado uma camisa que usava anteriormente e, no frio, vestiu aquela que estava disponível. Aí é que entra a questão. Ao mesmo passo que sabemos ser isso possível, também estamos cientes que isso não é o motivo da maioria das pessoas que usam a tal camisa, do tal time, e não temos o direito de tirar o objeto identitário daquele grupo de torcedores, porque uma minoria usa a camisa por falta de opção no frio, como no caso da hipótese aqui levantada.

Ora, nem todas as pessoas que passaram por um incêndio morreram queimadas, mas não é porque a minoria se salvou do incêndio que vamos deixar a humanidade exposta ao fogo. Porque a exceção não é a regra geral.

Está faltando bom senso, capacidade de refletir para além do próprio eu. Entra aqui a questão do que chamamos de bem comum, senão a todos, mas à maioria. Os bombeiros não salvam a todos, mas salvam a maioria e por isso são reverenciados. Choramos e lamentamos profundamente pelos que sucumbem, mas não vamos deixar todos se queimarem em solidariedade, é preciso inclinar-se à realidade da vida.

No entanto, parece que as pessoas, quanto mais fracassam no seu desenvolvimento intelectual, moral, físico, etc., mais petulantes ou arrogantes se tornam. Ninguém mais diz: "eu falhei, eu fracassei, mas tenho como qualidade a persistência e vou lutar nem que eu tenha que matar um leão por dia". Ao contrário, negam os nossos instintos que nos dignificam e abraçamos as futilidades artificiais, ou ajoelhamos diante dos instintos mais primitivos, apequenamo-nos diante de um imenso mundo de complexidade de conhecimento e de sabedoria.

Quem me dera que as coisas dessa vida fossem simples, mas não são. Nós mesmos criamos entraves, burocracias, doenças e mal-entendidos, por imaturidade moral, intelectual e queremos vencer apenas no berro como se fôssemos onças. Somos sim animais, mas possuímos dois *sapiens* atrelados a nós e precisamos honrar isso que nos diferencia das onças, as quais, muitas vezes, agem de forma mais digna que nós humanos.

Outro dia ouvi uma filósofa dizer que quando negamos a trajetória humana até aqui, como todas as descobertas dos filósofos, dos sábios, dos livros, etc., é como se todos os dias acordássemos nos tempos das cavernas. Dormimos na era tecnológica e acordamos na pré-história (ou pré-escrita), infelizmente é isso que vemos.

Acrescento, é claro, que não houve só acertos no passado, não disse isso, houve muitos, muitos erros, mas não dá para destruir tudo por conta dos erros, imagina ainda não termos dominado o fogo! Mas até hoje pessoas erram e se queimam, quem se queima hoje não pode atribuir a culpa ao *Homo erectus*, mas é exatamente isso que nossa sociedade vem fazendo.

Quem nega o que nossos antepassados construíram de bom, e não entende o porquê das coisas serem como são, ou estarem como estão, e ficam negando, destruindo (sob a égide ideológica da desconstrução) sem nada melhor construir, ou fazendo acusações vazias ou até mesmo levianas, eu os classificaria como se ainda estivessem no primitivo ou até mesmo ingênuo estágio de desenvolvimento. Assim como o Homem de Pequim, e antes de saber o motivo dessa fala, tenho certeza que seria acusada de xenofóbica, quando na realidade ao falar Homem de Pequim me refiro ao *Homo erectus*.

Percebe o perigo de acusar sem entender o porquê das coisas? Por isso temos os sábios conselhos do Criador: "Não julgueis para não serdes julgados e também: não direis falsos testemunhos contra o teu próximo", ou ainda: "refreia a tua língua do mal e os lábios de falarem dolosamente. Aparta-te do mal e pratica o que é bom; procura a paz e empenha-te por alcançá-la."

Certa vez eu disse que é muito mais fácil destruir um prédio e deixar os entulhos lá, pois para isso, basta uma marreta pré-histórica. Quero ver construir algo melhor no lugar, ou quiçá réplicas das pirâmides.

Infelizmente, muitos grupos sociais outrora lutaram digna e bravamente para serem identificados como pertencentes àquela ou a essa comunidade, lançando mão de objetos, fantasias, camisas, perucas, joias pra quê? Para chegar hoje e os, ditos, herdeiros desses grupos reclamarem quando atrelamos seus símbolos a eles? Sim. Além de nos acusarem de estarmos identificando a pessoa pelo símbolo que ela usa, acaba também por destruir o que seus antepassados construíram, ao levantar bandeira de: "abaixo o estereótipo!" Assim fica difícil acreditar na boa-fé dessas pessoas...

Precisamos de equilíbrio, bom senso e sabedoria, porque é urgente banir da sociedade os reais preconceitos socioculturais. Eu, particularmente, sinto horror quando, por exemplo, em um dado lugar onde haja homens e mulheres, vem um pedinte homem e apela para pedir somente para as mulheres. Isso é caso de estudo e eu analisei esse comportamento. Esse tipo de pessoa é como um parasita oportunista, por julgar a mulher mais acessível, por sua suposta fragilidade, sentimento de maternidade, etc. Por isso o ajudaria e, na mente dele, os riscos de levar um fora seriam menores.

Essa pessoa não abordou nenhum homem e não teve escrúpulos em pedir dinheiro para as mulheres. Eu não o considerei machista, apesar de as análises que ele fez em relação ao gênero feminino serem iguais, mas considerando que naquela forma de entender o mundo é o homem quem dá o provimento à mulher, ele não se enquadra como um machista e sim como um vigarista.

Um dia, ao ser abordada por esse mesmo pedinte homem, tendo um outro homem a quem ele poderia pedir, eu disse: "Olha, moço, sou sustentada pelo meu marido e ele não gostaria de saber que eu ando dando dinheiro para homem na rua." Vocês pagariam para ver a cara que ele ficou...

"Poucos rejeitaram os sonhos de tantos." Sócrates.

Autoestima, para amar o próximo como a ti mesmo.

Muitas vezes o livro preferido de uma pessoa é o pior livro para outra.

Como escolher um livro para ler? Para responder a essa pergunta podemos lançar mão de alguns recursos como: procurar pelo gênero literário, depois lermos as orelhas dos livros, ou a quarta capa, ainda há os que leem o sumário num breve folhear dos livros. Várias vezes uma única palavra lida nos aguça a vontade de ler o livro inteiro, por isso acho válidas as resenhas que divulgam as várias contribuições que os livros abordam.

É muita responsabilidade indicar livro para quem está começando a ler, porque se a pessoa não gostar, pode acabar tomando antipatia pela leitura. Vimos muitos de nossos jovens abominando a leitura por terem tido uma má iniciação no mundo literário. Mas a busca deve ser constante, mudar de gênero, de autor, de história... O repertório literário é imenso.

Hoje estou sugerindo para você, a leitura do livro biográfico: *Sócrates Brasileiro: minha vida ao lado do maior torcedor do Brasil* / Kátia Bagnarelli, Regina Echeverria, pela riqueza de vida que ele nos oferece. Dificilmente o leitor não vai encontrar uma frase que toque profundamente o seu coração. A vida de Sócrates foi intensa, ele lutou bravamente pelos seus objetivos a ponto de, simultaneamente, cursar medicina e jogar futebol profissionalmente, só aí já vemos a fibra desse homem.

Por mais que ele tenha afirmado que seu corpo não correspondia às exigências da intensidade dos treinos, a força daquele espírito superava as dificuldades físicas, foi necessário muito para que ele partisse. Sócrates não jogaria a toalha, ele a amarraria na testa se fosse possível, mas não se renderia.

Você já deve ter sofrido por não ter tido um ombro amigo ou uma palavra incentivadora para aquelas ventanias que surgem ao longo da vida. Isso porque, nesse mundo, anda faltando docilidade e sobrando agressividade. Quando a maré vira e somos solicitados, temos a tendência de oferecer o que recebemos na situação semelhante, a não ser que já se tenha desenvolvido um espírito mais elevado.

Para ser dócil e solidário é preciso amar, mas como amar o próximo se a si mesmo não se ama? É aqui que entra a importância de cultivar a autoestima. Todos nós ouvimos muitos nãos ao longo da vida e acabamos desenvolvendo um sentimento de inadequação. Parece que tudo o que fazemos nunca está bom, e quando está ótimo, ouvimos desde cedo um sonoro: "Não fez mais que a sua obrigação".

Isso, isoladamente, não causa a baixa autoestima, mas soma na lista de emoções que vivenciamos ao longo da vida, vai minando a nossa capacidade de enxergarmos o que em nós é bom. Porém, todos temos alguma característica excelente, focar nesse ponto, é o pilar que sustenta a autoestima.

Nosso comportamento é alimentado por atitudes externas potencialmente influenciadoras. Em várias áreas do conhecimento isso é confirmado. Quando Sócrates falava sobre as brigas de torcidas, veja o que ele disse: "Você vai a campo para ver um espetáculo e aquilo que você está assistindo de alguma forma toca em você, assim como no teatro, no cinema, em qualquer outro lugar. Se o espetáculo é agressivo, você sai do campo agressivo." Tomar consciência disso é extremamente importante para saber o que de fato nos pertence e o que estamos absorvendo dos outros. Quando faltarem bons exemplos a seguir, vamos criar o nosso próprio exemplo, aprimorando as nossas características positivas.

Sócrates ensinava isso, estimulando a fazermos diferença, a irmos além. Certa vez, falando com o presidente de uma das Torcidas Organizadas, Sócrates falou: "Obviamente que existem carências de trabalho, de segurança, transporte, habitação. Eu começaria por onde? Literalmente? Pela autoestima, que é o que mais nos falta. Autoestima. Em vez de ser só corintiano, sejamos, por exemplo, os melhores torcedores do Brasil. Como? Comportamento, ação, atitude, participação com outros movimentos sociais, mantendo um comprometimento com a sociedade; se você começar a mexer nisso, certamente talvez você não agregue cem mil pessoas que estão envolvidas na Gaviões, mas cinquenta por cento, no mínimo, estará contigo. A liderança pode levar a isso. E aí só assim você já transforma muita coisa."

Você há de concordar comigo que não é em qualquer lugar que vamos encontrar uma pessoa para nos orientar dessa forma. Muitas vezes aquele ombro amigo, aquela palavra incentivadora e que pode ser repetida infinitas vezes estará nos livros.

Esse livro tem uma abordagem bem ampla da vida desse grande homem. Muitos se lembram do toque genial de calcanhar, nos gramados, ou do Sócrates médico, do agente político, mas a sensibilidade dele ia além. Uma pessoa que se preocupava com o outro, combatia o racismo, a alienação política, um artista quando pintava seus quadros, um poeta, uma biografia imperdível para todas as torcidas desse Brasil.

"A felicidade
Para quem não sabe, eu digo
Ela existe!
Como sempre sonhamos"

Sócrates.

O amor... vê com a mente

Aquele exato minuto ou instante em que o amor ou a paixão acontece... quem poderá dizer qual é? Por mais que saibamos o que nos agrada, surpresas acontecem e uma chave estranha e simples gira o clique na fechadura tetra do coração. E, nesse girar da chave, todos os sentimentos são revirados, ficamos vulneráveis e por dentro tudo muda nesse momento. É aquele instante em que se compreende a imagem do Sagrado Coração de Jesus, com o coração exposto para o lado de fora...

Por vezes é como um encantamento que começa e termina no tempo de um abrir e fechar de cortinas, quando nos damos conta estamos no último ato, e nos vemos aplaudindo ou chorando como num espetáculo teatral. Mas a um espetáculo vamos assistir por vontade própria, o amor chega como quer, independe da nossa vontade consciente e talvez soframos por não termos desenvolvido muito bem a questão simbólica dos contos de fadas, e crescemos despreparados para essas surpresas do coração.

Uma das histórias mais fantásticas da literatura mundial: *A Bela e a Fera*, mostra que o amor não obedece às probabilidades, não segue regras claras, não avisa quando vem, não diz quando chegou, nem se fica ou se vai...

"Suavemente, ela recitou alguns trechos de uma de suas obras favoritas, *Sonho de uma noite de verão.*

'O amor pode transpor a forma e a honra. O amor não vê com os olhos, vê com a mente.'

Para sua surpresa, a voz profunda da Fera se juntou à dela,

e eles terminaram o verso em uníssono:

'Por isso é alado, é cego e tão potente.'

Bela desviou o olhar, estarrecida (...).

— Você conhece Shakespeare? — perguntou Bela. (...) A Fera deu de ombros.

— Eu tive uma boa educação — respondeu ele. Houve um silêncio constrangedor."

Esse trecho consegue mostrar o instante em que a chave faz o clique e desperta os corações, mas Bela não tinha se dado conta disso. Assim acontece. Podemos olhar para a compreensão nua e crua do texto, a Bela talvez não combinasse com a Fera. Quantas vezes olhamos certos casais e sentenciamos: "Nada a ver esse casal, eles não combinam!" Particularmente eu não acredito que existam casais que não se combinem. Podemos lançar mão da interpretação e enxergarmos que dentro de nós mesmos pode existir o nosso lado Bela e nosso lado Fera, mas exige muito de nós enxergarmos a Fera que vive dentro da gente.

Você já reparou que temos por hábito olharmos o dedo de quem nos aponta a luz? Pois é, em vez de olharmos a luz procuramos ver se aquele dedo está iluminado e perdemos a chance de nos iluminarmos. Mesmo um dedo feio é capaz de apontar para a beleza da vida. Assim é quando julgamos as aparências das pessoas ou a Fera que há nelas, em vez de aprovar seus pontos positivos. Dificilmente uma pessoa não terá pontos fortes.

Voltando ao amor, quando ocorre o clique a mente dá uma reviravolta. Após a passagem do trecho citado Bela se pergunta:

"'O que tinha acabado de acontecer?' Conforme os dias se

passaram, Bela encontrou mais e mais razões para se fazer a mesma pergunta. Em vez de o que 'havia acontecido' a pergunta na verdade era o que 'estava acontecendo?' Porque não havia como negar: algo havia mudado entre Bela e a Fera. Ela não tinha certeza se começara quando ele a resgatou na floresta ou quando ela deu meia-volta e o resgatou. Ou talvez tenha sido na manhã em que ele lhe mostrou a biblioteca e ela viu seu lado mais gentil pela primeira vez (...) Quando acontecera não fazia diferença. O que importava, e Bela não podia negar, era o simples fato de que havia uma faísca inédita entre eles."

É desse jeito que acontece, e não adianta empurrar a porta do coração, os pensamentos invadem a mente, o diálogo interno não cessa, as emoções não calam a boca e talvez não haja remédio. Como teria dito Blaise Pascal: "O coração tem razões que a própria razão desconhece".

E isso não é tão belo como nos contos de fadas nem como aparenta ser na vida dos outros. É que fora de nós, o amor parece pleno, sereno como um sorriso harmônico, mas na nossa pele ele exige renúncias, a começar pelo conflito e angústia que gera em nós no processo de gerenciar razão e emoção. Agravado pelo fato de ele não marcar na nossa agenda quando vai chegar.

O amor é um invasor que espera o momento de descuido para abrir as portas dos nossos corações com uma chave mestra, mas acredite, ele é o único invasor do bem, ele é confiável, nós é que, por vezes, somos mais Fera do que Bela, o ideal é o equilíbrio.

Subestimar, jamais!

Vamos lá! Responda, você já subestimou a capacidade de alguém?

Isso pode ser para mais ou para menos, como gostam de falar os apresentadores de pesquisas eleitorais. Normalmente subestimamos a nossa própria capacidade, e quanto mais uma pessoa precisa da aprovação de alguém, mais se duvida da própria força.

"Eu sou a menina feia da ponte da Lapa. Eu sou Aninha." Aninha é Cora Coralina, uma mulher que aprendeu a viver de forma brilhante e inspiradora, como descrita na biografia *Cora Coralina Raízes de Aninha*, dos autores: Clóvis Carvalho Britto e Rita Elisa Seda.

"Cresci filha sem pai, secundária na turma das irmãs. Eu era triste, nervosa e feia. Amarela de rosto empapuçado. De pernas moles, caindo à toa. Retrato vivo de um velho doente. Indesejável entre as irmãs. Sem carinho de mãe."

Além desses escritos citados, Cora era pobre e tinha muitas dificuldades de aprendizagem nos tempos da escola, mas, por outro lado, ainda muito nova, começou a frequentar eventos literários, escrever e ler poesias. Passou a se apresentar como Cora Coralina, pois moças com o nome Ana, havia muitas, e ela queria um nome exclusivo, que a identificasse quando o seu sonho de reconhecimento público, fosse enfim realizado. Certa vez ela disse que isso era vaidade, hoje eu digo que era um sinal claro de propósito de vida, fundamentado em fé, obstinação, altruísmo, foco, trabalho, persistência, resistência...

Resistência só se consegue resistindo e a vida sempre aumenta o peso para que se fique mais forte. É como numa academia, quanto mais forte você quer ficar, mais peso terá de levantar, gradativamente, dia a dia, com persistência...

O livro da sua vida está recheado de histórias de lutas e superação. Já idosa, Cora Coralina — conhecida, reconhecida e citada com carinho e admiração pelo time da primeira divisão da literatura nacional, como Carlos Drummond de Andrade e Monteiro Lobato — deparou-se com mais um halter, caiu aos se desequilibrar enquanto carregava o pesado tacho onde ela fazia os doces que vendia.

Engana-se quem acha que ela ficou no chão. Ela não era mais a menina "de pernas moles, caindo à toa". Ergueu-se! Sempre se ergueu. Certa ocasião quando lhe falaram a respeito da morte, ela disse não ter medo da morte e citou um trecho bíblico: "Na casa de meu Pai há muitas moradas." "Vamos ver como serão essas outras." Imortalizou-se. Ergueu-se para a vida além da morte.

Ouço e leio muita gente falando que quem escreve deve usar de uma linguagem simples e acessível, por outro lado, leio e ouço especialistas dizendo que não, a escrita deve promover evolução intelectual na pessoa e não mantê-la no mesmo patamar. Mas as duas coisas merecem destaque a meu ver, uma vem da minha própria experiência de vida, outra vem de uma fala do poeta Ferreira Gullar, numa conferência na Academia Brasileira de Letras.

Ao falar sobre Miguel de Cervantes, ele usava a expressão leitor médio, creio eu, que ele fazia uma referência aos graus de leitor, classificando-os em leitor inferior, médio e superior. Entendo que isso tenha a ver com: conhecimento vocabular, compreensão e interpretação de texto. No entanto, a vida me mostrou que, sendo leitor, a pessoa já é superior, em muita coisa, não importa onde ela viva, não importa como ela seja, não importa que ela entenda tudo ou parte do livro. Acho tudo válido.

Entretanto, quanto a mim, nas minhas inquietas contradições, tenho certa tendência a superestimar todas as pessoas, indiscriminadamente, e a subestimar a mim mesma, o resultado disso é muito conhecido; tendo a me decepcionar com as pessoas que superestimo e a surpreender as que me subestimam. Não descobri isso sozinha, me contaram ao me analisar...

A dificuldade é como a vacina que salva a vida, é o peso que nos torna forte e saudável. Atualmente vemos muita gente fugindo da luta e tentando destruir a luta alheia, são pessoas hostis que não enxergam nada de bom nos outros e ressaltam as imperfeições. Bons eram os tempos onde apenas não se reconhecia o valor do outro, mas o deixavam quieto, porque a pessoa podia continuar lutando. Hoje destroem as bases das academias que nos fortalecem para a vida, quando não destroem os próprios sonhos ou a própria vida.

Não abra a porta da sua casa para entulhos, há casas repletas de futilidades, mas sem um guia de vida, os bons livros são lanternas que mostram os caminhos, abrem portas e mentes e nos fazem mais forte.

Ana Lins dos Guimarães Peixoto também precisava do reconhecimento do outro. Ela disse certa vez que escrever era uma forma de comunicação, e se ela não pudesse publicar também não lhe interessava escrever, então ela era absorvida pela educação dos filhos e pela vida doméstica. Entretanto

"Durante a sua estadia em Jaboticabal, nas horas livres, lia e escrevia, mesmo não recebendo estímulos para que divulgasse suas produções." Aí se nota que, apesar das adversidades, ela mantinha acesa a brasa que alimentava o seu propósito de vida.

A própria vida, quando nos apresenta algum problema, está ao mesmo tempo nos dando duas oportunidades, uma boa e uma má. Não há neutralidade diante da dor, uma possibilidade é a de nós mesmos nos subestimarmos julgando-nos incapazes de superar. A outra, é a de nos fazer fortes, toda vez que avançarmos rumo ao aprimoramento, apesar dos problemas.

Se você se subestima, ou sente que alguém o subestima, lendo a biografia de Cora você vai descobrir que foi lendo e vivendo que ela aprendeu a viver e a vencer, e foi escrevendo que ela exerceu seu altruísmo. O manual da vida está salpicado nos livros.

O Colégio Ateneu e a Escola de Suzano

O Brasil e o mundo ficaram perplexos com o que ocorreu na Escola Professor Raul Brasil, na cidade de Suzano – SP.

Raul Brasil nasceu no ano de 1889 e a escola tem esse nome em homenagem a ele. Curiosamente, o livro sobre um colégio chamado Ateneu, de outro Raul, o Raul Pompeia, foi lançado em 1888.

Ocorre que estamos no ano de 2019 e a explicação para essa tragédia não é novidade no imaginário de nossos estudantes. Cento e trinta e um anos depois do Ateneu, o que a Escola Raul Brasil teria em comum, além do nome do autor do livro e o nome dessa escola? Respondo: os problemas e as soluções que os alunos encontram para sanarem as suas dores.

Entretanto se nesses cento e trinta e um anos os profissionais da educação se debruçassem, com a alma, sobre a essência do Ateneu, a nossa pedagogia teria avançado anos-luz, em vez de deixar o ambiente propício para os mesmíssimos sofrimentos dos alunos. Hoje chamamos *bullying*, família desestruturada, drogas, discurso sobre o armamento, o apocalipse, o diabo! (Para essas explicações eu chamaria de ingenuidade de uns e má-fé de outros).

A bem da verdade não adianta mudarmos os nomes, a hostilidade e a hipocrisia assombram a alma humana desde os mais remotos tempos. Temos, desde então, duas alternativas para mudarmos esse quadro: uma é Deus no céu, a outra é a Educação na terra. Nelson Mandela certa vez afirmou que:

"Ninguém nasce odiando outra pessoa pela cor de sua pele

ou por sua origem, ou sua religião. Para odiar, as pessoas precisam aprender. E se podem aprender a odiar, podem ser ensinadas a amar."

Esse é o retrato da verdade, de cara lavada. Falta o de sempre: amor!

O Ateneu não era a escola de Suzano, mas poderia ter sido. Como? Perguntaria o leitor.

"Ateneu era o grande colégio da época. Afamado por um sistema de nutrido reclame, mantido por um diretor que de tempos a tempos reformava o estabelecimento, pintando-o jeitosamente de novidade, como os negociantes que liquidam para recomeçar com artigos de última remessa; o Ateneu desde muito tinha consolidado crédito na preferência dos pais, sem levar em conta a simpatia da meninada, a cercar de aclamações o bombo vistoso dos anúncios."

Hoje o nome dessa citação é marketing, vês? Nenhuma novidade quando se quer promover algo. A Escola Professor Raul Brasil também era uma boa instituição de ensino, pelo que disseram nos noticiários.

Ah! Isso é a instituição, mas a realidade dos alunos era diferente, diria o leitor otimista. Achas mesmo isso? Vamos ver esses alunos. Sérgio era o aluno personagem do livro, inicialmente amigo de Sanches e posteriormente de Franco.

"Franco não ria nunca. Sorria apenas, assistindo a uma briga séria, interessando-se pelo desenlace como um apostador de rinha, enfurecendo-se quando apartavam. Uma queda alegrava-o, principalmente perigosa. Vivia isolado no círculo da excomunhão com que o diretor, invariavelmente, o fulminava todas as manhãs, lendo no refeitório perante o colégio as notas da véspera. Os professores já sabiam. À nota do Franco, sempre má, devia seguir-se especial comentário deprimente, que a opinião esperava e ouvia com delícia, fartando-se de desprezar. (...) Não convinha expulsar. (...) A própria indiferença repugnante da vítima é útil."

Quem na rotina educacional percebe a alma do aluno que nunca sorri? O sistema nem a isso favorece, infelizmente. Não vou me ater ao Guilherme nem ao Luiz Henrique, ex-alunos da Escola Raul Brasil, mas sim ao Sérgio e Franco do Colégio Ateneu, de Raul Pompeia.

Pois bem, Franco, tendo Sérgio como cúmplice, tramara um atentado, forrar com cacos de vidro de garrafas, o fundo de um tanque raso, onde todos os alunos pulavam para o banho. Sérgio sofria terríveis dramas de consciência no processo da trama. Ele dizia: "Ao deixar o escritório outra coisa preocupava-me. Ardia de remorsos; tinha cacos de garrafa na consciência. A armadilha sanguinária de Franco obsedava-me como um delito meu." Sim, era uma dupla. Olha que coisa! Pois bem, é o próprio Raul, o Pompeia quem diz por meio de sua obra que: "O tédio é a grande enfermidade da escola, o tédio corruptor que tanto se pode gerar da monotonia do trabalho como da ociosidade."

Era uma escola como hoje, mas é incrível que, ao estudarmos a História da Educação, parece que tudo mudou da água para o vinho, mas as falas são as mesmas, com a diferença de que hoje a energia dos alunos nem dissipadas são nas aulas de Educação Física, não sei o que aconteceu com elas...

Sobre a segurança: "Na época atenuavam-se os zelos da polícia." A segurança de outrora só não contava com as inanimadas câmeras de vigilância... A tecnologia mudou, os sentimentos humanos permanecem.

Na sequência os dramas de consciência que tanto atormentavam Sérgio, Pompeia dizia que: "Na qualidade de mau estudante não sabia até ao fim nenhuma oração. Rogava por minha conta, improvisando súplicas, veementes, angustiosas, que deviam forçar a ombro a porta de São Pedro. Implorava de Deus diretamente, sem o intermediário empenho da minha padroeira". Após essa oração desesperadora, Sérgio adormeceu na véspera do atentado, que não era na mesma proporção, de Suzano, e que dera errado, pois o dia escolhido para o atentado era o dia de lavar o tanque e os alunos tomaram banho de chuva.

Banhos de chuva, eis o que muito nos falta nos dias atuais, água que lava as mágoas e devolvem sorrisos.

Infelizmente, mesmo o plano do colégio Ateneu não dando certo, a hostilidade perseguiu o autor Raul Pompeia, por conta de uma insinuação homossexual de cunho autobiográfico constante no livro *O Ateneu*. Fora dos livros, o poeta Olavo Bilac o provocara, não ficando também sem sofrer "acusações", na vida real: marcaram um duelo à espada — era assim que se resolviam as questões naqueles tempos. (O nobre leitor ainda acha que muita coisa mudou de lá para cá?) O duelo não ocorreu, mas os dramas pessoais se tornaram insustentáveis e Raul Pompeia acabou cometendo suicídio, assim como o Guilherme da Escola Raul Brasil.

É como se diz por aí: "Um povo que não conhece a sua história está condenado a repeti-la". Espero que o fim do Ateneu, de Raul Pompeia, não se repita em Suzano, na Escola Raul Brasil.

Que Deus conforte os corações de todos.

Mar calmo nunca fez bom marinheiro

Quem já sentiu a mente envolvida em uma tormenta sabe o que é olhar para todas as direções e não encontrar nem uma saída. Se você já se viu assim, então será mais fácil compreender o desespero de se encontrar no meio do oceano, passando por uma tormenta. Segundo o *Dicionário Aurélio*, tormenta é: temporal violento; desordem, agitação.

O que a nossa cultura fala sobre o mar? O ditado popular diz que: "Mar calmo nunca fez bom marinheiro", isso é fato. Jorge Amado dizia em seu livro: *Mar Morto* que "É doce morrer no mar" e Dorival Caymmi consagrou a expressão na música: "É doce morrer no mar". "É doce morrer no mar / Nas ondas verdes do mar [bis] / Nas ondas verdes do mar meu bem / Ele se foi afogar / Fez sua cama de noivo / no colo de Iemanjá."

Iemanjá é, para muitos brasileiros, o que Poseidon é para a mitologia grega. E seus temperamentos meio que se equiparam ao temperamento do mar, oscilante, por vezes calmo, sedutor, por vezes atormentado, agitado, por vezes romântico, por vezes mortal...

Literatura e música à parte, como que em realidades paralelas, dias atrás a fúria do ciclone Idai devastou e continua devastando com suas consequências a vida de centenas de milhares de seres humanos, sem contar todo o ecossistema afetado. E quem pensa que por estarmos longe daqueles países da África (Moçambique, Malawi e Zimbábue) estamos a salvo. Ledo engano, o mundo é um todo interligado, o cólera, por exemplo, tem visto oficial para rodar o mundo pelo tempo que quiser e atingir a quem bem entender.

Neste momento seres humanos precisam de compaixão, de doações, de voluntários, de solidariedade... E eu não poderia falar do livro *Mar Morto*, de Jorge Amado, cujo cenário é uma área portuária na Bahia, sem lembrar dos mortos na cidade portuária de Beira, em Moçambique.

Na vida real e na literatura, o destino é muitas vezes o mesmo, por vezes doloroso e mortal, só temos como escolher a forma de encará-lo. A literatura tem incontáveis papéis na promoção do desenvolvimento e aprimoramento do ser humano, prepara-nos para a realidade da vida, apresenta-nos as opções ou formas de encararmos as nossas desgraças ou as nossas diversas misérias... Ela consegue nos fazer mais felizes, arranca lágrimas, mas também sorrisos e nos impulsiona para a vida, a vida abundante...

Mar Morto é um lindo romance, poético, lírico, e dá vida ao revelar como nasce um mito: Guma, o Gumercindo. Recheado de personagens marcantes naquela realidade do casal Guma e Lívia, que inspiraram não só a música de Dorival Caymmi como também a novela: *Porto dos Milagres* (de Aguinaldo Silva e Ricardo Linhares), exibida em 2001, pela Rede Globo. É o livro que ainda vai inspirar muita gente que basta abrir e mergulhar em suas páginas, sem medo de ser feliz, porque ali, mesmo nos momentos em que as lágrimas nos afogam, é um dos únicos momentos na nossa vida em que temos o sentimento de que "é doce morrer no mar".

Gosto muito dos temas que falam sobre o destino sem reservas morais, sem aquela nossa petulante pretensão de controlar a tudo e a todos. A vida real não é assim, mas a realidade às vezes é forte demais para quem é fraco na humildade.

É muito intrigante perceber que, nesse livro, os personagens de Jorge Amado são muito sofridos, são fortes e também fraquejam, e por isso mesmo são protagonistas das suas vidas. Apesar de estarem todos predestinados a viverem as tempestades, mas não culpam aos ventos, a tormenta... Guma é valente, é guerreiro, é um mito. Os personagens não ficam sentados à espera de uma assistência, contam com Iemanjá, lutam com as armas que têm.

Rosa Palmeirão sabe como, e pode, se defender com a sua navalha. Eles acertam, erram e levam a vida com o máximo de dignidade. Guma queria honrar as suas prestações, quando comprou o novo saveiro, vivia os dramas dos homens honestos, e mesmo quando aceitou fazer uma manobra fora da rota moral, sofreu dramas de consciência, nisso consiste também a sua dignidade.

Quando Guma perdeu seu barco numa tempestade, ele recomeçou com a única coisa que tinha: a disposição para o recomeço. Espero que esse ânimo se impregne no corpo e na alma de todas as pessoas que perderam tudo nas tormentas da vida. Esse mesmo ânimo Lívia também teve de ter quando ficou viúva. A disposição é a força de que mais precisamos na vida. Porque uma hora a tempestade cessa e temos de arrumar os estragos.

"Algum tempo depois a tempestade serenou. A Lua apareceu e Iemanjá estendeu seus cabelos sobre o lugar onde Guma desaparecera. E o levou para as viagens misteriosas das terras misteriosas de Aiocá, para onde vão os valentes, os mais valentes do cais. (...) '... meu senhor já se foi nas ondas verdes do mar.' Lívia escuta. Ele já se foi nas ondas verdes do mar. Maria

Clara a ampara. O Paquete Voador, ancorado no cais, balouça mansamente. Mas o seu guia, aquele que o dirigia. Já se foi nas ondas verdes do mar. A música cobre o cais. dobra os homens que saltam do saveiro. A noite chegou. A noite é para o amor." Jorge Amado em *Mar Morto.*

Ref.»»› https://www.unicef.org/brazil/comunicados-de-imprensa/ciclone-idai-mais-de-1-milhao-e-meio-de-criancas-precisam-urgentemente-de-ajuda

O quinto elemento

"O amor é fogo que arde sem se ver", dizia Camões, sobre o amor em: *Os Lusíadas.*

De forma menos romântica, o *Dicionário Aurélio* diz que fogo é calor e luz, produto de combustão de matéria inflamável.

Wando cantava "você é fogo, eu sou paixão" e por isso se completavam...

Mas Rita Lee, como que de uma forma intermediária entre essas três formas de entender o fogo, mas indo além quando cantou: "só quem morreu na fogueira, sabe o que é ser carvão". Morrer na fogueira é uma expressão que sempre me remete à guerreira e heroína francesa Joana D'arc. Sabemos que do carvão se chega ao diamante, assim como das cinzas, a Fênix renasce.

Você há de concordar que, independente da relação que se estabelece com o fogo, ele provoca encantamento e perplexidade na gente. Encantamento que deve vir antes mesmo do *Homo Erectus* conseguir dominá-lo, por volta de um milhão de anos atrás, como diz a ciência.

O filósofo grego Empédocles dizia que tudo o que há no universo contém quatro elementos. Terra, Água, Ar e Fogo. Mais à frente, Aristóteles, outro filósofo, teria confirmado essa teoria e acrescentado que os elementos tinham uma disposição bem ordenada, assim o fogo teria um lugar fixo, ele seria o quarto elemento.

Esse elemento encantador marcou também a vida de Thomas Edison, quando seu laboratório, sem seguro, pegou fogo e destruiu todo seu trabalho de pesquisas, ele teria dito, que com o fogo os seus erros também estariam destruídos. E recomeçou o trabalho. Acho uma forma incrível de enxergar a fatalidade. Ver o que se ganha quando tudo está aparentemente perdido.

Aquele incêndio na Catedral de Notre-Dame, na capital francesa, inicialmente me causou um vácuo interior, e, antes de assimilar o que de fato tinha ocorrido, três imagens surgiram na minha mente: a imagem de Joana D'arc na fogueira, aqueles quadros pintados ilustrando a Queda da Bastilha, com suas torres pegando fogo e uma ingênua capa de um livro infantil que muito me marcou pelo título: *Fogo no Céu*. De autoria de Mary França e Eduardo França.

Esse livro data dos anos 80 e a palavra fogo chamava muito a minha atenção. Então eu fui reler, com os olhos adultos, e que maravilha de ensinamento há em tão poucas páginas. Nesse livro, quatro elementos, ou melhor dizendo, quatro animais: o Bode, o Rato, a Pata e o Galo, ao saberem da notícia de que havia fogo no céu, tiveram a mesma reação: imediatamente fugiram.

Então o Bode também alertou a Coruja, dizendo que havia fogo no céu, mas a Coruja não fugiu. Ela, como Thomas Edison, não se desesperou, observou o fogo, analisou a situação. Com segurança e firmeza, a Coruja afirmou que o céu não estava pegando fogo, era um balão de São João. É sabido que a Coruja é símbolo de sabedoria, de reflexão e de conhecimento. Ela enxerga na escuridão da noite, observa antes de agir, não age por impulso.

Diante de tantos incêndios que têm arrasado direta ou indiretamente as nossas vidas, e tentado aniquilar a nossa História, como os do: Museu da Língua Portuguesa, em São Paulo, 2015; Museu Nacional, no Rio de Janeiro, 2018; e agora o da Catedral Notre-Dame, em Paris, acredite, chama alguma é capaz de destruir a História.

Joana D'Arc foi queimada viva, por isso ainda vive, parece contraditório? Não é. É do próprio veneno que se cria o antídoto. Todo poder destrutivo carrega em si a força recriadora. Mas sem a observação não conseguimos encontrar novos caminhos.

É a nossa atitude, diante das tragédias, que dita o rumo da História, a memória é como combustível fóssil, mesmo sendo resultado do passado, tem poder gerador de vida nova e é criativa. Edison, somente três semanas após o incêndio que destruiu todo o material de estudo de uma vida inteira, fora os milhões de dólares investidos, finalmente conseguiu inventar o fonógrafo (toca-discos). Aquele mesmo que ele tentara inventar por três anos, sem sucesso até a data do incêndio. Há quem, no lugar dele, ficasse por aquelas mesmas três semanas só se lamentando...

Diante do fogo que nos ameaça, a principal saída de emergência é seguir os passos do quinto personagem, a Coruja, e refletir sobre o que podemos aprender com ela. Incêndio nenhum é capaz de acabar com a nossa história porque ela mora na memória, e memória compartilhada é memória eternizada. Precisamos incorporar o quinto elemento, a sabedoria necessária antes de agir. O quinto é o Elemento Etéreo ou, aqui em nossa reflexão, a Coruja.

Salvar somente a própria pele do fogo é muito pouco diante da grandeza da vida, não podemos sempre pôr a cauda entre as pernas e sair correndo como os quatro bichinhos do livro, a cada vez que vivenciamos experiências com incêndios.

O fogo que mata é o mesmo que aquece, sem o controle do fogo a humanidade não teria chegado até aqui. Ele é um elemento propulsor, mas sem o quinto elemento só conseguimos fugir dele instintivamente e não compreender o que ele nos avisa ou o que dele podemos extrair de bom.

Há mãe e mães...

As mães são aquelas pessoas que carregam dentro de si a centelha de DNA da Mãe Natureza, de quem somos todos filhos.

As mães podem ser: brisa, vento ou tempestade; podem ser raiz, tronco ou galho; monte, serra ou cordilheira; trilha, ponte ou ribanceira.

Existirão tipos de mães para cada mãe que existir. Elas parecem ser iguais, mas nem tão iguais assim, pois tem:

A mãe que pare
A mãe que cria
A mãe que inspira (os filhos)

A mãe que morre
A mãe que foge
A mãe que troca (os filhos)

A mãe que bate
A mãe que apanha
A mãe que ama (os filhos)

A mãe que guarda
A mãe que entrega
A mãe que esquece (os filhos)

A mãe que enxerga
A mãe que cega
A mãe que mutila (os filhos)

A mãe que fala
A mãe que ouve
A mãe que cala (os filhos)

A mãe que rejeita
A mãe que ama
A mãe que mata (os filhos)

A mãe que é lembrada
A mãe que é esquecida
A mãe que é odiada
A mãe que é querida

A mãe que é fera
A mãe que é fé
Nem toda mãe, é.

Há mães que, podendo oferecer o que tinham de melhor, foram, além dos filhos, a sua própria ausência. Tenha sido essa ausência motivada por desejo próprio ou a contragosto.

Como assim? Perguntar-me-ia o amável filho ou a adorada mãe.

Respondo com outra pergunta: o que seria de Rômulo e Remo se eles fossem criados pela mãe, Reia Silvia?

Pois é, talvez tivessem sido só mais duas crianças comuns de sua geração e provavelmente Roma não existiria...

Graças à Loba Capitolina, a mãe que é fera e amor cuidadoso, a mãe que amamenta e protege, a mãe que conta com ajuda dos céus, pois bem, foi por intermédio dela que o destino prosseguiu seu curso, como as águas do rio Tibre. Águas que foram apaziguadas enquanto o cestinho dos gêmeos navegava como que à deriva até ao seu novo porto seguro.

Reia, os Gêmeos e a Loba sobrevivem, pulverizados em toda pessoa que é, de alguma forma, mãe.

Muita gente ainda não entende que, não só é possível, como ainda hoje existem muitas mães virgens, mães da razão, mães do coração, mães... Curiosamente, Reia era uma sacerdotisa destinada à castidade, mas o deus Marte a engravidou. Seus filhos foram retirados de seu colo para a morte, mas deixados sob o manto da mãe natureza, sobre as águas do rio, sob as tetas da loba; aconteceu que: de cuidado em cuidado, sobreviveram.

Uma boa mãe poderia ser como uma árvore, ela consegue ser mães raiz que nutre, tronco que sustenta e galhos flexíveis que deixam seus filhos seguirem seu destino como as folhas no outono.

Feliz dia das mães!

Olho mágico

Era comum ter nas portas dos apartamentos um furinho, com um vidro por onde olhávamos quem tocava a campainha, era automático olhar por ali antes de abrir a porta. Esse furinho era chamado de olho mágico. Quem estava do lado de fora não via nada do lado de dentro, mas quem estava do lado de dentro via até as portas dos outros vizinhos do andar.

Quando criança eu costumava olhar por longo tempo pelo olho mágico tentando entender por que motivo eu não via nada estando do lado de fora, mal dava para saber se havia ou não luz acesa, porque o reflexo da luz do corredor confundia quem olhava de fora para dentro. Inconformada e curiosa por desvendar o mistério do olho mágico, de tempos em tempos saía olhando todos os olhos mágicos das portas dos vizinhos de fora para dentro... Um dia a escola acabou com aquele encanto, abriu meus olhos em uma aula sobre lente divergente, e me revelou que o olho mágico não passava de um vidro, vagabundo... Com o advento das câmeras do interfone olho mágico "raiz", virou decoração chique em portas clássicas.

Mas não é desse olho mágico que quero falar.

O que me levou a recordá-lo das portas na minha infância foi A *Luneta Mágica*, livro de autoria de Joaquim Manuel de Macedo. Nesse romance, o protagonista, Simplício, era um rapaz que ficou órfão de pai e mãe aos doze anos de idade, míope, não enxergava um palmo à frente do nariz.

Mas quem nunca se perguntou: "Como eu não enxerguei isso? Estava na minha cara e eu não via!"

Como ele mesmo dizia, Simplício não tinha só miopia nos olhos, mas também tinha um considerável grau de miopia moral. Aos dezoito anos começou a perceber a gravidade da sua situação.

"Miopia moral: — Sou sempre escravo das ideias dos outros (...) quando vou às galerias da câmara do senado, sou decididamente do parecer de todos os oradores que falam pró e contra a matéria em discussão."

Logo no começo do livro, após breves descrições como essa, já é possível cantar *Bete Balanço*, de Cazuza "O teu futuro é duvidoso/ Eu vejo grana, eu vejo dor/ No paraíso perigoso/ Que a palma da tua mão mostrou..." Mas esse ver, é prever, é ver com os olhos da razão. Infelizmente, dando-se conta do breu em que estava mergulhado, Simplício dizia: "Eu estava acostumado a ver pelos olhos de minha mãe, a pensar pela inteligência de meu pai: fiquei, pois, nas trevas dos olhos e da razão."

A obra é dividida em duas partes, tendo uma introdução antes de cada uma, e termina com o Epílogo. Na primeira parte, ao receber a Luneta Mágica, Simplício fora advertido de que não poderia passar de dois ou três minutos observando a mesma coisa, senão ele veria exclusivamente o mal, se chegasse aos treze minutos a Luneta se quebraria.

A primeira coisa que ele observou foi o belo nascer do sol, ele não resistia e ia passando do tempo recomendado, passando a ver o mal nas coisas e pessoas, a começar pelo próprio sol que seca e mata. O comportamento de Simplício era guiado pelo que ele via. Os dias foram se passando, e ele ia descobrindo o mundo. Até que um belo dia, ele não resistiu e passou dos treze minutos, a Luneta se quebrou.

Após algumas insistências conseguiu outra luneta, com o

mágico, o senhor Reis, só que essa o fazia ver o bem exclusivamente, em tudo e em todos, então ele se meteu em muitas encrencas por conta disso, até que esta Luneta também se quebrou. Se ele via o mau ele sofria terrivelmente, via a traição das pessoas, a inveja, a falsidade. Se ele via somente o bem, ele sofria por se deixar ser enganado, roubado, trapaceado. Em um dado momento, Simplício se vê mau também e chega à beira da morte. Por fim, não depois de muitos dramas e desesperos, Simplício conseguiu a Luneta que o faria ver pela lente do bom senso.

Curiosamente, a miopia física também se ajusta com aquela tal lente divergente, que mina as nossas ilusões de infância...

Às vezes é necessário mergulhar no mais profundo de nossas próprias trevas e lamaçal para sairmos enxergando. Tal como o cego que Jesus curou, após passar lama feita de cuspe e terra nos olhos do cego. Depois Ele mandou que o cego lavasse os olhos da lama, e ao lavar, aqueles olhos passaram a ver.

Parece ser natural de nós, seres humanos, apontarmos a luneta para fora, para os outros, quando algo é ruim, nunca somos nós os maus; é o sistema econômico que é mau, má e a religião, má é a política, a educação... E nós? Nós somos todos santos... A lama nunca está nos nossos olhos...

Quem diria que passados exatos cento e cinquenta anos, desde a publicação desse livro, o que mais nós precisamos nos dias atuais é a visão do bom senso. Ocorre que vemos um show de horrores de pessoas enrijecidas em seus próprios pontos de vista, arrastando consigo uma legião de Simplícios sem luneta, “escravos das ideias dos outros.”

Felicidade é poder quebrar as lunetas e obter outras... Simplício tinha potencial, mergulhou fundo na visão, viu-se nas trevas e alcançou o bom senso. Para nossa esperança, mesmo sendo também um Simplício, ainda temos chance de ver e ponderar entre o bem e o mal, e como que olhando pelo olho mágico, avaliar quem entra e quem fica do lado de fora de nossa mente, dos nossos sentimentos, da nossa vida...

Eu continuo curiosa e virando as coisas ao contrário para tentar entender a mágica da vida.

Tem um ditado que diz que "o pior cego é o que não quer ver", e que quem quer ver espia até pelo buraco da fechadura. Eu acredito nisso...

Barcarola (para maiores de 16 anos, com spoiler)

Barcarola é um tipo de música ou poesia. Imagine-se em uma embarcação em Veneza – Itália, os gondoleiros cantando uma canção romântica ou tocando um instrumento naquele ritmo bom, naquele estilo, inspirado no balanço das ondas, chamam: Barcarola.

Em terras brasileiras, "Barcarola" é o título de um poema de Augusto dos Anjos que tem alguns versos perfeitamente recitados por Ruffo, personagem de Selton Mello, na segunda temporada da série: *O Mecanismo*, disponibilizado na Netflix. A série é criação de José Padilha e Elena Soares; inspirada na Operação Lava Jato, que investiga os nefastos crimes de corrupção de políticos e empresários brasileiros...

Em determinada cena do quinto episódio, cujo título é: "Ponte da Amizade", o policial Guilhome, interpretado pelo ator Osvaldo Mil, morre baleado dentro de um barco, no Rio Paraná, fronteira entre Brasil e Paraguai. Entretanto, interessa chamar a atenção também para os episódios seis e sete.

O episódio seis recebeu o título "Réquiem". Réquiem é uma prece ou também música utilizada em liturgia para as pessoas falecidas. É mais conhecida pelas notas musicais de Wolfgang Amadeus Mozart. Réquiem ou Barcarola, estamos culturalmente muito bem representados nesses episódios.

Situados nesse contexto, sigamos. Após o sepultamento do Guilhome, Ruffo está com o namorado de Guilhome, arrumando as coisas no apartamento, especificamente os livros de poesia. Então, referindo-se a Guilhome, Ruffo diz: "Ele não era quem eu pensava que ele era. Ele era um cara muito mais foda, muito sensível, muito culto, muito mais preparado do que eu. Eu não usava óculos, mas eu devia porque eu não enxergava nada direito." A cena segue, Ruffo pega um livro e lê: Augusto dos Anjos. Então cita: "É como um réquiem profundo / De tristíssimos bemóis..." então o namorado de Guilhome completa: "Sua voz é igual à voz / Das dores todas do mundo." Esses versos pertencem ao poema "Barcarola".

Augusto dos Anjos teria nascido ainda sob o signo de Áries, no dia 20 de abril de 1884, no Engenho do Pau d'Arco no estado da Paraíba. Antes dos dez anos de idade a família começou a passar por problemas financeiros. Ele viu a decadência de uma era e a ascensão de outra. Foi para Recife fazer faculdade de Direito, formou-se em 1907. Conheceu os sentimentos humanos de ponta a ponta. Sobre ele e seu livro de título: Eu, muitas personalidades da nossa cultura registraram as suas impressões, tais como: Carlos Drummond de Andrade, Ferreira Gullar... Mas o que o personagem Ruffo diz, sobre Augusto dos Anjos, sintetiza aquelas impressões, de forma brilhante:

"Se tem uma coisa que eu sempre entendi, era qualquer coisa relacionada à dor. Augusto dos Anjos era um baita poeta, poeta da angústia e da morte, parecia que ele estava escrevendo pra mim, as palavras que ele usava, um cara foda! Só que Augusto dos Anjos fazia poesia e eu, só fazia cagada."

Além dessa descrição, a série trouxe outros versos dos poemas de Augusto, sobre as tramoias entre os políticos, os diretores foram muito felizes em usar "Versos Íntimos" para traduzir a relação entre a cúpula governamental investigada na Lava Jato.

No sétimo episódio: "O Fim e os Meios", os versos seguem dando mais profundidade à interpretação, como o poema "Psicologia de um Vencido".

Na íntegra, eis aqui, o mais cortante poema de Augusto dos Anjos: "Versos Íntimos"

Vês?! Ninguém assistiu ao formidável
Enterro de tua última quimera.
Somente a Ingratidão – esta pantera –
Foi tua companheira inseparável!

Acostuma-te à lama que te espera!
O Homem, que, nesta terra miserável,
Mora, entre feras, sente inevitável
Necessidade de também ser fera.

Toma um fósforo. Acende teu cigarro!
O beijo, amigo, é a véspera do escarro,
A mão que afaga é a mesma que apedreja.

Se a alguém causa inda pena a tua chaga,
Apedreja essa mão vil que te afaga,
Escarra nessa boca que te beija!

As muitas críticas atribuídas à série precisam também apresentar seus atenuantes, as falhas da série foram neutralizadas por trazer à tona a fina flor da poesia brasileira para os nossos vivos de 2019. Pois, como cantou o Barão Vermelho: "O poeta está vivo com seus moinhos de vento, a impulsionar a grande roda da história." Educar-se é uma das mais eficientes formas de protesto contra a miséria da corrupção e contra os miseráveis corruptos.

Conhecimento, uma vez adquirido, ninguém te rouba, ninguém! Por isso é a única maneira de se manter rico.

O mercador de Recife

O livro *O Mercador de Veneza* escrito pelo inglês William Shakespeare, por volta de 1596, lembra-me do livro *O Auto da Compadecida*, de Ariano Suassuna, especificamente a adaptação feita para a série televisiva lançada em 1999.

Admiradora mais de suas obras do que as de Shakespeare, até porque já li mais Ariano do que as obras do inglês. Relutei por dias antes de transcrever para o papel as minhas impressões de desilusão para com Suassuna.

Pois bem, voltando para *O Auto da Compadecida*, vale destacar minhas impressões mais pela surpresa do que pelo desapontamento. A gente se desaponta porque sempre espera um heroísmo desumano das pessoas que admiramos. Talvez eu sonhasse um Ariano inventor... Um deus criador, mas ele fazia adaptações, geniais, diga-se de passagem, e isso é o mesmo que criar. Uma cena especificamente eu tinha certeza que Ariano tinha criado, mas não criou... E foi isso que me desapontou. Ah, eu não creio que nesse mundo nada se cria, tudo se copia... Muitas coisas são adaptadas, ajustadas e por isso mesmo, criadas. Estou me contradizendo, vamos à cena do meu conflito.

No livro *O Mercador de Veneza*, Antônio era um cristão, rico mercador. Tinha muitos navios espalhados pelos mares, vale lembrar que o livro fora escrito nos áureos tempos do mercantilismo. Mas seu amigo, o nobre Bassânio, que era de fato nobre, mas estava pobre, precisava de uns três ducados para viajar até outra região para cortejar uma moça, Pórcia. Por isso resolve pedir dinheiro a Antônio, mas ele estava desprovido, sua garantia estava nos mares. Decidem ir pedir empréstimo ao judeu rico, Shylock.

Vale dizer que o livro trata de muitos assuntos que pedem reflexões profundas, como a relação de empréstimos com ou sem juros, antissemitismo, e inteligência feminina, mas não é o momento fazê-las aqui. Voltando ao empréstimo, o Judeu e o Cristão não tinham uma relação harmônica, mas entram num acordo na negociação para o empréstimo:

"**Shylock** — Quero dar-vos prova dessa amizade. Acompanhai-me ao notário e assinai-me o documento da dívida, no qual, por brincadeira, declarado será que se no dia tal ou tal, em lugar também sabido. a quantia ou quantias não pagardes, concordais em ceder, por equidade, uma libra de vossa bela carne, que do corpo vos há de ser cortada onde bem me aprouver.

Antônio — Palavra, aceito! Assinarei a dívida e declaro que um judeu pode ser até bondoso.

Bassânio — Jamais assinareis, por minha causa, um documento desses; antes quero continuar a passar necessidade.

Antônio — Nada temas, amigo, que eu não perco...."

Mas perdeu, perdeu o prazo para garantir o pagamento do empréstimo de Bassânio, porque seus navios naufragaram. Isso lembra a história de Jó que, fazenda após fazenda, perdera tudo, inclusive parte de sua própria pele.... Bassânio por poucos dias também não consegue honrar a dívida, que se tornaria possível com seu casamento com a moça rica. Promessa é dívida e Shylock decidiu cobrar, cortando uma libra de sua carne...

Na adaptação da peça *O Auto da Compadecida*, Chicó se vê

numa situação em que é preciso pegar dinheiro emprestado com o Major Antônio Moraes, mas sem ter o que dar como garantia, oferece uma tira de couro. Querendo se casar com Rosinha, filha do Major, ele aceita dar a própria pele como garantia, mas, ao contrário de Antônio, o Mercador, Chicó não tinha previsão alguma de como pagar a dívida, e no dia do casamento ele foi cobrado.

Nas duas situações, tanto no livro *Mercador de Veneza* como em *O Auto da Compadecida*, quem soluciona a questão e evita que se corte a pele de Antônio e de Chicó, são duas mulheres.

Pórcia, em Veneza, e Rosinha, no Recife, pegam o contrato em suas mãos e leem cada uma algo como: está no contrato um pedaço de pele, sem uma gota de sangue! Sangue não está no contrato, ou o senhor tira um pedaço de couro sem uma gota de sangue ou não tira nada... O desfecho é basicamente, que cumpra-se o contrato, assim o Mercador, e o nosso Chicó escaparam ilesos.

Experimentei especificamente naquela cena da libra de carne ou tira de couro, o que o escritor Bráulio Tavares escreveu em um artigo, sobre o livro ele disse: "Reza a lenda que certa vez um crítico teatral abordou Ariano Suassuna e o inquiriu a respeito de alguns episódios do Auto da Compadecida. Disse ele: "Como foi que o senhor teve aquela ideia do gato que defeca dinheiro?" Ariano respondeu: "Eu achei num folheto de cordel." O crítico: "E a história da bexiga de sangue e da musiquinha que ressuscita a pessoa?" Ariano: "Tirei de outro folheto." O outro: "E o cachorro que morre e deixa dinheiro para fazer o enterro?" Ariano: "Aquilo ali é do folheto, também." O sujeito impacientou-se e disse: "Agora danou-se mesmo! Então, o que foi que o senhor escreveu?" E Ariano:

"Oxente! Escrevi foi a peça!"

Poderíamos acrescentar: e aquela história do pedaço de couro (pele) como garantia de pagamento de um empréstimo? Ah, esse foi do livro: *O Mercador de Veneza.* Ora, sabemos que a Recife, adotada para residência do Suassuna, é nossa Veneza Brasileira, se tínhamos a Veneza agora temos também o Mercador, O Mercador do Recife, não era Antonio, pois que nosso Antônio era o Major Antônio Moraes, fazendeiro, credor... Mas bem que poderia ser Ariano...

Quando a pessoa escolhe ler um bom autor ela caba lendo dois, incluindo o clássico da literatura mundial, por isso não tenho mais do que me queixar.

Amizade

Dias atrás, uns amigos me convidaram para um evento esportivo que eu até gostaria de ir, mas para aquele dia já tinha outros planos. Atualizar uma leitura há muito atrasada. É sabido que há amigos mais chegados que um irmão, mas eu não tive irmãos e logo fiz amizade com os livros. Não são amizades incompatíveis, mas há lugares que o livro não frequenta, assim como há pessoas que não frequentam os lugares dos livros.

No conflito da dúvida entre ir ao evento e deixar o livro ou ler o livro e perder o evento, finalmente chegou o momento de decisão, de ímpeto comuniquei que não iria, estava indisposta para me movimentar, então abri o livro e li:

"Ousado e aventureiro, decida de uma vez:
Faça o sino vibrar e aguarde o perigo
Ou acabe louco de tanto pensar:
'Se eu tivesse tocado, o que teria acontecido'."

Disse de mim para mim: pronto, lá vou remoer se tomei a decisão certa ao ficar em casa lendo ou ter saído. Já era tarde, dei a minha palavra de que não iria, paciência, vida que segue e leitura que avança. Tratava-se do livro: *O Sobrinho do Mago*, uma das *Crônicas de Nárnia* de C. S. Lewis.

De vez em quando ficamos assim, pensando e repensando em como as coisas teriam sido se tivéssemos optado por isso ou aquilo...

O sentimento da dúvida e da indecisão pode muitas vezes

estar ligado à insegurança ou a necessidade de querer controlar tudo. E de onde raios vêm esses sentimentos?

A dúvida entre fazer ou não algo, decidir sobre uma alternativa ou outra tem a ver com descrença em nós mesmos, nos nossos pilares e em nossa fé diante da própria vida. A insegurança, suponho que venha da sensação de desamparo que temos. Sem ao menos um amparo, a vida se torna praticamente impossível, e os amigos se tornam como anjos nas nossas vidas.

O que acho lindo e indispensável em muitos livros é esse retrato da vida, mesmo que em metáforas ou alegorias. O medo e a insegurança são colocados em seus devidos lugares, quando se tem o apoio de amizades verdadeiras. Essas são aquelas dotadas de sentimentos nobres como a lealdade e a confiança.

Voltando ao livro, o sobrinho do mago se chama Digory, ele tem uma amiga chamada Polly, eles são leais um ao outro e leais aos seus próprios valores. Eles representam o amigo que cada um de nós gostaria de ter. A pessoa leal carrega em si atributos que independe do lugar onde se esteja, independe de relacionamentos, ainda que sozinha essa pessoa continuará a ter características como: sinceridade, honestidade e compromisso, que se traduz em palavra de honra.

Na aventura, Digory e Poly se veem traídos pelo Mago André, que é o tio do Digory. Por essa trapaça eles foram enviados para um lugar desconhecido, então se veem sozinhos e desamparados em um bosque entre dois mundos. Eles não puderam decidir seus destinos, Polly foi para o outro mundo enganada e Digory se sentiu no dever moral de ir a seu encontro, "não havia para ele outra maneira de proceder com dignidade".

Uma vez no outro mundo os meninos viveram algumas

situações novas e inusitadas, e na primeira oportunidade de irem embora Polly sugeriu irem logo para casa:

"— Mas ainda não vimos nada! — protestou Digory. — Já que estamos aqui, vamos dar uma espiada.

— Aposto que não há nada que interesse neste lugar.

— Ora, bolas! Que graça tem encontrar um anel mágico, que leva a gente a outros mundos, se você tem medo quando chega lá e quer dar para trás?

— Quem está falando em dar para trás? — protestou Polly, largando a mão de Digory.

— Só quis dizer que você não parece muito entusiasmada.

— Pois fique sabendo que vou aonde você for."

Essa passagem é interessante, amigo é aquele que está junto, é aquela pessoa que doa a presença, a companhia. Há discussão e há solução de pronto.

Por que o cão seria o melhor amigo do homem? Não é pelo cão, senão pelo comportamento da lealdade, da companhia, da prontidão; de se fazer para o companheiro aquilo que se quer que faça consigo mesmo. O que há com as pessoas? Elas estão rodeadas de gente, em grandes multidões, cheias de seguidores e se sentem sozinhas.

Nesse momento os bons livros resgatam a gente da gente mesmo. Somos um mosaico de histórias dentro da gente, mas estamos nos alimentando com histórias sem sentido e vazias, por isso estamos pensando que temos amigos porque temos seguidores, ah! Estaremos perdidos se pensarmos assim. "Amigo é pau pra toda obra."

As histórias dos livros mais incríveis estão repletas de lealdade, de virtudes, mas se não lemos, não sabemos cultivar amizades como a de Digory e Polly, ou a dos Três Mosqueteiros, você lembra o lema deles? "Um por todos e todos por um!" Ou ainda a lealdade dos Cavaleiros da Távola Redonda. A lista é grande... Quem hoje pode cantar a música do filme *Toy Story*. "Amigo, estou aqui"? Ser amigo dever vir antes do ter amigo.

Isso não quer dizer que o amigo vai fazer tudo o que o outro quer na mesma hora. A amizade é uma relação de equilíbrio, respeito, confiança, entrega... Não existe anel de compromisso de amizade, nem contrato registrado em cartório com reconhecimento de firma para relação de amizade, amizade está em outra dimensão, diferente de namoro ou casamento, namorar e casar são verbos, mas a amizade não se conjuga. Mesmo que se diga não em algum momento, a amizade não se desfaz, porque ela segue outra lógica.

A baleia e a lagartixa

Há algum tempo, o programa *Porta dos Fundos* apresentou um episódio chamado Biblioteca. Nesse episódio, dois colegas conversavam em frente a uma estante de livros enquanto tomavam um *drink*, então um deles, o visitante, após elogiar a estante perguntou quantos livros dali o anfitrião já teria lido.

O dono da casa desconcertado dá pistas de que não entendeu a pergunta, na verdade ele nunca tinha lido livro algum, e disse que os livros eram mais para decoração mesmo... O visitante já com cara de incredulidade, informou que os livros eram para serem lidos. O dono dos livros retirou um da estante e falou da capa que tinha uma baleia ilustrativa.

O visitante, surpreso com a qualidade do exemplar, diz que é a Moby Dick e que ali dentro do livro conta a história da baleia Moby Dick. Ao que o dono do livro, com cara de bobo diz fazer sentido ter uma baleia na capa. Ao final do episódio há uma cena muda, onde o anfitrião está colorindo as palavras com vários lápis cinza... Uma referência satírica a outro livro...

O livro citado no programa foi publicado em 1851, é de autoria de Herman Melville, um apaixonado pelo mar que, dez anos antes da publicação do romance, viveu uma experiência de estar a bordo de um navio baleeiro. *Moby Dick* ganhou várias versões em filmes e desenhos animados.

No livro, o personagem Ismael narra a relação do capitão Ahab e a baleia Moby Dick. Ismael embarcou no navio baleeiro do capitão Ahab juntamente com outros homens em busca de baleias, mas Ahab tinha uma única obsessão, caçar a baleia branca, a cachalote Moby Dick, para se vingar dela por ela ter lhe arrancado a perna. Ismael observa:

"O capitão Ahab surgiu do seu camarote como se saísse das trevas. Aquela figura imponente e forte nada se parecia com o doente que eu imaginava. Tinha uma perna adaptada com osso de baleia, a qual apoiava num buraco feito no assoalho do navio especialmente para isso. (...) O capitão começou, então, a elevar o tom de voz. Seu discurso fez aumentar a atenção dos marujos e passou a empolgar a tripulação de forma contagiante." Ele queria todos envolvidos na vingança contra a baleia.

O tempo passa até que um dos tripulantes avistou a baleia, pouco a pouco Ahab ia perdendo a batalha e os tripulantes iam perdendo a vida...

Moby Dick foi chamada de fantasma, monstro, animal de inteligência demoníaca, mas o que era a fúria dela se comparada à de Ahab? Muitas interpretações podem ser feitas, inclusive de ser essa descrição de Moby Dick a face oculta do próprio Ahab. Afinal de contas, as pessoas medem tudo pela sua própria régua, visão curta não enxerga o tamanho do gigante. A baleia estava se defendendo, desde a outra ocasião quando Ahab perdeu a perna, mas isso sequer passara pela cabeça do capitão. A velha mania que alguns têm de atribuir aos outros a culpa pelos próprios fracassos e a velha mania de andar para trás...

Um dos tripulantes ainda alertou:

"— Capitão, por favor, não vá. Lembre-se da conversa que tivemos. Não há motivo para esta vingança — pediu o imediato.

— Starbuck, cuide do Pequod. Hoje à noite Moby Dick estará presa a este casco — disse Ahab, ignorando os pedidos do oficial."

Ahab foi, e em meio à batalha investida contra a baleia, acabou por perder também a perna postiça para o monstro branco horroroso.... "Seu rosto e focinho eram terrivelmente enrugados, seus olhos assustadores pareciam mirar para todos os lados, como se enfeitiçassem cada marinheiro que se aproximasse dela, invadindo-o de pavor. O couro da baleia carregava muitos ferros retorcidos e cordas de arpões que se soltaram, além de incontáveis cicatrizes feitas por facas e lanças..."

Hoje penso que, mesmo que Ahab ou até mesmo outro marujo se aproximasse de Moby Dick para cuidar de suas feridas, ela não o trataria bem e ambos sairiam ofendidos. Por isso a melhor solução de paz para ambos seria mesmo a distância, cada um no seu território ou habitat, olhando para os próprios horizontes.

Ahab deixou seu destino ser conduzido pelo sentimento de vingança e, em vez dele seguir a vida com a perna que tinha, acabou por perder a perna substituta e não só isso, quem estava perto dele também sucumbiu, sucumbiram por se deixar levar pelo discurso empolgante e contagioso do capitão.

"Ahab agora queria vingar não só ele, mas também toda a sua tripulação, que afundava lentamente no oceano."

Pouquíssimas vezes eu volto ao passado, e quando acontece é para deixar qualquer situação de mal-entendido em paz, sim, é bem aquela coisa do morrer em paz. Mas há pessoas que não são de paz e dessas temos que manter distância mesmo. Estava pensando nisso quando andando pela casa topo com uma lagartixa sem cauda. E pensei, se *Ahab fosse como ela, estaria vivo, deixaria o passado no passado e ganharia a vida mesmo sem uma perna.* Na vida quem é de paz precisa aprender a ser como a lagartixa, quando puder fugir, deixar a cauda e focar no horizonte, ou como a baleia, destemida quando tiver de lutar.

Ismael foi o único sobrevivente do naufrágio em que resultou a luta contra a baleia. "Fiquei à deriva durante um dia e uma noite. No final da tarde do dia seguinte, avistei um navio na linha do horizonte...."

Outra referência muito conhecida sobre o olhar para o passado é da família de Ló, quando ela saiu da cidade incendiada tinha a orientação de não olhar para trás, mas a esposa dele olhou e ela virou estátua. Estátua não caminha, não segue para frente. Fica estagnada...

Um pai sempre será uma referência...

Dia dos pais chegando, eu passando pelo terminal rodoviário do Tietê, resolvi entrar em uma livraria que costuma vender livros num preço bem acessível, é uma espécie de quiosque. Entrei e folheei um livro que até já tinha visto a capa em outra ocasião, mas não sei por qual motivo não me ative a ele na época.

Dessa vez foi diferente, ao me deparar novamente com o livro do Mano Reco e ler atentamente o título: *Não é Palco, É altar – O testemunho impactante do ex-vocalista do Detentos do Rap*, *pensei: acho que vou levar para dar de presente ao (pai dos meus filhos? Não!) meu filho, que diz achar que Deus não existe.* Temos embates longos sobre o tema, porque ele não prova que não existe, nem meus argumentos provam que existe.

Muitas vezes me questionei se os filhos aprendem mesmo pelo exemplo dos pais, depois li que há quem conteste isso, e acho válido o questionamento. Até que ponto o quê ou alguém influencia quem? Para responder essa pergunta há incontáveis variáveis a se calcular...

Pois bem, abri o livro e me deparei com o seguinte trecho em destaque: "Referência. Cego é o melhor adjetivo para me definir. Como assim sem referência? Por que sem referência, se eu tinha um homem que estava pronto para dar a vida por mim? Eu não enxergava (...) Será que a referência pra mim seria um pai que estivesse preso por matar ou roubar pra sustentar um vício? Agora sei que o maior vício do meu pai era não conseguir passar mais de um dia longe de casa. E é assim até hoje." *De cara pensei: essa pessoa vai contra certas estatísticas...*

Adianto um pouco mais a leitura e paro em uma página que fala sobre a tal ostentação em que ele dizia que "Muitos jovens crescem querendo viver o que um criminoso ou artista de TV mostra ser uma boa vida. Um simples fone de ouvido traz inverdades de um jovem que canta, que usa correntes de ouro, que tem dinheiro, que tem mulheres etc., que isso é ser feliz." Eu disse de mim para mim, "Epa! Quem vai ler esse livro serei eu mesma." Comprei o livro e li em um dia. Ao término pensei, *essa biografia, se não consta, deveria constar nos Parâmetros Curriculares Nacionais – PCNs.*

Imediatamente quis indicá-lo para leitura e escrever sobre ele, mas imaginei a coluna em branco, com título e assinatura. Não me senti à altura de falar sobre esse livro, não pela nobreza estilística das nobres escolas literárias, porque não é o caso. E sim pela densidade, pelo mergulho em águas profundas, pelas realidades que se fecham em nossas cercas elétricas e que são escancaradas por esse livro, ele abre a porta e: "pá!"

Não é só dar uma voltinha pelo Capão Redondo/SP onde o Denison Vertelo (Mano Reco) nasceu, é se arrepiar por pisar no Carandiru, mesmo quando ele não mais existe; é subir no palco e sentir a adoração da multidão; é sentir as algemas esmagando os punhos; é visitar os camarins e sentir o som vibrar no peito; é experimentar o prazer do dinheiro, da fama.... e como num *bungee jumping* ver tudo girar, mas no fim saber-se vivo e seguro, por cordas fortes muitas vezes invisíveis, que não só ao Mano Reco, mas que também nos sustentam quando o chão desaparece de debaixo dos pés.

Num mundo de mentiras, eu simplesmente me encanto

com quem tira a máscara da ilusão e isso o Mano Reco soube fazer muito bem. "Em camarins, vi muitos que cantavam o que não viviam, que falavam de paz e viviam guerra (incluindo eu mesmo, por um tempo), que gritavam em seus shows 'Não às drogas!', mas se afundavam em cocaína antes de se apresentar." E ele segue a lista não sendo hipócrita nem se esquivando, assume como os que "falavam de amor e viviam ódio".

Denison também não esconde a intimidade de seu novo lar ao lado da esposa, ele ia para a igreja, mas as pessoas pensam que é pôr o pé na igreja e como passe de mágica vira santo. Longe disso, é um dia de cada vez, é passo a passo e palmo a palmo para se alcançar as tais Coisas do Alto. A luta do Mano Reco foi, e é, para Átila nenhum colocar defeito.

Em certos trechos Denison, com sinceridade, fala dele, mas acaba retratando a realidade de muitos lares e a conduta de muitos pais de família: "Na igreja eu era uma bênção, mas eu era bruto, um marido horrível; eu gritava, quebrava as coisas dentro de casa, agredia com palavras, com socos... Eu nunca fui exemplo de nada, e por muitas vezes quis acabar com tudo."

Um homem chamado de louco por ter abandonado dinheiro, fama, carros, reconhecimento, mulheres e que foi estudar teologia para bater de frente com as pessoas que pregavam para ele, inclusive a mãe. E depois com o pastor/professor, vem sendo esculpido e precisa ser estudado, pois que incomum. Além do pai, teve, como ele mesmo chama, um "paistor", que o laçou talvez com aquela mesma corda invisível, que segurou firme a esposa a seu lado, e a mãe de pé. "Minha mãe tem sessenta e seis anos de idade, mas de vida ela tem só doze, que é o tempo que eu estou na igreja; o resto da vida dela foi correndo atrás de um filho que merecia a morte."

É, meus amigos, o livro não é para os fracos, mas como diz o ditado: "a vida é dura pra quem é mole". Lembro-me dele dizer em alguma parte que via a mãe dele orando pedindo a Deus para consertá-lo e levar. A mãe, que faz e quando faz esse pedido, é uma pessoa fora do comum, o pai também. Feliz o Denis que teve pai, "paistor" e hoje é pai biológico, pai na fé e boa referência para muitos pais e filhos.

Um pai sempre será uma referência e eu acredito que haja um Pai Maior.

Quase Quasímodo

Existe uma inclinação para achar que a dor que a gente sente seja a maior do mundo. Seja a dor do desemprego, da fome, do descaso, da exploração, dos abusos... Mas como mensurar a dor que o outro sente? Raras são as pessoas que não somente compreendem, como também descrevem muito bem, as dores, inclusive a dor do abandono.

O escritor francês, Victor Hugo, soube escrever e descrever as pessoas, ou suas personagens de dentro para fora, o mais profundo do ser, como que sentisse seus sentimentos, como que vivesse suas dores, como quem riu seus risos. No livro publicado em 1830, *Notre-Dame de Paris* — ou como a tradução mais conhecida — *O Corcunda de Notre-Dame*, Victor Hugo soube fazer o milagre da transformação e mostrar a beleza, ou o "milagre divino" no que aparentemente seria um "monstro da abominação".

O livro tem vários personagens centrais, mas aqui vamos falar de um aspecto do Corcunda, cujo nome de batismo era Quasímodo. Por que esse nome?

Quasímodo foi, assim que nasceu, abandonado no adro da igreja de Notre-Dame. Era domingo de Quasímodo. Naquela época, crianças rejeitadas eram deixadas naquele lugar para quem quisesse pegar e levar para casa. Mas o bebê causava repugnância nas pessoas que passavam por ele, por fim, fora adotado pelo padre da Catedral, Claude Frollo, que soube dar atenção, afeto, ensinou a falar e a tocar os sinos da Igreja, fez dele o sineiro da Notre-Dame. "Dar os sinos a Quasímodo era como dar Julieta a Romeu." E fatalidade também é o trilho do destino dessa história.

Padre Frollo tinha um irmão sob sua proteção, mas com amargura "viu seu irmão retribuir todo o seu sacrifício, todos os seus ensinamentos com a preguiça, a ignorância e a devassidão." Como se vê, a beleza anda ao lado da virtude, não da pretensa perfeição física.

Vemos algumas pessoas querendo que todos tenham a mesma beleza, não falo do mesmo tipo, mas algo como, por um esdrúxulo exemplo: se a sociedade valoriza um cotovelo bonito todos querem ter seus cotovelos estropiados (como os meus) admirados. Ah, você há de concordar comigo que, às vezes, a pessoa tem as mãos lindas, lindas! Mas fica competindo cotovelos e, pior, impondo que admiremos as crostas enrugadas dos cotovelos em vez de admirarmos as mãos de modelo de anel de brilhante, ou as belas mãos fortes de quem não foge à luta.

Outra vez eu falara sobre as belezas percebidas pelos cinco sentidos, nunca vi uma pessoa apresentar beleza perceptível para os cinco sentidos simultaneamente. Alguma é fundamental, a beleza é objetiva. Uns dirão que ela está nos olhos de quem vê, mas tem gente que só a enxerga se for num letreiro luminoso, pois que é visual. Fora de um palmo à frente do nariz, não enxerga mais nada.

Não se ouve mais uma bela voz cantar, ou nem se admira a beleza do maestro João Carlos Martins ao reger uma orquestra e tocar piano, ainda que apenas alguns dos seus dedos tenham mobilidade, seus gestos são lindos e encantadores.

Quasímodo só tocava os sinos e muito bem. No decorrer da história, mostrou-se lindo e não se enxerga mais as suas características físicas. Ele foi um homem de atitude, ousado, tinha gratidão, soube retribuir a todos tudo o que recebera. Gostou do padre Frollo, pois o padre o adotou, odiava quem o maltratava e foi grato para com Esmeralda, a cigana que lhe ofereceu água quando ele fora torturado. Soube protegê-la e defendê-la de injustiça, quando pôde, livrou-a da forca e lutou contra o padre quando ele revelou sua face cruel.

Você me perdoa por eu mudar de pato para ganso, mas quando li sobre Quasímodo e "o seu caráter incompleto, isto é, era um quase". Automaticamente me lembrei de um diálogo muito curioso entre as personagens de João Grilo e Chicó na obra: *O Auto da Compadecida*, de Ariano Suassuna, e por isso eu trago aqui mais ou menos a forma como me recordo que se deu o diálogo:

"—E aí caçou alguma coisa?

— Quase!

— Tá aí um bicho gostoso esse quase! A gente quase assa, quase come e quase morre de forme!

— Quase pego pra mais de quinze pacas.

— Estou quase te pegando na mentira, Chicó.

— Estava lá atocaiando quando apareceram mais de trinta pacas, era tanta paca, tanta paca, que passa por lá que a trilha delas fica marcada na água.(...)

— Você tinha dito mais que quinze.

— Oxente, homem! E trinta não é mais que quinze, não?

— Tá certo, vamos deixar as suas pacas e caçar serviço..."

Realmente o "quase" é algo intrigante. Em algum aspecto nós todos somos Quasímodos, e está tudo bem, se soubermos identificar em qual aspecto a nossa beleza se manifesta. Assim cada indivíduo com sua pecinha de beleza, unido a outros, forma uma sociedade inteiramente bela.

Acho que devemos deixar de sermos quase isso ou quase aquilo que não é da nossa natureza e sermos inteiros em nossas vocações, em nossos dons, belezas e atitudes. Terminar o que começar, valorizar o que se tem. Há beleza no ouvinte e também na voz que canta, no riso, na mão que acaricia, nos braços que acolhem; há beleza no perfume de uma pessoa caprichosa, no alimento bem plantado, bem colhido, bem cozido. Há beleza numa calçada varrida, num muito obrigado, num gesto de até logo.

Não há beleza só para os olhos. Há beleza para a alma. Há beleza por toda parte, mas a parte não é o todo, a parte é o "quase" e a beleza completa só se faz na união das pessoas, cada uma contribuindo com a sua beleza particular.

Suicídios

Outro dia ouvi uma pessoa comentar sobre o sequestrador do ônibus na Ponte Rio-Niterói, no Rio de Janeiro, que as pessoas estão com tantas carências, inclusive de serem notadas, que culmina naquela situação. Sua interlocutora emendou: "as redes sociais, que aparentemente seriam um alento para quem quer ser visto, acabam se mostrando ineficazes, porque o vazio interior é muito grande e o que está por trás da carência não se preencheria pela exposição e fotos de felicidade. O egoísmo continua não querendo ver as feridas internas de ninguém e as pessoas andam vazias de sentido." Achei interessante a preocupação delas em analisar a situação com demonstração de cuidado.

Não pude acompanhar mais o diálogo das duas, e também não acompanhei de perto o sequestro do ônibus. Mas escrevo essa coluna no dia em que o jornal *Folha de São Paulo* publicou uma matéria intitulada: "Sequestro no Rio leva à discussão sobre '*suicídio* por policiais'". De imediato não entendi o título, então atentei para as aspas...

A matéria falava sobre o *suicide by cop* e envolve pessoas que decidem morrer por alguma razão e que, por algum motivo, provocam uma situação de risco para que sejam mortas por alguém, nesse caso um policial. Eu nunca tinha lido algo a respeito disso, mas a matéria logo me remeteu ao livro: O Suicídio, publicado em 1897, de autoria do fundador da sociologia, Émile Durkheim.

Nele, Durkheim, abordou "três tipos de suicídio: o egoísta, o anômico e o altruísta". Mas ele cita também os tipos de "suicídios de alienados": o suicídio maníaco, o melancólico, o obsessivo e o impulsivo ou automático. Pelo que diz a matéria e pelo que diz o livro, é muito provável que, de fato, estejamos diante de um *suicide by cop.* É importante conhecer para poder ajudar, e não partir para julgamentos infundados.

A bem da verdade não gostaria de falar sobre esse livro, nem sobre esse assunto, mas andamos cercados por notícias de suicídio. Não dá para sermos indiferentes, o que antes era mais frequente nas grandes cidades, agora apresenta altos índices também no interior.

Especialistas dizem que precisamos falar sobre isso, mas o falar sobre, não é falar mal ou ficar especulando. É, na verdade, ouvir mais as pessoas, olhar nos olhos, é o bom e velho: *oferecer um ombro amigo*, muitas vezes basta silenciar e ouvir o que a pessoa tem a dizer. A sociedade anda muito barulhenta, inclusive, muitas vezes, o próprio indivíduo que está sofrendo, no auge do desespero, procura e produz barulho para abafar a voz que grita por socorro dentro de si mesmo. Dizem que quanto mais barulhenta uma pessoa, mais vazia de sentido de vida ela está. (Seja barulho de música alta diuturnamente a escapamentos).

Existe um poder curador no desabafo, mas a rede social não é o melhor lugar para isso.

Muitos livros são confortantes e nutrem a esperança, como o livro de Viktor E. Frankl — *Em busca de Sentido.* Ou os livros de Mário Quintana, C. S. Lewis, Eça de Queiróz, Tolkien, Adélia Prado, Rubem Alves, Miguel de Cervantes, Cecília Meireles, ou ainda os Salmos, Eclesiastes e os Provérbios bíblicos. A lista é imensa e há livro para todas as personalidades, que aprimoram a nossa forma de pensar e de ver o mundo e são capazes de colaborar para a nossa expansão de consciência.

Durkheim fez uma ressalva sobre o poder da educação, pois considerava os professores viciados em saberes, emoções ou comportamentos oriundos de um sistema social ineficiente. Eu concordo com ele, mas é justamente por isso que precisamos lançar o olhar para a literatura universal, pois ela é oriunda de outros tempos e lugares.

Muitas músicas são inspiradoras e motivadoras, desde as universais clássicas instrumentais ao rock e ao rap. A mente se nutre com o que a alimentamos, nem todo alimento faz bem a todo mundo. Para saber o que faz bem ou mal para a nossa própria mente é preciso ter claro que o autoconhecimento é como ar para os pulmões. Todas as nossas decisões deveriam levar em conta as nossas emoções.

Como lidar com o tédio e com as coisas invisíveis que tanto ferem? Essa cultura que só valoriza o que está a um palmo diante do nariz é incapaz de mensurar a ofensa sofrida por Zidane, mas vê a cabeçada com a qual ele revidou a ofensa. Mal sabem que a palavra é a arma mais letal que existe.

Mais do que nunca, é necessário vestir um colete à prova de más palavras para que elas não firam de morte o coração. É preciso respirar calmamente, viver o presente, um dia de cada vez, o alimento é diário, um belo dia nos percebemos emocionalmente mais robustos. Enquanto isso, vamos comendo boas palavras.

"Ah, meu Deus!
Eu sei, eu sei
Que a vida devia ser

Bem melhor
 e será,
Mas isso não impede
Que eu repita:
É bonita, é bonita
E é bonita..."

Gonzaguinha.

P.S.: Estamos no mês dedicado à campanha de prevenção ao suicídio: o Setembro Amarelo.

Mistérios e segredos

Tenho a impressão de que, ao longo do tempo, quanto mais fomos perdendo o medo de fantasmas ou assombrações, mais passamos a ter medo das pessoas. Várias foram as vezes que ouvi alguém dizer que não tem medo de espírito, nem de extraterrestre, mas que morre de medo de gente.

Dias atrás, um tema me escolheu para ser escrito. Já falei sobre isso algumas vezes, corriqueiramente penso em escrever alguma coisa para sugerir a leitura de um determinado livro e quando dou por mim, escrevi sobre outra coisa totalmente diferente. Eu analiso essa situação ainda com um pouco de espanto, afinal de contas, que forças regem os nossos pensamentos e as nossas vontades? Eis aí um mistério, dos incontáveis que existem. Apesar de ser uma pessoa extremamente medrosa, posso até evitar, mas não fujo de mistério, por outro lado, segredos nunca me aguçaram a curiosidade.

O mistério faz acelerar o coração, mostra as nossas ingenuidades, une as pessoas em busca de conhecimento ou de uma ideia que clareie a situação. O segredo me parece que tem algo de transgressor. Tem um ditado que diz que "A terra não guarda segredos", entretanto, em compensação, ela mesma é o nosso maior mistério...

Há alguns dias, passeando pelos corredores de uma biblioteca, fui surpreendida pela bibliotecária que me explicava a lógica do código pelo qual os livros eram catalogados e acomodados nas prateleiras das estantes. Isso para mim era um mistério, mas não daqueles que instigam aquela nossa veia investigativa, mas um assunto puxa outro e eis que nos vimos de frente para a estante de Literatura Brasileira e da prateleira de Literatura do Vale (do Paraíba).

Foi quando veio à minha memória um antigo desejo de conhecer a história do livro: *Operação Marins, de Rodrigo Nunes.* Peguei três volumes emprestados: *Operação Marins 2 e Operação Marins – 30 anos de mistério.* No mesmo dia os li, enrolando para esticar o livro um pouco mais. Passei o dia sobressaltada, aflita e inconformada com tamanho mistério sobre o desaparecimento do escoteiro Marco Aurélio, no dia 8 de julho de 1985, na trilha que leva ao Pico dos Marins em Piquete – SP.

Quis escrever sobre o primeiro livro, falar das minhas teorias... Mas não consegui. Pretendo fazer isso, mas não vai ser dessa vez. Minhas energias foram consumidas e, às vezes, é preciso deixar um assunto quieto para baixar a adrenalina.

Pois bem, decidida a não tocar nesse assunto, e deixar a mente mais quieta para dar a vez para outras sensações e ideias fluírem, eis que, na mesma semana, aleatoriamente, me deparei com o livro de cordel: *O Cachorro dos Mortos*, de Leandro Gomes de Barros. Curiosamente nesse caso (ficcional), também há um espanhol, coincidência, pois que, no caso do Marco Aurélio também há um espanhol.

O cordel começa com uma sentença que, contra todas as evidências, acaba por se cumprir:

"Os nossos antepassados
eram muito prevenidos
diziam: mato tem olhos
e paredes têm ouvidos
os crimes são descobertos

por mais que sejam escondidos."

Na sequência, Leandro Gomes de Barros narra a história de um triplo homicídio (três irmãos) cometido por Valdivino, em um lugar absolutamente deserto. Sem nenhuma pessoa como testemunha. Diante dessa história não tive como não me lembrar do livro lido anteriormente. Valdivino queria seduzir Angelita, ao ver que não era correspondido e já tendo matado seus dois irmãos matou também Angelita e fugiu. Crime perfeito? Angelita dá pistas:

"Pondo a mão na punhalada / disse: monstro desgraçado / aquele velho cachorro / que está ali amarrado / descobrirá estes crimes / e tu serás enforcado. (...)
— Não julgue que fique impune / este crime no deserto / tu não vês três testemunhas / que estão aqui muito perto? / irão depor muito certo!
Disse Valdivino: — és louca / quem viu o que foi passado? / disse Angelita: — esse cão / que está ali amarrado / a gameleira e as flores / dirão, no dia marcado!"

Fato é que, no desenrolar da narrativa, o assassino tenta matar o cão, mas o cão escapa, daí para frente, depois de um certo tempo, o crime foi desvendado graças às flores, à árvore e ao cachorro.

Fiquei pensativa, porque no caso do escoteiro, não há vestígios aparentes de nada, nem crime comprovado, mas com certeza as pedras e o mato são testemunhas do que aconteceu naquela tarde de sábado. Arrisco a dizer que o caso tem um ecossistema como testemunha. E quem sabe se um dia o mistério será revelado? Quem consegue prever o desenvolvimento tecnológico? Tudo é possível...

Meu espírito anda inquieto, penso na dor dos familiares, penso na nossa realidade, uma matéria publicada pelo jornal *O Globo*, em 14/01/2012, afirmava que a cada onze minutos uma pessoa desaparece no Brasil...

Continuo olhando para a Mantiqueira, mas se antes era com encantamento, agora é com olhos de perplexidade, na esperança de que o mato um dia nos conte o que aconteceu ou que, se for o caso, alguém revele num acesso de digna crise moral, um segredo que escondeu. Como diz um verso cantado por Zé Ramalho: "Quem revelará o mistério que tem a fé?". Tenhamos fé!

Sexo

Sexo, para uns, é pura Sensibilidade: toque de pele com pele, olhar contemplativo, suaves toques e presença. Para outros, Selvageria: tapa na cara, arrastões e puxões de cabelo...

O que sexo te suscita? Sacanagem, Sedução, Sussurros, Sorrisos, Sadismo, Seios, Sufoco, Sentimento, Sêmen, Satisfação, Sofrimento, Sensações Sutis, Saudade, Sons ou Silêncio... ou ainda outros "esses" mais: Sintonia, Suruba, Sinergia, Safadeza, Sacrilégio... Para quem já leu o livro: *O Crime do Padre Amaro*, de Eça de Queiros podemos incluir, Sangue, Suor, Sacristia e Sacrifício...

Sexo pode suscitar alguns "cês" também, como a sua Curiosidade do leitor esporádico em ler esse texto, ou outras coisas como: Casamento, Censura, Clandestinidade, Chifres, Crime, Coito, Cobiça, Choro, Ciúmes...

Pois é, indo por essa lógica, haveria um sexo e uma sensação para cada um, e quem prova que não haja?

Que situação essa que me meti ao falar de sexo... Mas que outra maneira eu poderia encontrar para te seduzir a ler? Talvez a capa de *Cinquenta Tons de Cinza*? Mas há livros que, digamos, chegam mais intensamente aos *finalmentes*. É que para os "sapiossexuais", o clímax da atração fatal é a inteligência... Ou a Sabedoria... E para isso não basta ler meia dúzia de livros quaisquer, mas já é um excelente começo!

Descobri sobre pessoas "sapiossexuais" há pouco tempo... Sim, a gente sabe que existe, mas não com esse nome ou como a forma que descrevem as pesquisas. Por exemplo, em 2008, ouvi uma pessoa dizer: "Ah! Então você não é só embalagem?....

Tem conteúdo também..." Minha perplexidade, negativa, me fez permanecer no silêncio em que eu estava. Mas isso deixa pistas de que a pessoa tinha atração por conteúdos mentais. A incompatibilidade ocorre quando o "sapiossexual" não é bem um *sapiens sapiens*...

Pois bem, voltando aos livros, se você anda desprovido de atributos de sedução sexual, pode investir na inteligência. O ideal não seria esse posto, ela deveria vir em primeiro lugar, mas como cantava Cassia Eller, "O mundo está ao contrário e ninguém reparou..." Antes tarde do que nunca.

Talvez isso explique a atração de certas pessoas, mas que aos olhos de muitos não teria nada a ver e chega a causar admiração, seja pela diferença de cultura, de idade, de classe social, mas é que algo eles têm em comum e isso não é incomum. E talvez seja a tal da atração "sapiossexual".

O sexo está presente em tudo e em muitos livros, a começar pela Bíblia, em várias partes, desde a passagem de Ezequiel 23, onde é narrada a história de duas meretrizes, com trechos bastante ousados: "Inflamou-se pelos seus amantes, cujos membros eram como o de jumento e cujo fluxo é como o fluxo de cavalos. Assim, trouxeste à memória a luxúria da tua mocidade, quando os do Egito apalpavam os teus seios, os peitos da tua mocidade." até ao romantismo poético do livro dos Cânticos 7: "... Esse teu porte é semelhante à palmeira, e os teus seios, a seus cachos. Dizia eu: subirei à palmeira, pegarei em seus ramos. Sejam os teus seios como os cachos da vide e o aroma da tua respiração, como das maçãs. Os teus beijos são como o bom vinho, vinho que se escoa suavemente para o meu amado, deslizando entre seus lábios e dentes..."

O sexo está presente também em músicas, de qualidade, que oferecem muitas interpretações e até discussões filosóficas, como: "Amor e Sexo", de Rita Lee: "...O amor é cristão, sexo é pagão, amor é latifúndio, sexo invasão, amor é divino, sexo é animal, amor é Bossa Nova, Sexo Carnaval..."

Ou a música: "Sexo", da banda Ultraje a Rigor, que como fundo fala de um filme que teve a cena cortada por causa de uma cena de sexo. A personagem é um rapaz, em dado momento diz: "Corri pro quarto, acendi a luz, olhei no espelho, o meu tava lá, ainda bem que eu não tô na TV, senão ia ter que cortar..." Genial! Porque só esse trecho já daria uma coluna só sobre a castração tão abordada nos livros de Sigmund Freud. Para quem não conversa sobre sexo é bom se ligar... "Depois aprende por aí / Que nem eu aprendi / Tão distorcido / Que é uma sorte eu não ser pervertido..."

Na literatura, para quem quiser ir além do sexo, ou mergulhar nas relações sexuais de maneira mais profunda e sem tanta erudição, a dica é Nelson Rodrigues. São tantas peças e livros que, sem dúvida, o leitor há de se apaixonar perdidamente por alguma de suas obras, como: *O Homem Proibido* ou "A Coroa de Orquídeas e outros contos", de *A vida como ela é...*

Carlos Heitor Cony diz na orelha do livro: "A Coroa de Orquídeas e outros contos", de *A vida como ela é...* "que o cenário dessas pequenas cenas é sempre o mesmo: a casa com portão, a rua, a vizinha. Os personagens moram na Zona Norte e pecam na Zona Sul..."

É simples assim mesmo, mas de uma criatividade, riqueza psicológica e de uma sedução literária que raramente se encontra em qualquer esquina...

Não gosto de gente burra!

Há alguns meses ouvi essa frase no corredor de uma faculdade. A voz vinha de uma conversa que estava em minha diagonal, virei-me e identifiquei a autora da fala. Caso pensem que quem escreve fala muito, não imagina o quanto que escuta.

Passei a observar essa pessoa de longe, aquilo que alguns chamariam de *stalkear*, acho esse termo meio doentio, mas serve para ilustrar o que passei a fazer. No fundo percebi que eu tinha proximidade com a fala dela, mas o que fazíamos com esse sentimento era o que nos distanciava e nos mantinha em lados opostos.

Percebi que ela não fazia nada para mudar o estado das pessoas que ela julgava burras, dessa forma colaborava para mantê-las naquele estado. É muito, muito improvável que eu me cale diante de quem, de uma forma direta ou indireta, limite o conhecimento ou sonegue o saber, seja pelo que for: da incompetência à preguiça. Pois bem, o destino, sempre irônico, revelou mais uma de suas artimanhas; descobri que o motivo do término de seu namoro havia sido uma traição, ele a traiu por alguém que ela e suas amigas chamavam de: "tranqueira feia".

Fato é que, a moça que não gostava de gente burra, era de fato, em aparência, incomparavelmente mais bonita. Ocorre que a outra era espirituosa e... muito inteligente. A traída deveria não gostar era de gente inteligente...

Entre as coisas que me movem na vida, o saber sempre

marca presença. Somos aquilo que sabemos. E falo do conhecimento, não de cursos em escolas ou faculdades. A grandeza das pessoas de saber é proporcional à sua capacidade autodidata, e não à formação universitária, é só lembrar de: Lotta de Macedo Soares, Silvio Santos, Mark Zuckerberg, Marie Curie, Steve Jobs...

Mais perto de minha realidade, meu avô. Ele nasceu em 1905, começou a vida como cortador de cana lá para as bandas da baixada Campista, interior do RJ e ao fim da vida o chamavam de Barão... Até hoje a faculdade mais próxima deve ser na tela de um celular, mas naquela época nem telefone havia. Ele foi um homem sábio, me ensinou a gostar de ler, mais que isso, me presenteou com o exemplo, sempre o via lendo, agradeço aos Céus por ter tido ele como avô e pai, pois foi quem me sustentou e despertou meu amor por natação em águas abertas. Ele costumava entrar no mar barrento do Farol de São Thomé e deixar os filhos chorando na areia, ao voltar, era herói. Com ele aprendi que se não podemos vencer as pragas, vamos dificultar que elas destruam a lavoura inteira... Como diria Nelson Rodrigues: "Toda unanimidade é burra."

Minha mãe era bruta, mas eu achava que ela era burra. É verdade que me ensinava coisas interessantes, só não a via praticar... Eu tinha orgulho do meu avô e dela, eu tinha vergonha. Adolescentes em geral passam pela fase de vergonha dos pais, sempre encrencam com alguma coisa, eu encrencava com a cabeça dela. Talvez eu não admirasse gente burra, talvez meus conceitos estivessem distorcidos... Eu me achava exclusiva nesse sentimento, mas ele já havia sido registrado em *Recordações do Escrivão Isaías Caminha*, de Afonso Henriques de Lima Barreto.

"O espetáculo do saber de meu pai, realçado pela ignorância de minha mãe e de outros parentes dela, surgiu aos meus olhos de criança como um deslumbramento. (...) Sabendo, ficávamos de alguma maneira sagrados, deificados... Se minha mãe me aparecia triste e humilde – pensava eu naquele tempo – era porque não sabia, como meu pai, dizer os nomes das estrelas do céu e explicar a natureza da chuva... Foi com esses sentimentos que entrei para o curso primário. Dediquei-me açodadamente ao estudo. Brilhei, e com o tempo foram-se desdobrando as minhas primitivas noções sobre o saber."

Sim, também passei a vida estudando para me afastar daquilo que menos admirava na minha mãe, e quanto mais os anos se passavam, mas eu a via nas pessoas... Sim, ela e meu avô são minhas referências, um do que não ser, outro do que ser, sempre em busca da superação e da aceitação de mim, por mim mesma. Lima Barreto largou a universidade, foi um autodidata, alguns dos seus biógrafos dizem que as dificuldades da vida o impeliram a sair da faculdade. Eu afirmo com segurança que a falta de dinheiro foi o mais fraco dos fatores que o fizeram largar aquele antro de linha de produção de pensamento...

Lima Barreto, com sátiras, reflexões e críticas, em suas muitas crônicas e romances dilacera o ventre do saber, pois seus filhos (a reprodução de certos pensamentos e saberes) talvez não merecessem viver. Em *O Ensino na Bruzundanga* ele diz: "Há casos tão escandalosos que, só em contá-los, me tem dó. Passando assim pelo que nós chamamos preparatórios, os futuros diretores da República dos Estados Unidos da Bruzundanga acabam os cursos mais ignorantes e presunçosos do que quando para lá entraram. São esses tais que berram 'Sou formado! Está falando com um homem formado!'."

Talvez se fosse vivo, hoje ele afirmasse que o analfabetismo funcional tem pai... E que as instituições são quem formam os analfabetos funcionais, já que ninguém nasce analfabeto funcional. Nascemos todos analfabetos, o que vem depois é ensinado na esteira da linha de produção do conhecimento... Mas filho burro não tem pai, nem padrinho, nem patrono, questiona-se a existência da ignorância para não se admitir a falha nos métodos de "ensinagem". Se alguém aos noventa anos ainda pode aprender a ler, logo, não existiria analfabetismo...

Se por um lado "o povo perece por falta de conhecimento", por outro, "o muito saber é enfado da alma." Acho que a sabedoria deve ser algo que se equilibra entre esses dois extremos bíblicos, mas apenas acho, não tenho certeza... Talvez esteja certo quem canta que: "a dúvida é o preço da pureza e é inútil ter certeza." ("Infinita Highway" – Engenheiros do Hawai).

Somos todos ignorantes em muitas, muitas coisas, *burro* é somente aquele que desconhece a força que tem, aquele que a tudo ignora, a tudo nega, inclusive e, principalmente, a própria estupidez.

Ali-Babá e nem um ladrão

Um dia desses furtaram a lixeira da minha casa. Achei curioso, não foi a primeira vez. Em casa acabamos rindo disso. A pessoa se deu ao trabalho de balançar e ver qual não estava bem fixa ao chão, arrancou e a carregou.

Em outra rua em que morei, um jovem se oferecia para varrer as folhas da calçada, e assim ele obtinha seu pagamento, cujo valor era, com certeza, maior do que o que se paga por uma lixeira no ferro velho. Pois bem, a câmera de segurança da rua mira bem no ponto do ocorrido, mas nem me dei ao trabalho de ver o cidadão... Em conversa no grupo do bairro soube que ele foi visto carregando duas lixeiras nas costas...

Eu já furtei um livro da escola, quando criança, "sem querer", por fim fui devolver e a professora decidiu me dar o livro de presente. Pecado confessado é pecado perdoado. Mas os livros até hoje me perseguem... Bom que não furtei a lixeira da escola, imagine eu levando bolinhas de papéis na cabeça pela vida afora... Algo parecido com quem leva tomatadas, mas isso deve acontecer com quem rouba na feira, vá saber o motivo do carma de cada um. Dizem por aí que a vida é justa, eu não tenho como provar nem que seja, nem que não seja...

Só sei que para Ali-Babá, aquele, até então, pobre e humilde lenhador, ficaram os tesouros por séculos acumulados, como resultado de roubos feitos por salteadores cruéis nas estradas do Oriente. Ali-Babá, ao descobrir o tesouro escondido e chegar em casa com algumas sacas de moedas de ouro, disse para a esposa: "É o Retribuidor que quis assim recompensar nossa pobreza honesta."

Naquele dia, do alto de uma árvore, tal como Zaqueu, o cobrador de impostos, que esperava Jesus passar, estava Ali-Babá, temeroso e assustado observando uma quadrilha formada por quarenta ladrões passarem por onde ele estava. E, curioso, os viu parar diante de um enorme rochedo e ouviu o chefe deles dizer: "Abre-te Sésamo!"

Perplexo, viu uma pedra rolar e revelar uma passagem. Cauteloso e paciente ele esperou até que aqueles homens saíssem de dentro do rochedo, o chefe então dissera: "Fecha-te, Sésamo!". Ali-Babá aguardou um pouco mais, desceu da árvore e diante do rochedo repetiu a mesma frase: "Abre-te, Sésamo" e a pedra ao rolar revelou uma caverna repleta de moedas de ouro, pedras preciosas, joias, tecidos de seda... observou aquilo tudo e como o poder da dedução, calculou que o tesouro estava sendo, por séculos, acumulado naquela galeria.

Imagino que fosse algo como a Mina da Passagem em Mariana – MG, de onde saíram mais de trinta e sete toneladas do nosso ouro. Pois bem, Ali-Babá, que até então era um apático e pacato chefe de família, recebeu uma dose de ânimo para a vida resultante apenas da curiosidade, e conseguiu levar ouro para casa, pois tinha virtudes como atenção e prudência.

Muitas vezes, o que falta em muitos de nós é uma sacudida provocada pela curiosidade. Infelizmente as pessoas de má índole também são abençoadas com a curiosidade. Como era o caso da cunhada de Ali-Babá. Eis o que ela fez ao emprestar um utensílio de medida para a esposa de Ali Babá, que insistia em medir a quantidade de ouro que o marido retirara do rochedo: "*Para que esses pobres-diabos precisam de uma rasa que só serve aos proprietários de grandes provisões de grãos?* pensou. Presa à curiosidade, foi à cozinha e besuntou com sebo o fundo da medida, do lado em que o utensílio pousa, e entregou para a mulher de Ali Baba com palavras inéditas de amabilidade. A mulher voltou para casa, contou quantas vezes pôde encher e esvaziar a rasa de moedas e lingotes de ouro e, alegre, devolveu na hora o utensílio à mulher do cunhado, sem ter percebido que um dinar se havia agarrado ao sebo no fundo da medida. Quando a velhaca mulher de Kassem virou a medida e descobriu uma moeda de ouro em vez de favas, cevada, aveia como conjeturara, seu coração ferveu de ciúmes e inveja. 'Desde quando esses miseráveis têm tanto ouro para pesar e medir?' Seu furor era tal que mandou chamar imediatamente o marido e, assim que ele atravessou a soleira da porta, bombardeou-o com berros furibundos, metendo-lhe debaixo do nariz a peça de ouro: 'Vês? Este dinar não passa dos restos desses trapaceiros. Achas-te rico e achas teu irmão pobre? Desengana-te. Ele não se contenta em contar o ouro. Mede-o como os mercadores medem o grão!' E contou-lhe o que descobrira e como o descobrira."

Imediatamente Kassem foi até a casa de Ali-Babá e descobriu a forma de entrar na rocha e retirar o tesouro, mas Kassem, diferente do irmão, era ganancioso e impulsivo. Ao entrar na galeria da rocha ficou deslumbrado, envaidecido e cego de ganância, até cogitou carregar tudo de uma vez, encheu suas sacolas, mas viu que seria impossível levar tamanho tesouro. Tal foi sua euforia, que ele esqueceu a senha que fazia a passagem se abrir. Desesperado gritava: "Abre-te, Cevada!" Mas o rochedo não se moveu.

Kassem deu-se conta de que tinha esquecido, sob o impacto da emoção, o nome do grão que integrava a fórmula mágica. Tentou todos os nomes que lhe assomavam à mente: "Abre-te, Centeio!" "Abre-te, Milho!" "Abre-te, Arroz!" (...) Era, literalmente, a aplicação da advertência do Profeta acerca dos perversos: "Alá privá-los-á do dom da inteligência e deixá-los-á a tatearem nas trevas. Assim, cegos, surdos e mudos, perderão o caminho do regresso"" Por volta de meio-dia, os quarenta ladrões retornaram à caverna, encontraram Kassem no estado de um animal feroz acuado, esquartejaram-no, não se preocuparam muito em descobrir como entrara e voltaram às estradas em busca de caravanas para saquear."

Ocorre que, devido à demora do irmão, Ali-Babá foi até ao Rochedo procurá-lo, encontrou-o morto. Levou-o para a sua vila para dar um sepultamento digno, assim os ladrões descobriram, com o desaparecimento do corpo que mais alguém detinha a senha.

O que sabemos é que, no desenrolar dos fatos, todos os quarenta ladrões foram mortos, dois decapitados pelo próprio bando, trinta e sete queimados e o chefe apunhalado. Ali-Babá, sem nem um ladrão, viveu e desfrutou do tesouro, com moderação, como ele dizia, para não despertar a ganância das pessoas.

Curioso é que mudam os ladrões, mas a mania de enterrar tesouros em algum paraíso permanece, e por eras todos são privados de desfrutá-los. Seja no Oriente ou no Ocidente, na ficção ou na vida real, eles agem como acumuladores compulsivos sem saber que nem toda riqueza é ouro...

As versões mais conhecidas desse conto do livro: *As Mil e uma Noites*, foram adaptadas para o público infantil. Mas ele foi contado para os adultos, no livro especificamente para o rei. O adulto tem condições de refletir bastante sobre o Sésamo, que é o que conhecemos por Gergelim. E talvez a senha para sair da escassez seja plantar o grão adequado no terreno certo, e então colher seus frutos...

Pois até nas fissuras das pedras nascem flores...

Honestidade colorida artificialmente

Na embalagem de um frasco contendo um alfabeto de vitaminas leio:

"O Ministério da Saúde adverte: não existem evidências científicas comprovadas de que este produto previna, trate ou cure doenças."

Pela eloquência enfática da frase pensei: *deve causar doença ou então ser muito bom.* Vitaminas e remédios fitoterápicos vendem como água, os laboratórios farmacêuticos nem cogitam retirar esses produtos do mercado.

Dizem por aí que existe o tal efeito placebo (esse sim, segundo consta em alguns artigos, comprovado cientificamente). Dessa forma, grosso modo, em algumas pessoas os supostos medicamentos — sem que o conteúdo tenha a substância curativa — promoveria o resultado prometido com base na fé que a pessoa teria ao tomar o tal produto.

Ainda não entendo a razão de nenhum laboratório ter ousado lançar um remédio em cujo rótulo estivesse escrito: FÉ. O resultado viria pelo efeito placebo. Na sequência era só repetir a poderosa frase do Ministério da Saúde na embalagem e vender como bala...

Confesso que eu compraria alguns frascos de Fé, caso fosse "produzida" por uma indústria farmacêutica. Gostaria de experimentar o tal do poder do efeito placebo.

Então me perguntei: como são os usuários das vitaminas? E em qual patamar na escala de importância se encontra a tal da "evidência científica comprovada" em suas vidas?

Sendo eu mesma usuária do tal suplemento, dei um golpe científico e me elegi para responder sem fazer uso do método das entrevistas científicas estruturadas, semiestruturadas, escala Likert (acho chique Likert)... A ciência tem total valor a que se propõe, mas entre a teoria, a prática e os resultados, só não ocorre empate técnico porque aquelas tais evidências comprovadas não têm tanta relevância para nós, povo. Mesmo com o alerta do Ministério mandamos ver nos comprimidinhos coloridos artificialmente.

Em tempos de guerra entre natural e artificial, entre a sabedoria popular e o conhecimento acadêmico, o cotidiano mostra que a sabedoria popular, mesmo sem espaço para a sua voz, dá pistas de sua resistência. Então surge outra pergunta: "o que estaria levando a isso?" Tenho certeza que são muitos fatores, mas aqui cabe falar da literatura, livros sem pretensões científicas, como *Dom Quixote* (1605), de Miguel de Cervantes, e *A Abolição do Homem* (1944), de C. S. Lewis.

Cervantes zomba de algumas firulas de escritores que, para ganharem credibilidade, citam filósofos célebres ou outros autores. "Pois que, quando citam a Divina Escritura, se dirá que são uns Santos Tomases."

Naquela época, ao menos se tinha autores de fato célebres, como o próprio Miguel. Ocorre que atualmente escritores, pesquisadores e alguns professores estão perdendo a credibilidade por serem parciais e rasos. Não duvido nada se me disserem que alguns são comprados. Sei que a incompetência profissional não parte deles, talvez a inclinação à calmaria ajude, mas via de regra a demanda é de cima para baixo, é a tal Universidade que o Lima Barreto soube muito bem descrever em uma crônica de mesmo título e em tantas outras falas espalhadas em suas obras.

Pois bem, tendo a instituição e os seus membros voz, por outro lado estão perdendo crédito, vemos por aí, algumas vezes, uma honestidade científica colorida artificialmente. E o crédito vai para as vitaminas, ninguém resiste ao povo vitaminado, ele jamais será um Jeca Tatu com amarelão.

Mas o que mina mesmo o desejo pelo conhecimento, ou melhor, pela sabedoria são os vaidosos, esses ninguém aguenta, são propaganda negativa para os livros. Se antes reclamávamos de médico que sequer olhava para o rosto do paciente, hoje vejo alunos reclamando de professores que mal olham nos olhos. Muitos são esnobes e superficiais demonstrando superioridade quando um aluno vai ao seu encontro, e depois precisa ouvir da boca do mestre os blá-blá-blás do paz e amor, sobre os quais não tem competência para falar.

C. S. Lewis e muitos, mas muitos outros autores mesmo, deixam um recadinho em seus livros para esses doutos se aterem à sua área de conhecimento. Lewis ao falar sobre uns professores autores: "Se os autores tivessem se mantido em seu campo de especialidade..."

Infelizmente muitos dos nossos professores, para a vergonha de quem os alfabetizou, não leem esses recados, nem têm consciência do patamar intelectual em que se encontram.

Sempre tive horror à mediocridade inerte (no sentido ruim da palavra), ela é a minha referência, tive gente medíocre na minha família, tive chefes medíocres, tive professores medíocres, mas a vida me deu a conhecer as grandes almas que me aguçaram o desejo de buscar e alcançar as coisas do alto.

O problema da mediocridade não é ser médio, pois sempre

somos medianos em alguma coisa, o problema é a inércia, é o não ouvir, não se mexer para mudar, consertar, melhorar, aprimorar, buscar... Cervantes que me perdoe, mas vou citar, porque tenho consciência da minha mediocridade na escrita, mas sei que minha leitura é superior:

"Disse o mestre: ame aprender e, caso seja atacado, esteja pronto para morrer pela causa justa." (Analectos VIII 13)

"O fundamento da justiça é a boa-fé." (Cícero)

"A vida não pode ser uma dor, uma humilhação de contínuos e burocratas idiotas; a vida deve ser uma vitória... A covardia mental e moral do Brasil não permite movimentos de independência; ela só quer acompanhadores de procissão... Não há, entre nós, campo para as grandes batalhas de espírito e inteligência... as grandes reformas no mundo. Todas elas têm sido feitas por homens, e, às vezes mesmo mulheres, tidos por doidos." (Lima Barreto – "Elogio da Morte")

A vida, assim como o coração, exige movimento e para movimentar-se é necessário estar bem nutrido. Viva as vitaminas e os minerais!

Muros e pontes

Tenho tentado construir pontes entre os leitores e os livros que cito por aqui. Mas essa mensagem também poderia ser dita assim: procuro construir muros permeáveis entre o conhecer e o ignorar, deixando entrar e sair o conhecimento, reduzindo a quantidade do que se ignora.

Não raras vezes observo pessoas que querem enquadrar as coisas conforme a circunferência do próprio mundo, como se ele fosse o único. Isso atrapalha muito a expansão do território da nossa consciência, expansão essa em que as pontes são muito bem-vindas. Bradam por aí que precisamos construir mais pontes e menos muros.

Mas isso não faz das pontes algo sempre positivo que possibilita trocas amigáveis. Nem toda ponte é uma Ponte da Amizade (que liga o Brasil ao Paraguai). E nem todo muro é um impedimento ao ir e vir, mas essencialmente proteção, segurança, delimitação de território. Além de nós, seres humanos, outros mamíferos delimitam território. Quem nunca viu seu cachorrinho fofinho fazendo xixi nos postes rua à fora? Sim. Ele constrói muros invisíveis aos olhos, mas percebidos pelo olfato.

Alguns muros protegem e algumas pontes são campo de batalha, meios de invasão, Cabeça de Ponte...

Júlio César, no período de expansão do Império Romano, mirou para a região da Germânia, um lugar separado por uma fronteira natural, um "muro" de água, o rio Reno. Do outro lado, na margem norte, havia um contingente dez vezes maior que o seu exército. Mas César decidiu ultrapassar aquela barreira natural e ordenou a construção de uma ponte, num comprimento de aproximadamente quatrocentos metros e com alicerces que aguentassem a passagem dos seus quarenta mil soldados, seus armamentos, cavalos, etc. Com a madeira da região aqueles homens concluíram a ponte em, pasmem: dez dias! Usaram a corrente do rio a seu favor na fundação com as toras.

Você tem todo o direito de perguntar: "quem em sã consciência constrói uma ponte para encarar um exército maior que o seu?" Pois é, César. Mas os germânicos não ofereceram resistência, recuaram. César ficou por quase vinte dias "perambulando" pela região, ao término desse período, retornou e... destruiu a ponte. A ponte era a demonstração de um poder intimidador. Sem pontes e sem muros, a hostilidade marcava território como o odor da urina dos cachorrinhos.

Tão famosa como essa ponte, temos também muitos muros que se impõe como proteção e até mesmo respeito ao território alheio, pois que estabelecem limites geopolíticos. Assim vamos desde as antiquíssimas muralhas da cidade de Jericó ao já enfadonho ti-ti-ti sobre a construção do muro fronteiriço entre os Estados Unidos da América e o México, proposto por Donald Trump, segundo dizem, para conter o tráfico internacional de drogas e imigração ilegal.

O que mudou no decorrer do tempo? A tecnologia. Suspeito que enquanto o ser humano for mamífero, agirá como tal. Há algo nesse ser que não se derruba tão "facilmente" como as muralhas de Jericó, ou o muro de Berlim. É mais fácil eu passar com uma bola pelo Muralha, do Flamengo, sim, ouvi dizer que ele vai voltar a ser o goleiro do time carioca...

Voltando para as pontes e muros, há um conto indiano que deveria ser leitura obrigatória principalmente para quem gosta de falar sobre muros e pontes. Chama-se *Os Construtores de Pontes*, de autoria de Rudyard Kipling (1865–1936).

Esse conto lembra a ponte de Júlio César, mas aqui se trata de uma empreitada para construir uma ponte sobre o rio Ganges. Simbolicamente é a ponte que ligaria a cultura indiana com a inglesa. Na época em que o conto foi escrito, a Índia era colônia britânica.

Os diálogos demonstram essa preocupação. A ponte teria três quilômetros, o engenheiro observava o impacto ambiental num raio de dez quilômetros e a aldeia com seus cinco mil operários. O dia a dia eram preenchidos com o trabalho prático, duro seria encarar o trabalho burocrático quando acabasse a construção da ponte.

A construção lembra muitas das nossas obras no Brasil, aqueles operários "Tinham enfrentado muitas crises repentinas — os deslizamentos de terra, a quebra do equipamento, as avarias nas gruas e a fúria do rio." Findlayson, o engenheiro responsável pela obra, "recordou tudo desde o princípio: os meses e meses de trabalho de prancheta, tudo jogado fora quando, no último momento, o governo da Índia resolveu alargar a ponte em meio metro, por certo convencido de que ela era feita de papel recortado, arruinando quase meio alqueire de projetos." Se ele visse a queda do trecho da ciclovia Tim Maia, teria certeza de que era de papel... E talvez César risse na cara dos nossos lerdos projetos e malfadadas construções. Imperdível é a leitura do conto.

Talvez fosse sensato, antes de falarmos nas redes sociais sobre as pontes ou muros, entendermos mais profundamente os alicerces que sustentam essas construções. Mais importante do que emitir opinião é sabermos o que estamos construindo nas nossas próprias vidas.

Vale lembrar que, naquela mesma Índia do conto e mais ou menos por volta daquela época, Mahatma Gandhi, sem pontes, sem muros, sem armas ou resistência física, ajudava a promover a independência da Índia, da Inglaterra. E pensar que houve um tempo em que o sol sempre brilhava no Império Britânico, pois ele era formado pelas colônias espalhadas por todo o planeta. Isso é o que eu chamo do milagre da montanha: aquele que diz que uma pessoa pode falar para a montanha: "passe daqui para acolá", e a montanha se move, se tiver fé do tamanho de um grão de mostarda. Gandhi tinha.

Entretanto, se ainda quiser construir uma ponte, chame o Júlio César ou então ame, pois, como cantava Charlie Brown Jr., "só o amor constrói pontes indestrutíveis."

O jardineiro

O Brasil seria muito melhor se tivéssemos mais jardineiros. Essa é uma das poucas certezas que tenho na vida. Ouso dizer que essa profissão jamais incharia o mercado de trabalho no nosso país. É das mais nobres profissões, infelizmente muitos de nós não estamos à altura dos jardineiros para perceber seu valor. Para ser jardineiro o cliente — no caso a planta — exige que o candidato tenha o que se chama: "dedo verde" ou "mão boa". Observo que essas pessoas têm sensibilidade e vontade.

Sabemos que ter vontade é ter metade do caminho andado, seja em qual direção for. Foi a força do desejo que fez de uma planície sem vista o mais belo jardim da antiguidade: os Jardins Suspensos da Babilônia. Mesmo tendo desaparecido sem deixar rastros, aquele jardim se perpetua no tempo, no imaginário e dele só podemos reconhecê-lo como uma das maravilhas do mundo.

O jardim é para os olhos o que uma música instrumental é para os ouvidos e como a beleza é para a alma. Por isso se perpetua, é imortal e chamamos de clássico, no sentido de ser de qualidade ímpar, exemplar. Se por um lado ressalto a divindade dos jardins botânicos, o mesmo não posso falar dos jardins zoológicos, as jaulas, as gaiolas, as grades, o habitat artificial, o animal ter sua única existência aprisionada...

Junto com a chegada de dezembro chega o verão, aumentam as chuvas e as expectativas com as festas de fim de ano. Todos querem o quintal arrumado, o jardim aconchegante para o Natal e Ano Novo. Nessa época, aumenta também a vegetação o que é bom, mas também aumentam as ervas daninha e o mato. O preço dos presentes também aumenta, e eis que aumenta a procura por jardineiros para aparar a grama, podar as heras e árvores...

É uma temporada de aumento ou época de alta temporada, só sei que entre o fim de novembro e começo de dezembro esperei por mais ou menos vinte dias uma vaga na agenda do jardineiro. Se minhas plantas não fossem suas clientes há anos, talvez tivesse que esperar ainda mais.

Suspeito que haja mais paisagistas do que jardineiros, ah, sim! Eles têm atribuições diferentes, mas todos precisam ser artistas, dedicados aos moldes de Roberto Burle Marx. Infelizmente, quando ando pelas cidades percebo ainda mais a falta que faz o jardineiro para manter o projeto do paisagista... Ou mesmo onde não há paisagismo, vemos que para todo lado falta o toque de "Midas do bem" ou da "mão boa". Muitos gestores deixam, ano após ano, o matagal tomar conta das cidades, invadir rodovias a ponto de ocultar as placas de trânsito. Com essa atitude eles desnudam seus verdadeiros valores, talvez devessem ler "O Jardim das Aflições", de Olavo de Carvalho para se situarem no mundo.

Prejudicando a nossa qualidade de vida, além daqueles gestores, há aquelas pessoas que querem a sombra da árvore, mas não querem plantar a árvore, seja porque têm preguiça de varrer as folhas ou por não querer fazer controle de praga, regar, podar... Ora, se não podemos pagar o jardineiro, façamos nós mesmos. Para arrematar o prejuízo da harmonia, há os que implicam com quem corta uma árvore, como se criticar o comportamento do outro fizesse deles uma pessoa melhor. Então, em vez de procurar saber o motivo pelo qual a árvore foi cortada, se houve compensação ambiental, etc., já saem como se fossem fiscais do oxigênio, com discursos de efeito, sem sequer ter uma samambaia em casa.

São os críticos destrutivos, apontam para o outro para se desviar de seus próprios desertos internos. Nesse momento entendo o conto de Rubem Braga — *O Mato*. Ao falar de um homem que vivia no Rio de Janeiro, a pensar nos seus problemas da vida urbana, identifica que ali:

"de todas as grandes cidades do mundo o Rio é a única a permitir a evasão fácil para o mar e a floresta, ele estava ali num desses limites entre a cidade dos homens e a natureza pura; ainda pensava em seus problemas urbanos – mas um camaleão correu de súbito, um passarinho piou (...) E pouco a pouco ele foi sentindo uma paz naquele começo de escuridão, sentiu vontade de deitar e dormir entre a erva úmida, de se tornar um confuso ser vegetal, num grande sossego, farto de terra e de água; ficaria verde, emitiria raízes e folhas, seu tronco seria um tronco escuro, grosso, seus ramos formariam copa densa, e ele seria, sem angústia nem amor, sem desejo nem tristeza, forte, quieto, imóvel, feliz."

É que, às vezes, para muitos de nós, nessa época de aumentos e de escassez, de muito mato e pouco jardineiro, o desejo é pelo mínimo que traga força, quietude, paz e felicidade. É o desejo de ter um céu como telhado, um jardim como cama, uma manjedoura acompanhando a ceia e uma estrela a brilhar; anunciando que dias melhores virão, pois Ele venceu o mundo.

E mesmo não estando no Rio, onde é fácil se retirar para a floresta ou para o mar, Gonçalves Dias nos lembra que:

"Nosso céu tem mais estrelas
Nossas Várzeas têm mais flores,
Nossos Bosques têm mais vida
Nossa vida mais amores."

Que neste Natal a gente renove nossos jardins dos sonhos, nossa coragem para o trabalho e nossa vontade de fazer de 2020 um ano com a vida mais florida e menos espinhosa, podando as ervas daninhas dos nossos pensamentos, pois somos O Jardineiro da nossa própria vida...

Ano 2020

Já que começou, termine.

Já que começou, termine. Foi o que pensei quando vi uma pilha de livros a serem lidos e outros com a leitura pela metade. Livros que, por diversos motivos, interrompi a leitura. Há sempre uma desculpa esfarrapada para quem, até tem iniciativa, mas não termina o que se propôs a fazer. E me lembro de que na vida não adianta ter iniciativa, tem que concluir; e não adianta concluir, tem que fazer da melhor forma que nos é possível.

Vesti a carapuça que esse pensamento me ofereceu e abri o livro: *Breves Respostas para Grandes Questões*, de Stephen Hawking.

Para me situar no enredo do livro, retornei alguns capítulos e dei de cara com uma pergunta a ele dirigida: "Se existe vida inteligente em algum outro lugar além da terra, seria semelhante às formas que conhecemos ou diferente delas?

— Quem disse que existe vida inteligente na Terra?..." Era uma piada das que nos fazem refletir.

Stephen foi um ser humano admirável. Aos vinte e um anos foi diagnosticado com Esclerose Lateral Amiotrófica – ELA. Os médicos o teriam dado no máximo mais cinco anos de vida. Contrariando as expectativas, viveu até aos setenta e seis anos e faleceu em 2018. Com humor admirável, ao se deparar com a vida estipulada num espaço de tempo tão curto, dedicou-se ao estudo do Tempo. Muitos poderiam se desesperar e em depressão acelerar o processo rumo ao túmulo, mas Hawking não tinha esse perfil, ele dizia para seus filhos: "Oolhe para as estrelas, não para os pés."

Tenho muita curiosidade sobre os mistérios que cercam a nossa existência e, assim como muitos que também detêm essa curiosidade, mal sei fazer conta de somar. Stephen parecia saber disso e conseguiu traduzir o seu mundo da física, dos números e dos cálculos, para o universo das letras, das palavras e das frases compreensíveis para nós. Confesso que ainda assim algumas coisas são grandiosas demais para o meu entendimento, mas sem persistência não é possível evoluir. E crescer intelectualmente é coisa que somente nós, seres humanos, somos capazes de fazer nesse planeta em que vivemos, além de soltar fogos de réveillon, matar cães e prejudicar uma população de pessoas...

Não é de hoje que se sacrificam cães para algum suposto bem para os humanos. Que o diga a cachorrinha Laika morta ao superaquecer no espaço pouco tempo depois do lançamento da Sputnik 2. É verdade que Hawking não fala na Laika nesse seu livro, mas eu falo. Acho inclusive que não bastam os monumentos erguidos em homenagem a ela. Do jeito que as coisas vão nesse nosso mundo de racionais, deveria era ter uma cidade chamada Laikagrado...

A meu ver existe um buraco abissal entre os avanços da tecnologia e o nosso aprimoramento enquanto ser humano. Quando uma pessoa avança um sinal vermelho, ela desce para o nível do animal irracional e se iguala a um cachorro desembestado que atravessa a rua. O comportamento de ambos é aquele regido pelo umbigo instintivo, quero, faço e fim.

Essa é das maiores e mais deprimentes estagnações, justamente porque o que nos diferencia dos demais animais é a nossa racionalidade, a nossa capacidade de compreender as consequências de nossas escolhas, de especular, imaginar criar arte, projetos, construções inovadoras, aprimoramentos e ter fé.

Quando perguntado sobre o que Stephen achava sobre a Era da Viagem Espacial Civil, ele respondeu: "Não vejo a hora. Seria um dos primeiros a comprar uma passagem. Espero que daqui a uns cem anos seja possível viajar para qualquer lugar do sistema solar, com exceção talvez dos planetas exteriores." Então pensei *que somente quem tem dinheiro poderá comprar a passagem, mas que educação eles levarão na bagagem?* Pois que, por aqui temos pessoas com dinheiro para comprar de bicicletas, motos, carros, *jet ski*, lanchas a aviões, e ... O que temos? Pessoas que do alto de seus barcos e iates, pasmem, jogam latinhas ao mar — eu vi.

Às vezes observo meus cachorros e percebo que eles sempre estão prontos para agir. Os animais irracionais, adultos, são diligentes e precisos, principalmente na caça, podem falhar, mas não por imprudência, negligência ou imperícia. Mesmo sem nunca terem frequentado escola de caça, o que aprendem é com os mais velhos. Os cães terminam o que começam. Eles não ficam especulando se algum eventual barulho no portão é um ladrão armado ou um galho de árvore batendo. Muito raramente algo impede que eles cheguem ao seu objetivo. Podem estar no melhor dos sonos, mas prontamente, num salto, saem correndo e vão latindo ver o que é. O que para nós, seria uma imprudência...

Essas características nos fazem perceber o quanto eles são seres instintivos. Por essas e outras, são chamados de animais irracionais, irracionais sim, indignos não. Quando um ser racional age de forma irracional, então sim, ele se torna indigno de sua razão.

Disse lá em cima que a fé era uma das características que nos diferencia dos animais irracionais, e falava da fé num Deus criador que dá sentido à vida, mesmo que não a compreendamos. Hawking, um ateu, dizia que: "Poderíamos definir Deus como a encarnação das leis da natureza." Curiosamente ele diz que: "Ao contrário das leis feitas pelos seres humanos, as leis da natureza não podem ser quebradas." Ora, a imutabilidade divina é verdade bíblica. Continuando a comparação, também é bíblica a afirmação de que uma fé do tamanho de um grão de mostarda é capaz de maravilhas como transpor montes de um lado para outro apelas pela palavra. E Stephen revela que: "apenas objetos que ultrapassam um determinado peso conseguem formar buracos negros. Esse peso é aproximadamente o de um grão de sal." Incrível como pessoas materialistas estão em busca de grandes barcos, grandes carros, grandes coisas...

Mas Deus e Ciência, as maiores grandezas que temos na nossa realidade racional, encontram-se nas pequenas essências criadoras. Para criar é preciso começar e já que começou, termine.

O que você tem a ver com isso?

Rio de Janeiro, 13 de janeiro de 2020. Divulga-se a notícia, em vários portais da internet e redes sociais, de que a Livraria Saraiva seria despejada de um shopping na Barra da Tijuca por atraso em aluguéis. Sabemos que muitas livrarias não têm conseguido se manter financeiramente. Senti-me frustrada, mas não surpresa.

Há pouco tempo escrevi nessa coluna sobre o fechamento da livraria Nobel no Eco Valle Shopping. Não quero ser redundante. A questão livros e leitura se configura no calcanhar de aquiles do Brasil, tanto nas consequências funestas que acarretam internamente, quanto na vergonha internacional ao ocupar os piores índices em leitura e matemática, ou seja, duas importantes áreas que registram o princípio civilizatório da humanidade. Afinal de contas, a escrita foi criada há quatro mil anos antes de Cristo... E, dois mil e vinte anos depois de Cristo vamos de "vento em popa" rumo ao abismo...

Mas nem tudo é assim, há luz que passa pelas fendas das pedras dessa caverna, sim, sem a magnífica pintura rupestre, mas temos as pichações, que até hoje não se sabe se é arte ou vandalismo, nada me admira que não saibam diferenciar... Então, busquemos a luz nas artes, na escrita, na música, ou seja, em tudo aquilo que nos eleva.

São Paulo, 15 de janeiro de 2020. Aguardo na sala de espera do centro cirúrgico do hospital Sírio-libanês. Mal acabo de me sentar, entram dois músicos, eles sentam na direção da ampla porta, tiram seus instrumentos musicais, entre eles, um violão e tocam. Tocam música ambiente. Clássicos brasileiros, chorinho... Uma das pessoas que também aguardava começou a cantarolar à boca miúda, bem baixinho uma das músicas.

Os músicos eram pai e filho, infelizmente não me recordo os seus nomes. Em menos de um minuto em que a música começou, todos nos esquecemos o que fazíamos ali. Harmonia, melodia e ritmo, conforme a sua combinação, estimulam diversas e distintas áreas do cérebro, independente do gosto musical e conhecimento. É estímulo e resposta, simples assim, como teste de reflexo. Quando eles terminaram, pois iriam para outro setor, todos, absolutamente todos, incluindo os funcionários daquela ampla sala, lamentaram a partida dos intérpretes.

Lembrei-me de que ouvir músicas em tom maior nos eleva à alegria, e em tom menor nos leva à introspecção ou ao trágico, etc. Algumas daquelas músicas eu desconhecia, mas provavelmente eram em tom maior. Não precisamos saber, apenas sentir, perceber seus efeitos.

Fui até a janela observar os prédios de São Paulo. Completamente distraída, vi o meu celular mostrar um número e vibrar, atendo:

— Alô, dona Madalena?

— Sim

— Aqui é fulano do setor de cirurgia do hospital Sírio-Libanês, preciso saber se os exames de fulano de tal estão contigo.

— Quem? Mas eu estou nesse setor do hospital...

Respondi surpresa virando-me para o balcão de recepção,

vi o único recepcionista com o telefone na mão me olhando. Sorrimos. Fui em sua direção. Ele me disse: "chamei você duas vezes." Muito envergonhada pedi desculpas e ri do meu estado de ausência. Ele ria largamente. Naquela sala estávamos todos num estado como que de encantamento.

Solucionada a questão, resolvi me sentar. A melodia ainda ressoava em algum lugar na minha cabeça, logo me lembrei de uma experiência que fizeram no metrô de Londres. Os administradores escolheram tocar nas caixas de som das estações, apenas músicas clássicas, ao mesmo tempo começaram a observar o comportamento dos usuários. Pasmem, eles notaram que as pessoas não estavam mais jogando lixo no chão. Que áreas do cérebro as músicas estimulam? Tantas quantas combinações de notas houverem, suponho. Fato é que por lá, todos se sentam nos vagões e abrem seus livros para lerem. Presumimos então que aquele versículo bíblico que diz que: "ao que tem, terá em abundância, mas ao que não tem, até o que tem lhe será tirado", é mais real do que podemos imaginar.

Infelizmente, se temos poucas livrarias, menos ainda teremos se nada for feito para mudar. Perguntei aos meus conhecidos quantos presentes eles deram no último natal, em seguida perguntei, quantos eram livros? Não preciso responder. Mas fica aqui a bênção de Castro Alves – "O Livro e a América".

"Oh! Bendito o que semeia livros... / Livros à mão cheia... / E manda o povo pensar! / O livro caindo n'alma / É germe – que faz a palma, / É chuva que faz o mar."

Se por um lado estamos falhando em valorizar o que de fato tem valor, por outro eu desconheço isenção de impostos, incentivos fiscais ou alguma espécie de Rouanet para livrarias, diferente do que ocorre com alguns outros segmentos... Por que será?

São Paulo, 22 de janeiro de 2020. Terminal Rodoviário do Tietê. Eis que ouço música ambiente. Uma delas é aquela mesma música tocada pelo violinista do filme *Titanic* (1997). O círculo cultural está completo, a boa música remete ao bom filme que remete ao bom livro...

Todo mundo sabe que a gente só deseja aquilo a que somos expostos, ou aquilo que percebemos por algum dos nossos cinco sentidos. Então eu lhe pergunto mais uma vez, quantos comerciais de livrarias você vê na TV? Quantos ambientes frequentamos e que, de fato, tocam música ambiente?

Temos todos muito a ver com isso quando aceitamos passivamente apenas o que nos oferecem, mas vamos lembrar que diamantes precisam ser garimpados. Não é à toa que quando buscamos um livro nos sebos dizemos que estamos garimpando.

Temos muito a comemorar

Na coluna da edição passada o cenário literário não nos parecia muito favorável, mas não podemos perder em todas as frentes culturais. Esse ano, de 2020, revela-se muito promissor para a música, tanto em âmbito nacional quanto internacional. E quando a arte ganha, toda a sociedade enriquece.

No Brasil, A Fundação Nacional de Artes – FUNARTE está completando quarenta e cinco anos. E, sob a gestão do maestro Dante Mantovani, investirá trinta e oito milhões de reais nas artes. Pelo que consta no blog do pianista Álvaro Siviero (Estadão), esse aporte é mais do que o dobro do valor investido no ano passado. E será implementado o "Sistema Nacional de Orquestras Sociais que proporcionará, em todas as regiões do Brasil, um projeto-escola de formação musical, um verdadeiro programa de resgate cultural, educacional e social que retira jovens de situação de risco como violência, drogas, ociosidade, analfabetismo, desemprego, prostituição e criminalidade." Afirmou o pianista com entusiasmo.

A FUNARTE informa em seu portal que já começaram os "estudos para incentivar jovens a tocar instrumentos e formar orquestras. 'Que cada cidade do Brasil possa ter uma orquestra sinfônica; e que cada jovem possa ter a chance de desenvolver seus talentos musicais.' Essa é a missão da nova iniciativa em planejamento na Fundação." A sociedade precisa ficar atenta a esses objetivos para aproveitar as oportunidades e também monitorar a forma como lidamos com as artes para depois não ficarmos chorando sobre o leite derramado, como ocorreu depois das denúncias de mau uso dos recursos da Lei Rouanet...

Nos últimos dias, todos nós ficamos emocionados com o pianista e maestro João Carlos Martins, ao aparecer na mídia utilizando uma luva biônica feita, por Ubiratan Bizarro Costa, designer industrial, especialmente para ele. O pianista já havia se despedido do piano e qual não foi a nossa surpresa ao ouvi-lo tocar com os dez dedos nas teclas. "A única coisa que vale na vida é a palavra esperança e com a esperança você sempre pode provar que Deus existe." Disse o maestro em uma entrevista para a TV (Jornal da EPTV 2ª ed. – Campinas/ Piracicaba – 25/01/2020).

Em Lorena, a boa notícia veio da Corporação Musical Mamede de Campos, que completou dia 04 de fevereiro de 2020, cento e quarenta e cinco anos. Atualmente sob a gestão do maestro David Alves Silva. A Corporação se destaca por seus valores histórico e cultural. Tanto nos aspectos materiais: sede, instrumentos musicais, partituras, arquivo de documentos e móveis; como nos imateriais: os músicos, seu maestro e apresentações.

Mamede de Campos nasceu em Lorena, em 1853. Aos vinte anos organizou e regeu os nove integrantes da banda, que posteriormente ganhou o seu nome. Mamede faleceu no dia 04 de fevereiro de 1886. O ano de 1875 é dado como o da formação da Banda Musical.

Por ocasião da visita da Família Imperial a Lorena, a Banda original se apresentou para abrilhantar os festejos organizados para homenagear D. Pedro II e sua comitiva. Nesas ocasião o Imperador, de próprio punho, concedeu o título de Banda Princesa Imperial. Em 1893, a banda passou a se chamar Mamede de Campos.

O atual maestro fala que: "enfrentando altos e baixos, reveses e glórias, a Corporação continua a sua trajetória ensinando e formando gerações de instrumentistas e músicos. Ao longo do tempo, ela vem sobrevivendo galhardamente às mudanças que se impuseram com a instalação de uma sociedade caracterizada pela rápida substituição de valores, nem sempre positiva, mas que precisa conservar os ideais perenes do Belo e da Arte, manifestados através da Música.

E nesse aspecto a Corporação está afinadíssima com as propostas da FUNARTE no que se refere ao 'resgate cultural, educacional e social'.

A Mamede de Campos está entre as vinte bandas mais antigas do Brasil em atividade. Como Banda civil, por meio do seu curso de aprendizagem e Aperfeiçoamento Musical, é responsável pela formação de músicos para bandas profissionais, muitos também atuando na Banda do 5º Bil. Banda da Aeronáutica e em bandas particulares. Passaram pela Corporação aproximadamente 1800 (mil e oitocentos) alunos/músicos. Atualmente o objetivo principal do Maestro David Alves é revitalizar a Corporação Mamede de Campos, continuando na formação de músicos instrumentistas da comunidade Lorenense, como maestro ministrando aulas de teoria musical e todos os instrumentos de sopro, como Flautas, Clarinetes, Saxofones, Trompetes, Trombones, Teclado, Bateria, Violão e outros que venham a fazer parte da Corporação. David ressalta que precisa de apoio e patrocínio para reformar a Sala de ensaios/aulas, aquisição de novos instrumentos, ajuda de custo para professores para assim poder continuar contribuindo com a comunidade.

O melhor momento para unir forças em prol da cultura musical é agora.

Em âmbito internacional, comemoramos os duzentos e cinquenta anos de nascimento de Ludwig Van Beethoven. Um dos mais atuais gênios da música, pois que é eterno na história musical. Poderíamos, ao celebrar a memória desse 'Napoleão da música', dizer que o tempo só lhe fez bem. Conforme divulgado no site Terra em 08/11/2018: "O parlamento alemão, já prometeu uma verba específica de 37 milhões de euros para projetos em torno do músico realizados em todo o país." O legado cultural de Beethoven será celebrado em diversos concertos, exposições e demais eventos culturais como visitas na casa, onde Beethoven morou, que foi recentemente reaberta.

Resumo da ópera: temos muito a comemorar. Nesse ritmo, se depender dessa classe musical, esse ano até as pedras vão cantar. Agora vamos torcer para que os demais setores da sociedade não desafinem, porque muitos já atravessaram o samba por muito tempo. E como diz o maestro João Carlos Martins, ao citar Heitor Villa-Lobos: "Não é um público inculto que vai julgar as artes, são as artes que mostram a cultura de um povo."

Apenas lute!

Nenhum de nós precisa lutar como uma garota, tampouco lutar como homem. Antes de darmos a cara à tapa precisamos saber responder com propriedade e conhecimento de causa: por que, para quem, quando, pelo que e como lutamos.

A comparação desmedida é uma das coisas que nos traz muito sofrimento. E essas campanhas imperativas, que buscam angariar combatentes, não necessariamente estão preocupadas com a sua dor, pelo contrário, buscam usá-la em benefício próprio.

Muitas vezes compramos brigas pelas quais não precisamos lutar, obviamente não que o motivo da batalha não seja legítimo, apenas porque não temos ou não enxergamos aquela necessidade ou por não pertencemos ao mesmo grupo, naquele momento ou naquele lugar em que o embate ocorre, especificamente. Às vezes não é o momento, somente isso.

Induzidos pelo movimento centrífugo da massa, muitos de nós somos levados para campos minados, os quais poderíamos evitar, enquanto os verdadeiros causadores das mazelas permanecem intocáveis. Quando damos por nós, estamos feridos e sozinhos no meio do fogo cruzado. Muitos lutam bravamente por suas causas, poucos são os que lutam com dignidade e ajudam o companheiro ferido. Até a nefasta guerra tem as suas regras, cujo cumprimento depende muito mais dos valores morais de cada soldado do que o que está escrito nas leis ou tratados de guerra.

Não estou falando especificamente de lutas com armas de

fogo com mortes físicas, mas também a guerra de palavras e mortes emocionais. A palavra fere e pode deixar sequelas difíceis de serem curadas.

O respeito ao próximo começa com o respeito próprio. Cada um está em um degrau no desenvolvimento da vida e do desenrolar das coisas. Existe uma hierarquia nas batalhas, a primeira delas ocorre dentro de nós mesmos, a começar com a vida, na luta pela adaptação, desenvolvimento, sobrevivência...

A luta começa antes de estarmos prontos e por vezes atropelamos a ordem da vida e acabamos lutando como um soldado mercenário que não receberá pagamento algum, porque na sua imaturidade acabou sendo enganado. Uma leoa filhote não caça nem em bando nem sozinha, antes precisa se desenvolver, ter garras e dentes firmes prontos para abater a presa.

Ainda assim, uma vez alistado a um grupo e tendo claro o porquê e para que lutar, não se sai por aí desembestado como uma manada insana, atacando a todos e tudo o que se vê pela frente, como se fosse uma espécie de deus criador que pode tudo destruir com um dilúvio por ter o poder de fazer renascer a relva.

Isso é de uma pretensão desmedida. Sun Tzu, no livro *A Arte da Guerra*, aconselha que: uma vez que se vá para o embate com o inimigo, há de se respeitar os bons lugares e buscar aliados ali. Destaca o equilíbrio que se deve ter por meio da flexibilidade e decisões tomadas de forma sensata e bem avaliadas.

"Há estradas que não devem ser percorridas; exércitos que não devem ser atacados; cidades que não devem ser assaltadas; terras que não devem ser contestadas e ordens do governo que não devem ser obedecidas."

Respeitar o adversário é indicador de respeito a si mesmo. Sun destaca erros que podem levar um comandante ao fracasso e curiosamente esses perigos estão no íntimo do ser, diz respeito ao indivíduo que ocupa o cargo de comando. São erros de ordem interna. Não têm a ver com o adversário exterior. Assim, Tzu destaca cinco erros que levam ao fracasso, que estão relacionados com as seguintes características das pessoas:

1) a que tem descaso pela vida, que se expõe sem necessidade e é precipitada;

2) a que tem cuidado excessivo em conservar a própria vida e por esse motivo não ousa e mostra covardia, o que a torna vulnerável;

3) a que tiver temperamento volúvel, que se deixa levar pela cólera, o que nós conhecemos como gente de pavio curto;

4) a que é suscetível à honra. Aquela pessoa que com tudo se ofende sem ponderar "Por querer reparar a honra por qualquer insulto poderá perdê-la";

5) a que "conserva uma compaixão excessiva por seus soldados".

Esses erros elencados por Sun Tzu nos levam para Aristóteles quando diz que o segredo é o equilíbrio. Acredito que o equilíbrio é e deve ser a nossa ambição de vida.

Se por acaso, agora, você estiver disposto a lutar por algo, não lute como uma garota, não lute como homem, apenas lute! Lute como ser humano. com dignidade e com as armas que tem, lute sozinho com seus demônios e então, uma vez se conhecendo um pouco melhor, associe a sua imagem a um grupo aliando-se a ele, sem precipitações. Depois continue lutando nessas duas frentes: enquanto indivíduo e enquanto grupo, um complementa o outro.

É bom lembrar que nem sempre a culpa pelas perdas nas nossas batalhas está do lado de fora, muitas vezes está dentro de nós. Identificar nosso real e maior adversário já é meio caminho andado rumo à vitória no sentido da evolução humana. "Em batalhas, quaisquer que sejam os resultados, o gosto será sempre amargo, mesmo para os vencedores." (Sun Tzu). Podemos acrescentar que em qualquer batalha, sejam as com nossos demônios ou as do dia a dia em busca de melhores condições de vida, a gente se desgasta. E o desgaste tem em si um gosto amargo.

Nós podemos ser geniais e cheios de boas intenções, mas também somos falhos e fracassamos. Conhecer os nossos vícios e virtudes e enfrentar a vida assumindo as nossas responsabilidades é medida de caráter e de capacidade de crescimento, a partir do momento em que admitimos que podemos ser o médico e o monstro...

Atalanta

Ouso dizer que todos nós já sentimos na pele a dor do abandono, da solidão, da impotência ou de ser usado por outras pessoas independente do prejuízo que isso nos causa. Mas também somos capazes de abandonar, de desprezar, ou de renegar com ou sem intenção de causar dor, mas como diz o velho anexim: "De boas intenções o inferno está cheio."...

Na mitologia grega, Atalanta foi uma criança que ao nascer, foi abandonada à própria sorte no cume do monte Partênion por seus pais. Seu pai, Esqueneu, só queria ter filhos homens. Mas a mãe natureza mais uma vez deu seu jeito e Atalanta sobreviveu após ser amamentada por uma ursa. Tempos depois, alguns caçadores a encontraram e a menina cresceu forte, tornou-se uma caçadora alta, bela e ágil nas corridas.

Após ela ter sofrido uma perda amorosa e ter sofrido outras armações do destino, Atalanta determinou em sua mente que não iria casar com mais ninguém. E para todo homem que se aproximava dela com esse intuito, a corredora imbatível propunha uma corrida, se ele ganhasse, se casaria. Ela sempre vencia, era uma mulher competente, decidida e independente. Até que Hipômenes apareceu em sua vida, ele aceitou o desafio e antes da competição fez uma oração para a deusa do amor lhe ajudar, assim, Afrodite lhe deu três maçãs do amor, belas maçãs douradas para ele usar durante a corrida quando estivesse em estado crítico de fôlego ou muito cansado. Então, de tempos em tempos ele jogava uma maçã na frente de Atalanta, ela se abaixava para pegar e nisso ia perdendo posição e Hipômenes, que amava genuinamente Atalanta, ganhou a corrida. Assim é basicamente o contexto desse mito que muito pode inspirar nossas existências...

Muitas pessoas me perguntam como consigo fazer tanta coisa. Eu não sei, acho que talvez me veja como a criança do mito, abandonada à própria sorte e tendo que me virar para sobreviver, até sair correndo fazendo tudo o que tem pela frente, numa tentativa insana de nunca mais ser alcançada por uma dor. Bobagem, quanto mais a dor nos persegue, mais longe nós vamos, porque a dor incomoda e faz a gente se mexer.

Insanidade é sentir dor e ficar no mesmo lugar como que mergulhado em uma colmeia de abelhas, se vamos morrer por esse ataque, que seja correndo até encontrar um poço com águas tranquilas para mergulhar...

Pessoas muito agitadas estão em fuga ou lutando com algo em seu interior, na grande parte das vezes, fogem dos próprios demônios ou das próprias misérias. Quem vive esse tipo de embate sabe que o trabalho braçal é mais confortável, porque é possível controlar, se cansar, tirar quinze minutos e sentar sob a sombra de uma árvore. A mente quando está a fim, não cala a boca nem na hora em que estamos deitados para dormir. Mal conseguimos descansar e por isso buscamos fazer alguma coisa para distrair o falatório mental.

Numa dessas situações comecei a assistir ao documentário: *O Desaparecimento de Madeleine McCann.* Não aconselho que façam isso. Sugiro que ouçam música clássica antes de dormir. Casos como esse me provocam um verdadeiro bombardeio mental, perdi horas de sono por dias e ainda não dei conta de terminar de ver os quatro últimos episódios. Essa menina, a Madeleine, teve que desaparecer do planeta para que uma rede de pedofilia fosse investigada e derrubada, a Wonderland, não antes dela ter destruído centenas de vidas e condenado parentes e amigos a viverem a angústia de ter uma criança desaparecida.

Infelizmente parece que a sociedade acha natural e até possível uma convivência pacífica entre parasita e hospedeiro, entre presa e predador; isso é de uma tolerância que supera a paciência de Jó... O que os reis dessa tolerância pensam? Talvez que: pedófilos votam, pagam impostos, giram com mais força a roda da economia, e as crianças, ah! Deixe-as no cume dos montes, no bico do urubu... Agem como se não houvesse amanhã, mas as crianças crescem e o amanhã chega.

Se para nós adultos é muito frustrante não podermos contar com as pessoas, sermos traídos por quem se propôs a caminhar junto, como não bastasse isso, ainda conseguimos nos autossabotar. Muitas vezes deixamos nos enganar para não enfrentar a dor do desprezo. Então imagine as crianças abandonadas nas ruas, elas nem se sabotam, elas nem sabem como sobreviver. Curioso que muitas pessoas, quando leem histórias da antiguidade ou mitologia, ficam perplexas, mas não ficam escandalizadas com a realidade de milhares de crianças abandonadas, sequestradas e abusadas na atualidade.

Para a criança sobreviver é imprescindível que apareça ao menos uma ursa que a alimente o corpo e caçadores que alimentem o espírito desbravador. Só quem foi abandonado à própria sorte sabe a dor que o desprezo provoca e, sim, o sofrimento te leva mais longe, quando se pode e quando se escolhe sair do lugar. Mas como essas crianças de rua vão sair dali se não houver caçadores de talentos que os insiram em programas de esporte como o atletismo? Todas aquelas crianças têm potencial de vida e de superação, elas são as nossas Atalantas.

Muito se fala das vulnerabilidades, pouco se faz pelas potencialidades humanas ao longo da vida. Cansamos de ver gente passando a perna nos outros, trapaceando, enganando e se julgando poços de virtudes. Quase me rompe os tímpanos quando ouço algo como alguém que critica a expressão: "sexo frágil" para se referir à mulher e pela mesma boca sai a expressão: "vulnerabilidade feminina". Trocam seis por meia dúzia, na ânsia de aprisionar todas as mulheres numa mesma jaula ideológica e dessa forma as nossas Atalantas continuam a ser diuturnamente aniquiladas no ninho, tal como crianças no cume do monte abandonadas para morrer, enquanto o rei se esbalda como um deus nos bacanais do Olimpo...

Cabra da peste

William Shakespeare certa vez escreveu: "Há mais coisas entre o céu e a terra do que julga a nossa vã filosofia." Sou convicta disso. Acredito que não podemos controlar nada além de nós mesmos, o que já é extremamente difícil. A começar que parte de nós funciona pelo sistema nervoso autônomo.

Aprendi a ser menos controladora quando comecei a nadar no mar. Platão disse que a pessoa que não sabe nadar não é educada. Não sei se sou educada, mas ali descobri que o mar não mudaria seu balanço para eu passar. Sou eu que tenho que me ajustar, manter equilíbrio físico e mental para não cair no desespero. Outra dificuldade era nadar em piscina com água contida e parada e depois querer nadar do mesmo jeito no mar, ah, não! Ali tem que se adaptar, e rápido, porque o mar muda a todo instante.

Sinto-me na superfície de um enorme ser vivo que se mexe o tempo todo e tudo nele é uma enorme e profunda garganta, que por vezes gargareja e cospe ondas gigantes, as quais, graças a Deus, não enfrentei e espero nunca ter de enfrentar. Mas o que é a vida senão um imenso mar? Ignoramos o que acontecerá no instante seguinte. Sempre foi assim, então... O que tememos? Se esse fosse meu último escrito, seguido de um último suspiro, o que diria que ainda não foi dito? Não sei...

Tememos a dor, o sofrimento. Medo de morrer? Eu não tenho medo de morrer, só sinto pena. Assim como Rubem Alves tinha tristeza e como Mário Quintana escreveu, os versos que chamo de epitáfio da sabedoria:

"Da morte
Um dia... pronto!... me acabo.
Pois seja o que tem de ser.
Morrer que me importa?... O diabo
É deixar de viver!"

"Pois seja o que tem de ser." E se o céu for uma espécie de mar, onde eu possa nadar e nadar e nadar..., teria eu tristeza ao lembrar que sofri em terra firme?

Em tempos de Peste, observo as pessoas: cristãos, ateus, ricos e plebeus se amontoarem em supermercados ignorando o recado divino: "Olhai as aves do céu que não semeiam nem colhem, nem ajuntam em celeiros, mesmo assim Deus as alimenta." Pessoas de fé substituíram o "Cristo Salva" pelo "salve-se quem puder!". Se elas ignoram a Deus a quem dizem crer e amar, imagino a dificuldade do governo, haja decretos para se fazerem obedecer as orientações...

Particularmente nunca imaginei um governo genuinamente preocupado se o povo morre ou vive, principalmente os mais vulneráveis e fragilizados, onde o vírus (Coronavírus – COVID-19) tem potencial mais letal, mas quando o governo mostra estar preocupado e se empenha em estabilizar a situação, aí o povo não colabora e é um "pega pra capar". Isso talvez seja algo relacionado à história de "Pedro e o Lobo" (que se equipara às promessas de campanhas não cumpridas, corrupções, etc.). Em contraponto a essa realidade, nos tempos de guerra, vão os jovens mais saudáveis para o mata-mata, na linha de frente dos campos de batalha. Vá entender a humanidade!

Então, diante das imagens de pessoas brigando por álcool

em gel..., perguntei-me com profunda curiosidade, será que a vida dessas pessoas é tão boa assim? Será que eles têm algo significativo para realizar que ainda não o fizeram, o quê?

Ironicamente pequei, tive inveja, não sei até onde eu iria hoje, para sobreviver. Nem em outros tempos, passados ou vindouros, não sei, hoje também não sei. Isso não quer dizer que eu não queira viver, quero sim. Pretendo continuar a não sair mais de casa, até segunda ordem. Só lamento não estar no litoral, no mar. No fundo do mar, o tempo passa mais devagar que no alto da serra, será que é por isso que eu gosto de estar nele? Talvez seja a minha maneira de esticar a vida um milésimo de segundo a mais... Talvez seja a minha forma de sobreviver... Não no mata-mata dos mercados, ali sai de cena o ser humano racional e fica o animal em seu mais apurado instinto de sobrevivência, mas os demais animais, nenhum deles está fazendo estoque de caça...

Finalmente, em São Paulo, shopping e mercado serão fechados, farmácias e padarias poderão ficar abertas, mas até quando? Não sabemos.

Nesses tempos há de ser "cabra da peste", aquele que é homem valente, corajoso, porque é preciso ter coragem para fazer silêncio, é preciso ter valentia para se aquietar e acatar as orientações sanitárias para conter a contaminação.

O "cabra da peste" não tem medo de morrer, seja de fome, de tiro ou de peste, e por isso mesmo age com humildade, respeita ordem e não mata seus adversários dentro da igreja. É preciso resgatar esse cabra, são os tempos difíceis que forjam pessoas fortes. Para viver melhor, há de se debruçar sobre a morte, conversar com ela como fez Raul Seixas em *Canto para a minha morte*.

"...Oh morte, tu que és tão forte / Que matas o gato, o rato e o homem / Vista-se com a tua mais bela roupa quando vieres me buscar...."

E no meu caso, que meu corpo seja jogado ao mar e que Deus me leve para junto das águas tranquilas...

Ninguém quer morrer, mas não justifica a insanidade que estamos vendo por aí, enquanto vivo é preciso buscar ter dignidade, fazer a vida valer a pena. É preciso poesia para nos dignificar:

"E eu fico a imaginar se depois de muito navegar a algum lugar enfim se chega... O que será, talvez, até mais triste. Nem barcas, nem gaivotas. Apenas sobre humanas companhias... Com que tristeza o horizonte avisto, aproximado e sem recurso. Que pena a vida ser só isto..." Cecília Meireles.

Fui buscar a lã e voltei tosquiada.

"Perseguido por um lobo, um cordeiro procurou abrigo num templo.

Como o lobo lhe disse que, se o sacerdote o encontrasse ali o sacrificaria a seu deus, ele respondeu:

— De qualquer maneira, prefiro terminar no altar de um deus que na tua boca.

Morrer, mas com toda dignidade."

Essa é uma das *Fábulas de Esopo:* "O Lobo e o Cordeiro" refugiado num templo.

Conseguimos ver no lobo que ele é persistente, focado, batalha pelo que quer, é inteligente, astuto, mas todas essas virtudes estão exclusivamente a serviço do seu instinto, seguir o ciclo: de se alimentar para sobreviver, independente de que isso custe a vida de outro ser vivo, que também é dotado de instinto de sobrevivência, para o qual lança mão de seus dispositivos que o impulsionam para a luta ou para fuga, mas algo no cordeiro o diferencia do lobo.

O lobo é cem por cento instinto, portanto é prático e objetivo. Por outro lado ele é limitado, julga os interesses do cordeiro a partir de sua visão, é incapaz de abstrair. Para o lobo o que conta é apenas viver ou morrer, nada mais.

Entretanto o cordeiro alcançou algo para além da matéria, para além dos instintos: a dignidade. Ele tem valores bem diferente do lobo, apesar de também ter as mesmas virtudes, é persistente, focado, batalha pelo que quer e é objetivo, quando vê que não tem mais como fugir, encara a morte e decide "morrer de pé". Morrer com dignidade. Todos têm virtudes e num dado momento apresentam os mesmos atributos, mas para caminhos diferentes, objetivos distintos.

A virtude por si só não define o todo de um ser. A ausência de certas virtudes quase anula outra. As pessoas não fingem ter vícios, muitas vezes fingem ter virtudes.

Dia desses, no começo do Afastamento Social, fui até a casa de uma amiga buscar uma encomenda. No caminho, passei na frente de alguns bares com certa aglomeração, ainda não havia decreto para que se fechassem os bares. Parei ao lado de uma padaria e observei uma conversa na mesa colocada na calçada na frente de um bar. Eu sempre enrolo quando a conversa alheia me é interessante, apesar da pressa eu não poderia perder aquela empolgação, naquela hora da manhã de um sábado ensolarado.

— Ô, fulana! Não é pra ficar em casa? (O homem ria, erguendo um copo de cerveja em sinal de brinde).

A tal fulana que saía da padaria ia já ajeitando a sacola na bicicleta estacionada, com cara de poucos amigos, resmungou:

— Que casa? Hoje o mundo é uma enorme senzala! Até sicrana, quem diria! Vivia me azucrinando as ideias com: 'meu corpo, minhas regras' finalmente sossegou o facho em casa. A regra dela agora é obedecer a lei. Tá que não se aguenta dentro de casa!

— Tá vendo aí? Tudo tem seu lado bom. (E ria dando um gole na tulipa, que brilhava suada sob um raio de sol.)

— Bom porque não está na sua casa! E tu, vai abrir um bar

em casa? (Perguntou ironizando.)

Caminhei lentamente até a esquina peguei a encomenda. Quando voltei, a fulana já tinha ido, mas a conversa ficou. Não consegui ouvir o que um deles disse, mas o outro rapaz respondeu:

— Mas que conversa! Esse povo fica só rezando Salmo 91 e na hora do pega pra capar, corre tudinho, se não tem álcool pra passar por fora a gente joga é pra dentro. (Bebeu mais um gole, e riam todos em boa farra...)

Queria ouvi-los mais, mas, resoluta, entrei no carro e fui embora.

Fiquei pensativa: o mundo inteiro na mesma situação da boa e velha quarentena e as pessoas na mesma e boa velhas atitudes, com o bom e velho instinto...

Dias depois veio à tona a questão do impasse, vulgarmente colocado: entre de morrer de vírus (agora) ou morrer de fome (depois). E lá vai o povo usando das virtudes para brigar pelo umbigo. Eu, que não tenho muita paciência pra certos assuntos da moral humana, voltei a assistir a série *Império Romano*. Por ironia do destino, tinha parado no quarto episódio da primeira temporada "Roma em Chamas", quando penso que não, entra em cena Cleandro, braço direito do imperador Comodus (O imperador filho de Marco Aurélio, que inspirou o filme *O Gladiador*). Eis a fala:

"— Cleandro. Obrigado por vir (...) e a peste, o que estamos fazendo quanto a isso?

— Tudo o que podemos, é claro. Estamos nos livrando dos corpos o mais rápido possível, montando quarentenas e tendas para os doentes fora da cidade. Não se preocupe, isso vai se resolver rapidamente.

— E por que ouço que meu povo está faminto?

— Temos tido problemas com as remessas de grãos.

— Gente faminta adoece. Gente doente morre. O povo precisa de comida.

— Infelizmente não é tão fácil como parece.

— Dobre os subsídios. As remessas vão se estabilizar sozinhas. Nesse meio tempo, o povo precisa de comida.

— É claro, tem razão. Vou dobrar as remessas de grãos agora. Há mais alguma coisa que meu imperador queira?"

Disse de mim para mim: "É! Têm coisas que não tem jeito, eu fui buscar a lã e voltei tosquiada."

Sun Tzu, no livro *A Arte da Guerra*, diz que: "O comandante sábio deve considerar a combinação de ganho e perda, deve ter discernimento das reais vantagens em situações difíceis e confiar nos seus esforços. Se for capaz de perceber as vantagens prováveis, as dificuldades poderão ser resolvidas."

Como (sub)comandantes de nossas próprias vidas, acredito que devemos seguir o mesmo conselho. Sabendo que não vamos transformar lobo em cordeiro, nem cordeiro em lobo, mas quem é que entende isso? Em se tratando de ideia fixa, temos todos a virtude da persistência, para baixo ou para cima.

Assim sigo, sem enxergar a linha que separa a persistência dos murros em ponta de faca.

Efeito boliche

A alfabetização é nossa largada para o mundo, pois é a partir da leitura que se anda pelas ruas da Grécia sem mover os pés da estante: como cantava Lenine na música "De Sabugo a Visconde".

Quem escreve só encontra duas dificuldades: uma é a total falta de ideias sobre o que escrever, a outra é o excesso delas. Essas duas dificuldades podem se desdobrar em outras duas situações: uma total falta de interesse, que deixa o escritor apático e cada vez com menos ideias, ou interesse em demasia que torna o escritor afoito e atormentado por múltiplos pensamentos. Por essa premissa, deduzimos que, em vez das duas dificuldades supracitadas, o escritor só tem de fato uma, a dificuldade em manter-se equilibrado. Ora, você me dirá, essa é a única dificuldade que temos para tudo na vida. Fato, já conversamos sobre isso. É que há semanas me encontro na rotineira tormenta da segunda situação.

Dias atrás atualizei uma foto numa rede social e disse:

"No mundo inteiro, todo mar é perigoso, e também fatal, incontáveis são as vidas que ele já tragou, ainda assim, podemos passar por ele e sairmos sãos e salvos. Ocorre que: é mais fácil te afastar dele por meio do medo, do que te ensinar a lidar com ele. Nade, navegue, surfe..."

Temos tendência a querer mudar ou moldar os outros de forma a, no fim, atender às nossas próprias necessidades. Queremos controlar o meio para nos sentirmos minimamente seguros. Suspeito que isso seja por uma espécie de desamparo genético que nos acompanha desde sempre. Mas não damos conta de que é a diferença que nos mantém em equilíbrio, é o oscilar do giro da terra, das fases da lua, das altas e baixas das marés, é na instabilidade que nos equilibramos, mas odiamos a instabilidade e amamos o conforto que o equilíbrio nos dá, como se um pudesse existir sem o outro.

Ninguém aprende a lidar com o medo e compreender o perigo de uma hora para outra. Alfabetizei alguns dos meus medos ensinando-os a lidarem com a situação que lhes apavorava e que a mim me assombrava. Eu sempre tive medo de água e, quando digo sempre, não falo do passado, me refiro ao presente e quiçá futuro. Mas quem sabe das minhas travessias nadando águas abertas julga que eu minta. Mas fato é que o mar nos fascina e nos assombra.

Fui criada ouvido a história bíblica de Daniel na Cova dos Leões. Uma excelente história para colocar os nossos medos nos lugares que lhes cabem. Não há nada mais bizarro do que pessoas infligindo medo nos outros, mas entendo que talvez lhes falte condições de conscientizar a si mesmos, antes de ajudarem os outros.

É como alguém, que não nada, pular na água para salvar quem se afoga. "Mas tão certo quanto o erro de ser barco a motor, e insistir em usar os remos. É o mal que a água faz quando se afoga e o salva-vidas não está lá porque não vemos." *(Daniel na Cova dos Leões* – Legião Urbana). Somos esse barco a motor usando remos... Precisamos continuar nessa música para nos imunizarmos do medo que não é nosso. "E o teu medo de ter medo de ter medo, não faz da minha força confusão." Naturalmente nós temos os nossos próprios fantasmas, não precisamos dos fantasmas dos outros para nos assombrar ainda mais.

Se estivermos enfileirados, todos bonitinhos alinhados um atrás do outro, seguindo os mesmos medos, o efeito dominó é fatal. Todas as peças cairão com um ridículo e leve toque, é a devastação do conhecido efeito dominó. No entanto, se estivermos posicionados em pontos diferenciados como os pinos de boliche, cada um respeitando seu lugar ao sol, obviamente que uma bola com efeito Vesúvio fará um *strike*, mas você há de concordar comigo que as possibilidades de se manter de pé são muito maiores do que se ficarmos como as peças do dominó.

O alinhamento do boliche permite que os pinos sobrevivam mais tempo de pé, observe, cai o pino do lado, o de trás e o pino teimoso fica lá, impávido. Nessa comparação, somos peças de dominó ou pinos do boliche?

Todas as coisas perigosas as quais eu quis enfrentar dependeram infinitamente mais do meu controle interior do que exercer qualquer controle externo. Nadar me ensinou isso, jamais controlamos o mar, apenas a nós mesmos, a começar de dentro, com a respiração, concentração e equilíbrio, sem isso, o afogamento é certo. Sendo peça do dominó ou pino do boliche, não temos como controlar o toque nem a bolada que vem. Saber como se posicionar perante os semelhantes e lutar por manter o equilíbrio interno é a única saída que vejo.

Muita gente gosta de saber que está posicionada como a maioria, todos dominós se achando uma espécie de macho dominante da própria vida... Ledo engano. Nada me foi mais libertador do que saber o quão miserável sou. Dói? Sim, a verdade dói. E não é fácil ser uma marionete voluntariosa. Acha mesmo que eu escolheria essa vida se fosse me dada antes a possibilidade de escolher? Eu não sei. Mas acho que não. A gente se joga na vida e depois vê o que acontece.

Há quem diga que só acreditaria em vida após a morte se alguém voltasse para dizer, bom, Jesus disse. Em todo caso, penso que morrer deve ser um nascer em outra realidade. Deve ser algo como sair do útero, aquele universo aquático. Imagina você chegar lá no útero e dizer ao feto: "Olha! Há um mundo aqui fora que é seco, sua pele fica sequinha, o ambiente é sólido, você usará roupinhas..." Ele riria de ti... É preciso que ele morra para o útero e nasça nessa dimensão para entender que a vida é flexível e tem muitas possibilidades...

Com o medo injetado nas veias das nossas vidas: "Ninguém vê onde chegamos. Os assassinos estão livres, nós não estamos." (*Teatro dos Vampiros* – Legião Urbana)

Quem com ferro fere, com ferro será ferido.

Quando nas aulas de história, com os olhos arregalados, espantadíssima, ouvia que Maximilien F. M. I de Robespierre foi morto na mesma guilhotina para onde ele mandou para a morte até seus amigos, eu finalmente compreendi o ditado: "quem com ferro fere, com ferro será ferido".

Traduzindo a miúdos, quem na guilhotina mata, na guilhotina será morto. Mas ficava intrigada com o médico que aprimorou o antigo método da pena de morte, para esse "mais limpo", o doutor Joseph-Ignace Guillotin. Ele teria morrido de causas naturais. Pelo que consta, o doutor queria acabar com a agonia da morte por enforcamento ou decapitação, por serem métodos ineficazes para a morte, já que muitas vezes promovia agonia e tortura, mas a morte era o objetivo, uma vez que para a tortura havia outras tecnologias...

Pois bem, mas não falaremos agora sobre o já enfadonho tema da Revolução Francesa. Amo História, mas presumo que ela não seja meu forte. "Em casa do ferreiro, o espeto é de pau."

Entre o passado e o presente, entre os humanos e cães, eu tenho dúvidas abissais para as quais às vezes nem consigo formular perguntas. Às vezes nem sei para onde estamos evoluindo, parece que viramos o Homem de Lata em busca de um coração...

Já os cães mantêm muito explícita a noção de lealdade e também o conceito de propriedade particular. Demarcam o território com tal persistência que corrói até o ferro dos nossos portões. Nunca entendi não havermos fabricado uma tinta efetivamente anticorrosão, as que dizem que são, não resistem a três meses.

No livro *Eram os Deuses Astronautas?*, de Erich Von Däniken, há vários registros sobre as maravilhas do mundo, uma delas é o Pilar de Ferro de Déli – Índia.

"No átrio de um templo em Délhi encontra-se, como já foi referido, um pilar construído de peças soldadas de ferro, que há mais de 4.000 anos está exposto às intempéries, sem que mostre o menor vestígio de ferrugem: pois está livre de enxofre e fósforo. Temos aí uma liga de ferro desconhecida, proveniente da Antiguidade. (...) É uma história embaraçante: Em elevadíssimas culturas do passado encontramos construções que hoje, com os mais modernos recursos técnicos, não somos capazes de imitar."

Alguns diferem da idade desse Pilar que, atualmente, está cercado pelas ruínas do que foi a mesquita Quwwat ul-Islam. Mas é sabido que ele é milenar.

É incrível perceber que, com a mesma força com que uns são capazes de criar e construir, outros são capazes de destruir. Ainda que se mostrem incapazes de criar em substituição, algo melhor, deixam apenas seu rastro de destruição em entulhos, lixo e vazio.

Dois dias saí de casa e em cada um, em ruas diferentes, encontrei máscaras hospitalares jogadas ao chão, à mercê do vento... Deus que me perdoe pelo mau pensamento, mas torci para o tal vírus mostrar a que veio, mas vaso ruim não quebra fácil. Procurei pensar algo positivo, imaginei que algum saco de lixo se rompera e a máscara caiu, mas duas?... Depois vi nas redes sociais que mundo afora é o que mais se vê: luvas e máscaras espalhadas pelas praias e ruas. Nem quando tomba um caminhão de lixo ficam tantos lixos espalhados pelas ruas, a verdade é que tem muita gente porca espalhada por aí. Muitos humanos não respeitam o espaço do outro, são física e moralmente invasivos e tão corrosivos como a urina dos cães.

Cães e gatos instintivamente são, muitas vezes, mais higiênicos que nós *sapiens sapiens*. Onde será que foi parar o nosso instinto de higiene e cuidado? Os animais não evacuam no lugar que comem, nem no lugar que dormem, ciscam terra para cima de seus excrementos. Enquanto isso, nossos irmãos varrem a sujeira para debaixo do tapete, jogam a geladeira no córrego e que se dane! Como se tirando do alcance dos olhos o problema estivesse resolvido. Mas tudo que vai, volta... A vida é um enorme bumerangue. Lutemos para sermos melhores do que fomos ontem.

É sabido por aí que nesse mundo nada se cria, tudo se copia. Sou inclinada a acreditar que partimos da cópia como base para o aprimoramento e evolução, mas fato é que ao longo da história perdemos muitas informações relevantes. Parece que perdemos a matriz. A estupidez quando se alia com a vaidade tem poder de bomba nuclear.

Em *Eram os Deuses Astronautas?* vemos o resultado nefasto, quando povos, ao conquistarem e submeterem outros povos, tentam extinguir sua cultura e conhecimento. Foi o que fizeram com as placas escritas, que estavam junto aos Moais, na Ilha de Páscoa, atearam fogo nelas. As que sobraram, até hoje não sabemos se foram ou não decifradas. Quando o conhecimento é perdido mantemos e perpetuamos a ignorância.

Indignos do passado negaram gerações inteiras, por milênios afora, o direito de saber. Eis uma herança maldita que eles nos deixaram. Até hoje, muitos pseudopoderosos tentam nos privar da luz do conhecimento, tudo fica à meia luz, conhecimento parcial e tendencioso, calam nossas bocas, transformam-nos em Eustache Danger atrás de sua máscara de ferro.

Aprimoramos nossas guilhotinas, sufocamos nossos amores, traímos nossos amigos, enganamos nossos sócios, invadimos lares, usurpamos propriedades, deixamos rastros de imundície, julgamo-nos espertos e superiores, enquanto isso, os portões que nos protegem, enferrujam com qualquer urina de um cãozinho vira-lata...

Quimeras...

Muitas vezes abro um livro e *pow pow pow*, levo tiros no peito em vez de palavras aos olhos. Assim me são os livros do Lima Barreto.

Então me sinto frustrada por não o ter em alta prateleira de uma estante arrumada. Lembro-me de uns amigos da minha infância em Mussurepe. Eles guardavam as roupas, a maioria delas doadas, em caixas de papelão. A sensação que eu tinha era de que aquelas caixas enormes — provavelmente de fogão ou TVs com tubos de imagens — faziam fronteira entre o caos e a perfeita ordem. Cada um tinha a sua caixa e sabia exatamente onde estava aquela blusa branca, entre dezenas de blusas brancas, para mim aquilo soava como milagre, eu mal via que eram roupas.

Era uma casa com muitos irmãos e, de certa forma, eu queria fazer parte daquela família, pelo fato deles terem muitos irmãos, e eu? Nem um. Abriria mão de todos os armários da minha vida para ter uma irmã e manteria, talvez sem reclamar, meus livros em caixas de plástico organizadoras... Como estão atualmente. Mas me acostumei a ser sozinha, só não me acostumei com os livros em caixas por tanto tempo. Ao contrário daqueles irmãos, eu, ultimamente, não sei exatamente onde estão meus livros...

Fato é que ou teria os livros, ou as estantes... Tristes tempos, se a Saraiva se ajoelhou diante da crise, nem quero imaginar meu futuro... Vamos viver um dia de cada vez, de grão em grão a galinha enche o papo...

Pois bem, sequei as lágrimas intrusas e reli a página do livro para tentar dissipar a angústia desse devaneio. Então li algo escrito há mais de um século, achei atual e digitei em uma rede social "É assim o governo: seduz, corrompe e depois... uma semicadeia. – Lima Barreto (*Vida Urbana*, 26-01-1915)". Daí logo me vem à mente o pensamento de que, se alguém dissesse para aquele autor que haveria essa tal rede social e que a frase dele seria digitada ali, ele olharia talvez... Espantadíssimo...

Digitei a sua frase no *Facebook* pensando: *se a frase de 1915 foi parar no Facebook, onde será que vai parar o Facebook daqui há cento e cinco anos? E essa coluna, onde vai parar?* Como disse Popper: "Não sabemos só podemos conjecturar..."

Lima Barreto se queixava do silêncio que faziam sobre o que ele escrevia, nenhuma crítica, nada... Talvez ele nem imaginasse que seus leitores mais apaixonados sequer haviam nascido...

Eu mesma nasci cinquenta e um anos depois que ele já havia morrido.

E pensei, *há uma espécie de caminhos invisíveis pelos quais nós trilhamos invariavelmente. E me senti nesse caminho.* Então, abri novamente um livro com as crônicas dele, e eis que Lima Barreto cita:

"Homens de letras são uma irmandade religiosa permanente." Carlyle

Pesquisei no Google quem foi Carlyle, mas quando cheguei ao fim da página do livro havia uma nota de rodapé "Thomas Carlyle (1795–1881), um defensor da teoria da história baseada na figura do herói individual. (Historiador, crítico e filósofo escocês)." Algo me chamou a atenção para o ano em que Lima teria nascido, ora ora, não é que foi no mesmo ano em que Carlyle morreu. 1881. Empalideci.

Aqui estou eu, em 11 de maio de 2020, escrevendo isso, no isolamento social, na solidão moral, nesse amor platônico, talvez numa ânsia absurda, querendo ser amada por eles, que já morreram... "Ame o próximo como a ti mesmo." Não deixem que se amem os mortos mais que aos vivos...

Talvez quem vá ler isso, que agora escrevo, nascerá no ano em que eu morrer, quem sabe, cinquenta e um anos depois de minha morte. É assim a vida e, quer queira quer não, eu entrei para essa irmandade e quem sabe sentirão por mim, o que sinto por eles...

Retomei esse escrito, 18 de maio de 2020, após ouvir a música *Admirável Gado Novo*, de Zé Ramalho. Nas redes sociais, meia dúzia tenta ofender seus irmãos chamando-os de gado disso, gado daquilo, particularmente, para não entrar num dispensável embate, nada perco em concordar que, em alguma medida, somos todos gado. O que diferencia é a qualidade do boiadeiro e também a estirpe do gado. Há os que só servem para o corte... E há os leiteiros...

Mas acho que aqui, o povo não foge da ignorância. Fato é que livrarias falam mais que lojas de bijuterias... Aliás, em 2019, mesmo ano em que Livraria Cultura e Saraiva, entre outras, revelavam suas agonias, o setor de franquias de bijuterias ia de vento em popa, bem se vê para onde o boiadeiro leva a sua respectiva manada...

Paro de escrever, levanto, bebo água, reabro um livro de Lima Barreto e leio "O dia é de tédio e eu procuro meios e modos de fugir dele, de voltar-me para mim mesmo e examinar-me. Não posso e sofro. Arrependo-me de tudo, de não ter sido um outro, de não seguir os caminhos batidos e esperar que eu tivesse sucesso, onde todos fracassaram." Fecho o livro, pego *Triste Fim de Policarpo Quaresma* abro aleatoriamente: "Mas, como é que ele tão sereno, tão lúcido, empregara sua vida, gastara o seu tempo, envelhecera atrás de tal quimera. (...) Contudo, quem sabe se outros que lhe seguissem as pegadas não seriam mais felizes?" Essa foi uma das missões do Lima Barreto, fazer-me mais feliz. Leitura puxa lembrança, então vem à mente a música *Quimeras* (1987), da banda Zero.

"... Anjos do bem / vão te mostrar uma luz maior / capaz de convencer / que um mundo bem melhor existe em você / só pro seu prazer / Tantas vidas pra viver / tentando se encontrar / Tantas coisas por fazer / pra se purificar / Não consigo mais sonhar / já me basta o que vivi / sofrendo ao desejar Quimeras que eu não consegui..."

É isso, vamos vivendo um dia de cada vez, lidando com as Quimeras da melhor maneira que pudermos.

(Os livros do Lima estão disponíveis em: http://www.dominiopublico.gov.br/).

A culpa foi minha, Kerchak.

Em tempos em que os diálogos se resumem a trocas de acusações e que ninguém assume suas parcelas de culpa, vemo-nos, como que habitando uma imensa Torre de Babel. Onde ninguém se entende e os que se dizem possuidores da luz do conhecimento enxergam tudo como apenas um imenso mar de leite, tal e qual o descrito no romance do escritor português José Saramago – *Ensaio sobre a Cegueira*. Pois bem, mas como já estamos mergulhados nessa cegueira, não vamos falar sobre esse livro. Precisamos oxigenar nossa mente. E o escolhido da vez é Tarzan, uma história escrita por Edgar Rice Burroughs.

Publicado inicialmente em 1912 e entre muitos trabalhos derivados dessa obra, temos o filme infantil: *Tarzan*, produzido pela Disney (1999), que com seu rico repertório musical se traduz na cereja dessa história.

Perdoar é abrir passagem, é compreender que temos, no mínimo, dois mundos dentro de nós e também fora, o mundo dos instintos e o da razão. Mas não para por aí não! Temos ainda os três estágios pelos quais a humanidade já teria experimentado: selvageria, barbárie e civilização. Mas, se observamos bem, veremos que esses estágios coexistem no nosso tempo e também dentro de nós...

Se um dia você foi rejeitado ou traído, sabe muito bem a dolorosa batalha que se instala na nossa mente. São situações que despertam nosso lado selvagem, então respiramos fundo, não podemos resolver tudo na dentada, nem cometendo crimes passionais. Pronto, passamos para a segunda fase, é onde começa a baixaria, começamos a esbravejar acusações, berrar impropérios, babamos de raiva, falamos todos ao mesmo tempo e ninguém entende uma palavra do que o outro está dizendo.

Dentro dos xingamentos e acusações que seguem em via de mão dupla ninguém entende o dialeto do outro, tal e qual os estrangeiros chamados Bárbaros por não falar Latim e por isso não eram compreendidos pelos habitantes da Civilização Romana. Pois bem, voltando para a emboscada na qual caímos, chegamos ao comportamento civilizado. O que esperar desse estágio? Respeito ao próximo, a compreensão e o perdão. Perdoar é abrir passagem, é deixar ir e também seguir por outros caminhos, mas também é não aceitar ficarmos enjaulados em navios cuja rota é duvidosa.

Especialmente no filme *Tarzan* (1999) as cenas falam muito sobre isso.

A história começa com a família de Tarzan sobrevivendo a um naufrágio, na sequência, os pais são mortos pela Sabor, um felino. Paralelamente a esse acontecimento, a família dos gorilas, liderada pelo Kerchak, também sofre ataque da Sabor, e por isso Kerchak e Kala perderam um filhotinho. Ao acaso, Kala encontra a casa na árvore, e avista Tarzan no berço, o único sobrevivente do ataque. Percebemos que a família dos gorilas não foi atrás da Sabor para fins de justiça ou de vingança, continuaram seguindo a vida deles.

Num certo momento, Tarzan, já uma criança, se mete em encrenca, junto com os demais gorilinhas, entre eles a sua amiga Terk. Houve uma debandada de elefantes que a todos assustou. Kerchak então pergunta: "O que houve?" E antes que começassem as acusações, Tarzan se antecipa e diz: "A culpa foi minha, Kerchak." Nesse momento de grandeza moral do Tarzan, vemos que Kerchak também contém seu lado selvagem e dialoga com Tarzan, apesar de discutir com a Kala.

Compreendamos aqui um processo evolutivo de Kerchak que chegará ao ápice no fim do filme. Posteriormente chega àquele lugar um navio com ingleses e dele desembarcaram Archimedes, Jane e Clayton numa expedição para estudos, e Clayton era o segurança deles.

Até então Tarzan não sabia que havia outros iguais a ele. Archimedes, o pai de Jane, se referiu a ele dizendo: "Um homem sem linguagem, sem comportamento humano." Aludindo ao comportamento civilizado. E cogitou que ele fosse o elo perdido, e de fato Tarzan se mostra como o elo que possibilita a comunicação entre os civilizados ingleses e os selvagens gorilas. Contrariando a ordem de Kerchak, para se manter afastado, Tarzan, ingênuo, acaba levando os ingleses para o acampamento da sua família e ocorrem muitos problemas.

Clayton era na verdade um caçador, mesquinho e intelectualmente miserável, já que só enxergava o lucro que poderia obter com a captura dos gorilas. Tarzan não sabia falar inglês, mas sabia imitar muito bem. Ao repetir o nome "Clayton", Clayton diz: "Você me conhece? Como sabe meu nome?" É, parece que o lado selvagem do Tarzan, reconhece o selvagem que habita no Clayton, pois na verdade ele associou o nome Clayton ao som produzido por sua espingarda.

Muitos embates ocorrem, em outro momento Kerchak encara Tarzan e diz: "Sua missão era proteger essa família, traiu a todos nós." Como dói a traição, mas Kerchak também não procurou vingança. Jane também se sentiu traída pelo Clayton e pediu desculpas a Tarzan, e Tarzan chama a responsabilidade para si, mais uma vez e diz que a culpa foi dele e que Kerchak estava certo.

Nem sempre as pessoas são o que aparentam ser, nesse caso Tarzan era o civilizado e Clayton o selvagem. Ao tomar a arma de Clayton e ser provocado a atirar, Tarzan se recusa a se igualar e joga a arma fora. Nessa luta, Clayton, por sua atitude impulsiva, portanto impensada sai cortando todos os cipós nos quais estava amarrado e prepara assim, a sua própria forca e morre.

E mais uma vez Tarzan pede perdão e Kerchak diz: "Não, eu é que tenho que te pedir perdão, por nunca compreender que você era um de nós, meu filho." O selvagem gorila demonstra elevação moral e espiritual, nesse momento, morre.

Tenho certa dificuldade em lidar com a questão do perdão distribuído de forma desmedida, pois pode se converter em impunidade, ora até para Deus há um pecado que é imperdoável. Mas, em outro extremo, tem aquelas pessoas que não deixam passar nada e vão atrás de uma vingança ou de dar o troco, o que o torna igual ao traidor.

Vão-se os anéis, ficam os dedos.

Sem conhecimento nós jamais saberemos distinguir diamantes de cacos de vidro. Ainda assim, seguimos persistentes na arte de cortar os dedos.

Mas de fato não é fácil distingui-los. Nos livros de aventuras de caça ao tesouro, os caçadores precisam sentar, debruçar-se sobre um mapa, decifrar enigmas, meter-se em brigas, o tesouro não é uma recompensa fácil. Encontrar tesouros exige esforço, como tudo que tem valor na vida, incluindo sonhos. E, nessa busca, muitos piratas aparecem no caminho, para roubar esperanças e para colocar obstáculos.

Curiosamente, todas as vezes em que caminho pelos corredores das bibliotecas, eu me perco naqueles códigos das lombadas dos livros. Um dia perguntei para uma bibliotecária quantos semestres da faculdade de biblioteconomia são dedicados a estudarem aquelas sequências, fico admirada com tamanha organização. Acho incrível, você fica um dia lá no corredor e não acha o livro que procura, mas basta pedir ajuda para o bibliotecário e num instante, com aquele mesmo código ele vai diretamente ao livro.

Eis o tesouro, mas há de se conhecer os códigos que, para nós, são um enigma, um mapa quase indecifrável. Para que se alcance o que se quer é preciso empenho. O que parece muito simples para quem conhece, é quase uma missão impossível para quem não tem o conhecimento.

Muitas vezes não conseguimos distinguir o que de fato

tem valor, seriam os anéis ou os dedos? Tem gente que deixa ir os dedos e acaba sem nada. Mas até que ponto não fomos incentivados a desenvolvermos esse comportamento? Tenho a impressão de que nas últimas décadas fomos ensinados a ver a maldade nas pessoas, nos seres e nas coisas. Mas acredito que erraram a mão, pois nesse processo acabamos por ficar deficientes na arte de observar os valores das pessoas, dos seres e das coisas...

O livro *A Ilha do Tesouro*, de Robert Louis Stevenson, é praticamente um mapa da vida. Vez ou outra vemos alguém se referindo a crianças perguntando: "Onde é que desliga?". Pois é, crianças não vêm com manual de funcionamento ou de instruções, dizem outros. Ainda bem, pois li por aí que crianças educadas por manuais científicos se tornam adultos meio Frankenstein. Pelo sim pelo não, é melhor ter cautela, afinal de contas, a humanidade chegou aqui antes da Ciência propriamente dita, será que dá para aniquilar a história do desenvolvimento humano, por algumas de suas criações? Prudência.

A *Ilha do Tesouro* teria sido inicialmente contada por Stevenson para seu sobrinho. Triste sabermos que atualmente poucos pais, avós ou tios dedicam tempo para ler ou contar histórias para as crianças, um tempo precioso de vida que não volta mais. Depois vão cobrar deles os tesouros, sem que se tenha fornecido o mapa da mina. A melhor herança dos pais não são os tesouros, são os mapas de onde ir, do que fazer, pelo que lutar na vida.

Prudência é atitude que muitas vezes nos falta. E também faltou para o Sir Trelawney, quando foi comprar uma embarcação para irem até a Ilha do Tesouro, ele abriu a boca além do necessário e, com isso, atraiu para o navio piratas que há tempos estavam em busca do tesouro. Muitas vezes deixamos de ouvir sábios conselhos que nos orientam a não ficarmos por aí espalhando nossos planos ou nossos sonhos.

Isso talvez ocorra pela necessidade de expressão. Para isso, outros conselhos surgem: confesse ao padre, converse com o pastor ou procure um terapeuta. Tristes tempos em que ninguém ouve ninguém e quando ouve é só para alimentar a inveja... Mas sempre fora assim, desde antes das ciências... São traços presentes em toda história, em toda lenda, em todo mito...

No entanto, muitas vezes aconselhar é como pregar no deserto. Porém é no deserto que passam as caravanas levando, além de mercadorias, cultura, conhecimento e os bons e velhos conselhos...

Quando a tripulação organizada por Sir Trelawney, Jim e doutor Livesey, partiu em busca da ilha, muitas tensões já haviam enfrentado. Tesouros dão trabalho para serem encontrados. Contudo, muitas vezes eles estão no caminho do nossos desertos, mas não os encontramos porque não sabemos o que de fato tem valor. Muitas vezes nos julgamos sem valor e nos juntamos aos, que julgamos ser, semelhantes, ou seja pessoas perdidas em seus valores.

Por isso, é tão valioso o conselho: "conhece a ti mesmo", inscrito no Templo em Delfos. Muitos de nós, sem sabermos quem de fato somos, ou sem ouvir nosso interior, até descobrir o que realmente queremos da vida, agimos como o patinho, quando na verdade se é cisne.

Muitas escolhas erradas são tomadas por um efeito manada. Mas quem se conhece, dificilmente se perde. E quando se perde, logo acha o caminho de volta, bem ao estilo Filho Pródigo.

Ao fim da aventura na Ilha do Tesouro, vemos que todos tiveram "uma boa parte do tesouro para dela fazer uso prudente ou impensado, conforme a natureza de cada um.

O capitão Smollet está agora reformado.

O Gray não só poupou o dinheiro, mas também, num desejo repentino de progredir, estudou o seu ofício e é hoje imediato e sócio de um belo navio de quatro mastros. Além disso, está casado e é pai de família.

Quanto ao Ben Gunn levou mil libras, que gastou ou perdeu em três semanas ou, para ser mais preciso, em dezenove dias, pois no vigésimo já andava outra vez a pedir esmola."

Eis aqui uma pequena mostra, em estilo *selfie*, da humanidade. Muitas pessoas acham que os valores materiais solucionam todos os problemas, mas se não removermos os vidros internos, não vamos saber identificar os diamantes nos tesouros escondidos. Não seremos capazes de valorizar nada, nem as coisas, nem os seres, nem as pessoas, nem a nós mesmos... Para defender os anéis de vidro, muitos perdem os dedos...

Dedos em riste e braços cruzados

O doutor Viktor E. Frankl, autor de mais de trinta livros, sobrevivente do Holocausto, em seu livro *Em Busca de Sentido*, escreveu:

"Estávamos curiosos por saber o que aconteceria agora e quais seriam as consequências. Por exemplo, as consequências de se ficar completamente nu e molhado ao ar livre no frio do outono avançado. Nos dias seguintes, a curiosidade cedeu lugar à surpresa; surpresa, por exemplo, de não se pegar um resfriado. São muitas as surpresas triviais que ainda aguardam o prisioneiro recém-chegado. Quem é ligado à medicina aprende sobretudo uma coisa: os compêndios mentem!"

Os compêndios mentem, a gente se engana e nos surpreendemos...

Há mais de um ano, se não me trai a memória, estava eu dirigindo por uma avenida quando vi os carros da minha frente reduzirem a velocidade e desviarem de algo. Sigo atenta até chegar a minha vez de passar pelo motivo do desvio. Era um cachorrinho atropelado e me pareceu ainda vivo, por isso parei imediatamente na calçada, com motor ligado e porta aberta voei para o meio da rua para pegar o bichinho. Nesse instante um senhor vinha do outro lado da rua para também pegar o bichinho, como um movimento ensaiado chegamos os dois simultaneamente no cãozinho. Quatro mãos tocaram aquele pelinho macio.

— Vim tirar ele daqui — disse o senhor. —, vamos colocá-lo ali no canteiro central. Ele está morto.

— Mas está molinho e quente, deve estar vivo. O senhor viu o que aconteceu?

— Foi atropelado, o cara viu e foi embora — respondeu desapontado.

Ao colocarmos o cachorrinho na grama do canteiro, vi que ele estava morto. Então o senhor disse:

— Pode ir, eu cuido de levarem ele daqui.

Assim fiz. Quando fechei a porta do carro e ia sair, um motorista de um carro que estava passando na hora, para ao lado do meu, olha para mim e diz, com ares de indignado:

— E se fosse uma criança?

— Pois é! E se fosse uma criança? — respondi com os mesmos ares de indignação.

Ele repetiu a pergunta e eu repeti a resposta. Mais uma vez ele repetiu a pergunta com mais ênfase e eu respondi perguntando com a mesma eloquência:

— Pois é, e se fosse uma criança?

Então ele saiu com o carro e faz um gesto com a mão, levantando-a como quem diz: Ah! Vá, pastar! Só então eu compreendi que ele estava supondo que eu havia atropelado o cachorrinho. E eu imaginando que ele estava compadecido, como eu estava, eu o medi pela minha régua, julguei os sentimentos dele pelos meus. E ele me julgou pelos sentimentos dele. Ah, pra quê!! Fui atrás dele buzinei, e quase parando ao lado dele disse:

— Escuta aqui, você acha que foi eu que atropelei o cachorro? — Ele me olhava surpreso. Continuei. — O irresponsável que atropelou, fugiu e eu parei para tirar o cachorro do meio da rua antes que virasse carne moída no asfalto, porque ninguém teve a dignidade de parar para tirar o bicho.

Então ele disse:

— Desculpe. Me desculpe.

Nada mais falei, saí com o carro e vim para casa, chorando e jurando nunca mais socorrer ninguém, estava nervosa.

Naquela semana recordei de uma notícia sobre o linchamento injustificável que ocorreu em Guarujá – SP, em 2014, onde mataram uma mulher após boatos na internet.

Todos nós estamos sujeitos a agir por impulso. O impulso vem dos nossos instintos e são fomentados pelas inclinações da nossa personalidade. Por essa razão, a reflexão sobre os nossos pensamentos e comportamentos é exercício que deve ser feito diariamente. Também agi por impulso. Não queria que alguém distraído passasse por cima do cachorrinho ainda que já estivesse morto, parei para prestar socorro.

Enquanto isso, alguns, na ânsia de acusar o que não viu, não pensam antes de colocarem seus dedos em riste. Outros, cegamente, seguem as ordens de quem nada viu, mas têm o poder de punir...

Pois bem, o tempo passa e então, eis que chega a obrigatoriedade do uso das máscaras contra o vírus, com multas de quinhentos reais para quem, individualmente, não cooperar para o bem do coletivo político. Cobrar das vítimas... um ET riria de nós. Parece-me que alguns políticos pensam que o indivíduo é como vaso capilar, que gangrena o corpo a começar pelas pontas, mas se somos como vasos capilares, sabemos que um dedo que gangrena não mata o cérebro imediatamente. O dedo pode ser cortado e a cabeça continua erguida, mas nenhum dedo sobrevive ou se ergue quando o cérebro morre. Pois então, a cabeça manda e os dedinhos obedecem.

Vários dedinhos se apropriam do discurso e apontam os ciscos nos olhos dos outros: "Fui ao centro e tem gente que insiste em andar sem máscara." Ou: "Pois é, tem que multar mesmo, povo só obedece quando pesa no bolso." *Apontar* o dedo é fácil. Resta o dedinho saber se a cabeça que manda não está doente... Mas para isso, cruzam-se os braços. Usar a máscara é fácil e necessário, difícil é pensar no porquê das coisas e nas consequências de um dedo apontado.

Vamos recordar que na época da Inquisição, no Brasil, os dedos da vizinhança foram piores que os atos do Santo Ofício propriamente dito. É porque no Brasil não houve o Tribunal da Inquisição, não houve a fogueira para queimar os hereges, houve sim, as visitas. Os visitantes da Inquisição concediam o "Édito da Graça" onde as pessoas podiam confessar seus pecados sendo, por esse gesto, absolvidos. Mas choviam denúncias!

Uma explosão de dedos apontando e atormentando as pessoas. Uns tinham medo do inferno e com esse argumento apontavam o pecado dos outros. Outros apontavam o dedo por não irem com a cara da vizinha...

Ah, o medo, sempre há um dedo no gatilho da metralhadora do medo... Não basta possuí-lo, há de atirá-lo contra alguém.

Quando, na época de Nero, houve o incêndio em Roma, os dedos apontaram para os bairros cristãos que não foram lambidos pelas chamas. Culparam os cristãos e aquele fogo fez a lâmina que decapitou o Apóstolo Paulo. Estavam errados.

As pirâmides do Egito apontam para cima, mas há também pirâmides subterrâneas. Dentro delas habita a morte, o grande medo das pessoas, como se dentro de nós também não guardássemos coisas mortas. Quanto mais medrosas e controladoras são as pessoas, mais elas apontam para o lado de fora, para o cisco nos olhos dos outros sem se darem conta da trave em seu próprio olho.

Na Segunda Guerra os dedos apontavam para os judeus, ciganos e todos para os quais Hitler apontasse. Quando um dedo se levanta, não é para cruzar os braços.

Dias depois do caso do cachorrinho, fui visitar uma médica muito minha conhecida e comentei esse acontecido. Ela me repreendeu dizendo: "Madalena, e desde quando você vai atrás das pessoas pra tirar satisfação?" Daí eu disse: "Sempre tem uma primeira vez. Ela me receitou Maracujina."

Com os meus dedos apontados para o teclado, penso em visitá-la novamente.

Amor, tanto e tão pouco

Talvez você já tenha se deparado com sentimentos extremos que ocorrem quase simultaneamente. Indo de um completo vazio ao preenchimento de alma.

Essa experiência ocorre quando lemos um livro como *Amor de Perdição*, de Camilo Castelo Branco (1825–1890). Ele não fala só do amor sentimento. Mostra o comportamento de um casal que ama, mas cujo amor é proibido.

Cássia Eller ao cantar: “Eu sou poeta e não aprendi a amar”, compreendi que o amor é um comportamento aprendido enquanto ser poeta seria algo inato. Fui aprender já adulta que amor era mesmo um comportamento aprendido, fiquei perplexa. Ainda que vivendo num país cristão o mandamento “Amai uns aos outros” não me parecia algo da nossa vontade ou da nossa decisão. Ainda que o amor seja uma semente precisamos aprender a cultivá-lo.

O poeta Paulo Leminski fala de um amor bastante comum nos dias atuais: “O amor, esse sufoco, agora a pouco era muito, agora, apenas um sopro. Ah, troço de louco, corações trocando rosas e socos.” Mas será isso de fato amor?

Nelson Mandela tem uma frase muito conhecida sobre o amor ser mesmo ensinado e aprendido: “Ninguém nasce odiando o outro pela cor de sua pele, por sua origem, ou por sua religião. Para odiar as pessoas precisam aprender e se elas aprendem a odiar, podem ser ensinadas a amar”.

Quando olhamos para dentro de nós, ou quando vemos uma pessoa em completo desamparo e abandono inclusive de si mesma, e ao olharmos para o alto e enxergarmos o imenso céu e suas incontáveis estrelas, notamos que os mistérios do universo nos apequenam. Nesse momento repetimos com toda a certeza a frase de Shakespeare "Há mais coisas entre o céu e a terra do que julga a nossa vã filosofia." Porém, nesse algo entre o céu e a terra, o amor pode ser o que nos mantenha em conexão entre as nossas misérias e as nossas grandezas. O amor quando negado só leva ao caos humano. Sobre o amor e estrelas Olavo Bilac é a referência:

"Ora (direis) ouvir estrelas! Certo
Perdeste o senso!" E eu vos direi, no entanto,
Que, para ouvi-las, muita vez desperto
E abro as janelas, pálido de espanto...

E conversamos toda a noite, enquanto
A Via-Láctea, como um pálio aberto,
Cintila. E, ao vir do sol, saudoso e em pranto,
Inda as procuro pelo céu deserto.

Direis agora: "Tresloucado amigo!
Que conversas com elas? Que sentido
Tem o que dizem, quando estão contigo?"

E eu vos direi: "Amai para entendê-las!
Pois só quem ama pode ter ouvido
Capaz de ouvir e de entender estrelas".

Esse amor descrito por Bilac é o que se identifica no decorrer do livro *Amor de Perdição*. É o amor que somente quem o vive, o compreende. É o amor romântico entre um casal que literalmente morre de amor. E se a história parece absurda e risível para os admiradores do Realismo literário, ela me parece ser o que melhor traduz o autêntico amor. E não aquele que diz matar por amor, o que é uma falácia. Mata-se pela miséria do egoísmo.

O amor que é deixar ir, o amor também é desprendimento que cede a própria vida. Isso é um traço do amor cristão que foi tão achincalhado por tantos e agora vemos a sociedade agonizar em carências e trocar socos em nome do amor. Se amor é sentimento que se aprende, também há de ser ensinado o que amar. O dinheiro ou a sabedoria? Os vermes ou as crianças? O carinho ou os socos? Parece óbvio, mas vemos pessoas salvando os vermes e matando as crianças, desprezando o saber e perdendo a dignidade na corrupção pelo dinheiro. Cometendo violência e se negando a demonstrar afeto. Tanto se fala em amor e tão pouco se ama...

Não nascemos com o nosso gosto pronto, até porque só amamos ou repudiamos aquilo a que fomos apresentados. Muitas vezes não nos dão a chance de escolhermos o que amar, as opções não são disponibilizadas, pelo contrário, fazem uma massificação de certas coisas para amarmos e indisponibilizam outras que talvez amaríamos com mais intensidade se nos fossem apresentadas. Assim, vamos amando músicas ruins, comidas ruins, livros ruins... Certa vez, Ariano Suassuna disse em uma de suas Aulas Espetáculo:

"... eu queria desmoralizar esse pessoal que diz que o povo brasileiro não gosta do que é bom. Gosta! Agora, só apresenta o que tem de ruim. Só dão oportunidade ao que tem de ruim." E citando o compositor Capiba: "Capiba ficava indignado quando diziam que cachorro só gosta de osso. Ele dizia só dão osso ao cachorro. Ele come com avidez, aí diz que ele é louco por osso. Ele é louco por comida como todo mundo, pois bote um filé e bote um osso pra ver qual é que o cachorro escolhe." Entre tantas coisas boas, entre tantos feitos memoráveis, boas notícias, bons gestos humanos, é egoísmo apresentar somente os ossos das notícias, das artes e das pessoas.

Ninguém nega que existam os ossos nas nossas vidas, inclusive no amor, mas negar, omitir ou distorcer a sua face sublime é absurdamente nocivo. O amor pode até ser ferida que dói, mas não se sente, ser um contentamento descontente e dor que desatina sem doer, como diria Camões. Mas é isso que nos falta, que nos apresentem as faces do amor, sem que para essa dor se distribuam socos.

É preciso saber lidar, saber amar. Para que se amplie a noção do amor é necessário que façamos uma visita ao casal Teresa e Simão de *Amor de Perdição*, e também à *Marília de Dirceu* (Tomás Antônio Gonzaga. 1744–1810). Amores que se perderam por causa de quem não soube o que era amor.

Faça uma visita para eles e não se arrependerá. É tanto amor para uma época de tão pouco, que sei que irá amar.

Elegia para as palmeiras

Um vizinho cortou duas árvores, eu as amava e nem sabia. Ali pousavam as maritacas quando saíam das árvores do meu quintal. Era um cenário que diariamente, principalmente em tempos de "fique em casa", pertencia aos meus olhos, ouvidos e sentimentos. Agora entendo um pouco mais do patrimônio ambiental e cultural e se pelas palmeiras lágrimas me caíram dos olhos, afirmo absolutamente convicta de que ninguém é capaz de mensurar ou imaginar a dor de desabrigados de tragédias ambientais como Brumadinho ou a de Bento Rodrigues em Mariana (MG). Somente e exclusivamente quem viveu aquela experiência e sentiu aquela dor tem competência para falar sobre ela.

Somente no terceiro dia, ouvindo a motosserra, percebi que as palmeiras estavam sendo esquartejadas. No primeiro dia, um sábado (25/07/2020), achei que era o barulho de cortador de grama, sou meio incompetente para diferenciar som de motor de motocicleta para o de motosserra ou de cortador de grama. Pois bem, na segunda-feira ao ver a clareira espacial, senti um baque no peito, era a angústia da vida que nos abate quando nos deparamos com a morte. Meu dia perdeu o sentido que seguia. Nunca fui daquelas pessoas que abraçam árvores, mas tenho consciência de que são seres vivos pertencentes a um Reino, cujo nosso Reino não respeita. Quis ter o dom da palavra para escrever uma Elegia para as Palmeiras, mas não o tenho.

Esse desejo me veio antes de querer escrever um Epitáfio...

Mas se não tenho talento para Elegias e Epitáfios, ainda me restam as memórias. Lembrei-me de: "A Árvore da Serra", poema de Augusto dos Anjos (1884–1914). Eis aí a tradução de um sentimento para o qual não encontrei palavra para o definir:

- Às árvores, meu filho, não têm alma!
E esta árvore me serve de empecilho...
É preciso cortá-la, pois, meu filho,
Para que eu tenha uma velhice calma!

- Meu pai, porque sua ira não se acalma?!
Não vê que em tudo existe o mesmo brilho?!
Deus pôs almas nos cedros... no junquilho...
Esta árvore, meu pai, possui minh'alma!...

- Disse - e ajoelhou-se, numa rogativa:
"Não mate a árvore, pai, para que eu viva!"
E quando a árvore, olhando a pátria serra,

Caiu aos golpes do machado bronco,
O moço triste se abraçou com o tronco
E nunca mais se levantou da terra!

O poema pede para ser lido três vezes. Penso que seja para sentir as suas palavras perpassando pelas três camadas do nosso ser: corpo, alma e espírito.

Amo esse poema de corpo, alma, espírito, coração e entendimento...

Quero dizer que pouco me importa se a pessoa tinha ou não autorização para a "poda" ou "aniquilação" da árvore. Leis e multas só são úteis para quem não está disposto a educar ou ao menos sensibilizar o coração humano. Só ponho credibilidade na lei da consciência, aquela que abrange a sensibilidade e os sentimentos.

Tem um provérbio atribuído a Tolstói que diz: "Há quem passe pelo bosque e só veja lenha para a fogueira."

Muitas vezes, leis e multas vazias de honestas instruções só farão as pessoas verem desperdícios... Uma lástima! Sem educação ambiental o fracasso tem risco zero em fracassar, para o sucesso do fracasso e para o fracasso humano... É preciso ver para além dos olhos, é preciso sentir para além do coração, é preciso conhecer para amar.

Da Árvore do Conhecimento do bem e do mal, ou da Árvore da Vida, da Árvore genealógica, até a Árvore de natal, estamos sendo sentimentalmente desmatados... Nessas condições, em efeito rebote, temos nosso intelecto incendiado, nossa vida devastada e assim, moralmente cabisbaixos, só conseguimos enxergar a "lenha para a fogueira".

Sou a tutora da, senão única, maior árvore de calçada da rua onde moro. E isso me faz afortunada. Vaidade de vaidades, como tudo é vaidade, tenho orgulho em varrer as folhas que caem; não delego essa honra a ninguém a não ser por motivo de força maior. As aves me amam, a sombra me afaga e o ar me purifica. Como vês, não cuido das plantas por eu ser boazinha, mas por conhecer o bem que elas me fazem. Sim, nada mais egoísta do que um ser chamado humano.

Posso estar exagerando, ou jogando com as palavras, mas certas verdades precisam ser ditas e se é deselegante chamar o próximo de certas, inconveniências, me disponho a receber o impropério do egoísmo. Afinal de contas, não são as palavras que definem quem nós somos e sim nossas atitudes. Aquelas palmeiras se foram, mas se eternizam nesse obituário literário. É o meu fruto para elas.

Afinal de contas é pelo fruto que se conhece a árvore.

A pressa só faz barulho

Por amor e saudade da sua amante, Domitila, D. Pedro I ia a cavalo do Rio de Janeiro até São Paulo, para rever aquela que receberia o título de Marquesa de Santos. Quando estava com pressa, o Príncipe levava uns seis dias para ir e outros seis dias para voltar. Foi numa de suas viagens a São Paulo que ele a conheceu, em 1822. Mesmo ano em que, nas margens do Rio Ipiranga, ele proclamou a Independência do Brasil, no dia 7 de setembro.

Já Euclides da Cunha, levava três dias para ir de Lorena a Ubatuba, envolvido no seu trabalho como engenheiro de obras públicas. Ia também a cavalo, intercalando com trem e caminhadas pelos desfiladeiros daquela conhecida serra, cujas curvas lembram o desenho de foice, com a qual os bandeirantes devem ter aberto caminho, suponho. A primeira vez que passei por lá tive a impressão de que só jogaram o asfalto por cima da trilha aberta pelos facões dos desbravadores.

Para ir de Taubaté até Areias, assumir o cargo de promotor público, Monteiro Lobato também foi montado no lombo de um cavalo, não me recordo quantos dias levou. Mas foi enquanto morava naquela cidade do Vale Histórico, que ele escreveu o livro: *Cidades Mortas.*

Já não se fazem mais cavalos como antigamente... Atualmente se levar três horas de Lorena a Ubatuba o sujeito cai do cavalo das suas expectativas. Os mancebos de hoje em dia querem o pó mágico de Emília, o tal do Pirlimpimpim, e chegar onde se quer num piscar de olhos. Mas, para quê? Por vezes, para nada, corre-se de um vazio para outro, a pressa só faz barulho.

Talvez se Monteiro Lobato estivesse vivo nos agitados dias de hoje, desconfio que ainda assim, escreveria o livro *Cidades Mortas.* Se outrora o escreveu pelo viés pela decadência econômica devido à crise cafeeira e suas reverberações, hoje escreveria pela decadência da educação e suas reverberações...

A agitação e a correria só denunciam a nossa incompetência, pois os apressados de hoje com tempo saindo pelo ladrão, sequer leem um dos contos de *Cidades Mortas.* E com seus barulhos ensurdecedores acabam atrapalhando o vizinho que queira ler.

E assim as cidades seguem minguando culturalmente. Pessoas apressadas e barulhentas têm medo de ouvir o próprio pensamento, pois ele, muitas vezes, denuncia a incapacidade de organizar a própria vida. Infelizmente seguimos a vida também por vias da imitação de comportamento e, por vezes, nem nos damos conta de que estamos agindo de forma estapafúrdia.

A calma é elegante e agradável, mas temos poucos exemplos assim para seguir, infelizmente. *Notícia ruim vem a cavalo* e por isso, você já sabe que o que mais temos como exemplo em nossas cidades vivas ainda são pessoas que pedem: "Toque outra" e "Os Perturbadores do Silêncio", contos de *Cidades Mortas.* Confesso que o barulho de outrora não me incomodaria. E se antes a música abafava as maledicências, ao menos elas saíam de um piano.

As músicas de hoje, de gosto duvidoso, servem para abafar gritos de mulheres e crianças que sofrem abusos, violência doméstica, assaltos... São ruídos musicais que vibram paredes alheias, numa verdadeira invasão de propriedade privada. "Quanto mais vazia é a carroça, maior o barulho que ela faz", diz o provérbio... Tristes tempos das deselegantes cidades vivas.

Falar em cavalos e em elegância me fez lembrar certa vez em que estava viajando de carro com um amigo e ele colava na traseira do carro da frente com seta ligada e piscava farol pedindo passagem, mas o veículo da frente estava na velocidade máxima da rodovia e em ultrapassagem. Ele dizia que os lentos provocam acidente quando trafegam pela esquerda, o que é fato, mas não era o caso naquela situação específica, eu vi o velocímetro.

Então eu disse: "Você dirige deselegante". Emendei dizendo que toda vez que vejo alguém assim imagino ser alguém com uma baita dor de barriga ou um delinquente fugindo da polícia num carro roubado, e que ainda assim a distância mínima deveria ser respeitada e blá-blá-blá. Fiz com ele uma prova de amizade. Ele não disse nada, eu nem liguei, desabafei meu incômodo com aquela direção.

Passados dias ou semanas, em outra carona com esse amigo notei que ele dirigia totalmente diferente e comentei se estava com problema no carro, achei que ele estava dirigindo lentamente por minha causa, e mais uma vez me intrometi (intimidade é uma porcaria...): "Por que você está indo tão devagar?" Ele respondeu: "Desde aquele dia que você disse que eu não dirigia com elegância tenho tentado ser elegante." Eu não acreditei no que ouvi, achei que era brincadeira dele, não era.

Passados dois anos, ainda percebo que ele de fato mudou o jeito de dirigir, agora parece um príncipe no comando dos cento e onze cavalos de potência do seu Chevrolet. Não sabia que eu tinha tamanho poder de influência.

Cavalo dado não se olha os dentes, mas para carona dada eu olho, afinal de contas, uma coisa é cair do cavalo, outra coisa é despencar de cem cavalos de uma vez... De mais a mais, o que um motorista apressado pensa que vai fazer que é tão ou mais especial do que fizeram: o Príncipe, o Engenheiro e o Escritor? Sem contar os feitos dos tropeiros com suas bravas mulas.

Oblivion pode ser uma das *Cidades Mortas*, mas ali a vida 'não desfecha no suicídio' essa epidemia típica das cidades vivas, onde quem vive por fora com sua música alta, suas motos e carros velozes e ruidosos, parece mesmo é estar morto por dentro, e talvez isso explique a triste tríade epidêmica: barulho, velocidade e suicídio.

Em tempos de intermináveis pandemia e epidemias, aquietai-vos! A pressa é inimiga da perfeição e só faz barulho.

Sonhar para viver

Dias atrás, em Brasília, a imprensa e a TV noticiaram o roubo de vinte coroas de flores de um túmulo. Roubam para revender. Isso me fez pensar nas formas como as pessoas encaram a morte e como levam a vida...

Aqui falarei do fenômeno morte. E o costume atualmente é alertar sobre certos temas antes, para evitar constrangimento de pessoas sensíveis. Não entendo muito bem a razão disso, considerando que as pessoas mais sensíveis são as que melhor conseguiram falar sobre ela, e não as mais duras ou resistentes, muito pelo contrário: essas evitam o assunto a todo custo. Vale lembrar que falar de morte é também falar da vida.

Nas mãos de Augusto dos Anjos, passando por Olavo Bilac, Machado de Assis, Nelson Rodrigues vemos que, com eles, a descrição da morte chega a ser bela. Escritores são pessoas sensíveis e não evitam encarar os mais árduos temas e sentimentos. Pessoas sensíveis sofrem com elegância.

Muitos, pensando estarem fugindo da morte, acabam deixando de viver. Viver não é somente sobreviver.

Quando morremos o nosso sistema fisiológico se manifesta num profundo desprendimento para o qual a maioria de nós não está preparada, talvez porque encaramos o fim com desespero. Muitos se agarram à vida com toda força do instinto, mas o intelecto não precisa agir da mesma maneira.

Ao morrer nosso corpo material não levará nada para o túmulo (seja ele qual for). Ao nos depararmos com essa frase pensamos em bens materiais: casa, carro, roupas, perfumes, joias, mas não é só isso. Ao morrer não levamos nem as fezes que estão no nosso intestino, nem a urina que estiver contida na bexiga... Os esfíncteres relaxam e tudo se esvai, assim como o ar dos pulmões... Nascemos sem ar nos pulmões e sem ar deixamos a vida. Como a bolsa que se arrebenta ao nascimento e todo o líquido amniótico escoa no processo e assim o princípio revela como será no fim.

Assim como não vejo o nascimento de uma pessoa como início e sim como um contínuo da existência, não vejo a morte como um fim e sim como parte de um processo maior.

Compreendo a vida da mesma forma que a morte. O problema é o excesso de apego à matéria.

Então o que é a vida? É preciso compreendê-la para que se entenda a morte. Pedro Calderón de La Barca nos deixou boas pistas em sua peça: *A Vida é Sonho*, eis um trecho:

> "Eu sonho que estou aqui
> em prisões carregadas,
> e eu sonhei que em outro estado
> mais lisonjeiro eu me via.
> O que é vida ? Um frenesi.
> O que é vida? Uma ilusão,
> uma sombra, uma ficção;
> e o maior bem é pequeno,
> porque toda a vida é um sonho,
> e os sonhos, sonhos são."

Sonha o rei que governa, sonha o pobre que enriquece e o rico que conquista a paz e assim cada um vai sonhando enquanto vive.

Quando não sonhamos vivemos uma vida apática e bagunçada. E assim apenas se sobrevive... Morremos aos poucos, por acumular decepções: no amor, trabalho, relacionamentos e diversas frustrações sem recomeço, mas precisamos prestar atenção nisso, para que não venham sofrimentos maiores. Como desabafou Álvares de Azevedo nos versos de "Saudades":

"Vinte anos! derrameio-os gota a gota
num abismo de dor e esquecimento...
De fogosas visões nutri meu peito...
Vinte anos!... não vivi um só momento!"

A mágoa e o ressentimento consomem a vida, como os vermes consomem um cadáver. E por pouco se perde muito da beleza da existência. Os versos de Azevedo continuam:

" Foram três noites só... três noites belas
De lua e de verão, no val saudoso...
Que eu pensava existir... sentindo o peito
Sobre teu coração morrer de gozo!
E por três noites padeci três anos,
Na vida cheia de saudade infinda...
Três anos de esperança e de martírio
Três anos de sofrer - e espero ainda."

Muitas vezes é necessário sonhar para viver, interromper o sofrimento que nos mata dia a dia. Precisamos sonhar outros sonhos, o sonho é livre e o recomeço é como fôlego de vida que se renova.

Termômetro

Fui uma daquelas crianças que brincava com o mercúrio contido no interior dos termômetros. Era encantador tocar na gota prateada e vê-la se partir em várias bolinhas menores. Depois as aproximava e elas voltavam a ser uma gota maior, uma bolinha linda, ficava como que hipnotizada...

Na época, eu já era consciente de que não era para pôr nada na boca, nem os dedos sujos de comida eu poderia lamber, isso porque, segundo me diziam, junto com a comida vinham uns bichinhos de carona e por isso, diferente de todos os demais animais do planeta, éramos os únicos a utilizar talheres. Os dedos eram mais para escrever e trabalharem juntos mesmo, nem as estrelas do céu poderiam ser contadas apontando o dedo, sob pena de nascerem verrugas. "Não se aponta nada, é falta de educação!"

Quando minha mãe me via com a mão na boca era só um berro: "Tira a mão da boca, sua burra! Já não te ensinei?"

Pronto, bastava a pergunta retórica e, finalmente, eu aprendia.

Nunca tive medo de mercúrio, nem mesmo o daquela outra modalidade, o líquido de cor vermelha furta-cor, que era feito justamente para colocar sobre a pele, quando ferida. Era orientada a não brincar com o mercúrio do termômetro, diziam que fazia mal tocar, já o outro mercúrio, o vermelho que eu não queria tocar, esse era liberado para lambuzar todos os dedos se preciso fosse...

Para escovar os dentes bastou me ensinar uma vez só, nunca fui chamada de burra por isso, talvez porque tenham me ilustrado como ficaria se não escovasse. Mamãe me mostrava as pessoas sem dentes ou com dentes cariados, ela mesma havia sido vítima do tal monstro. Eu ficava apavorada com a tal da cárie, um ser invisível que conseguia comer dentes tão duros, só podia ser coisa de outro mundo. Apavoradíssima com a tal comedora de dentes, não dava outra, acordava e já passava a mão na minha pasta de dente em tubo de alumínio e rótulo amarelo.

Hoje sabemos que, segundo consta em algumas pesquisas, o alumínio leva mais de duzentos anos para se decompor, por isso, de tempos em tempos alguma embalagem daquele creme dental é encontrada por aí. Hoje em dia o creme dental vem em embalagens mais sustentáveis e seus componentes são menos agressivos para a tal saúde bucal, é o que dizem.

Antigamente era assim: o termômetro era para ser usado na axila e para a saúde bucal bastava o creme dental. Estava garantida a sobrevivência, em caso de febre: toalha molhada na testa, virilhas e axilas. Para a cárie era diferente o lidar, além de invisível a olho nu, não dá o alerta da febre e muitos quando davam por si, já estava com o dente condenado à morte. O tempo passa, mudam os cremes dentais, suas embalagens e os termômetros evoluem...

Doenças novas surgem enquanto as outras permanecem firmes e fortes. Como a tuberculose, o *marcapasso* da poesia de Manuel Bandeira.

"Pneumotórax
Febre, hemoptise, dispneia e suores noturnos.
A vida inteira que podia ter sido e que não foi.

Tosse, tosse, tosse.

Mandou chamar o médico:

- Diga trinta e três.

- Trinta e três... trinta e três... trinta e três...

- Respire.

- O senhor tem uma escavação no pulmão esquerdo e o pulmão direito infiltrado.

- Então, doutor, não é possível tentar o pneumotórax?

- Não. A única coisa a fazer é tocar um tango argentino."

Este poema foi publicado em 1930, no livro *Libertinagem*.

Feita a pausa literária...

Eis que chegamos a 2018 e arminhas feitas com os dedos deu o que falar. Talvez a educação não tenha acompanhado o ritmo evolutivo do creme dental e do termômetro... Quem apontasse para uma foto que fosse, com indicador e polegares esticados, era um "pega pra capar". Por mais que eu me recuse a falar mal das coisas e dos seres, o termômetro do bom senso explodiu e de dentro dele não saiu o mercúrio encantador (e perigoso), saiu hálito podre.

Em 2020 todo mundo virou todo mundo. Todo mundo faz isso... Apontam uma arminha de plástico para a testa da pessoa e tudo bem, é só um termômetro... Outros jogam a máscara em qualquer lugar, e para esses, tudo bem também. Nessa segunda quinzena de setembro um pinguim foi encontrado morto no litoral de SP, causa *mortis*: uma máscara que a inocente ave engoliu.

Agosto de 2020, aeroporto de Brasília, eu me aproximo do agente de desembarque, ele com a termômetro de arma em punho, nem pede mais licença e já aponta o raio para os miolos.

— Pode ser no braço?

— Pode, mas eu já verifiquei, esse aqui mede de longe.

Dou um sorriso e penso, *ao menos nem todos são à queima roupa... Esse deve ser estilo metralhadora... Evolução...*

Estou pouco me lixando para o tal boato ou Fake News de que, o tal do raio infravermelho do termômetro faria mal para a pineal ou sei lá o que mais dentro da cabeça. Só sei que faz mal para o meu senso. Incomoda-me a falta de etiqueta, o tal termômetro é deselegante e ponto final. A falta de educação faz mal, também mata e de várias formas, o pinguim foi a vítima da vez.

O termômetro poderia ser em qualquer formato mais elegante, a começar pelo formato de caneta, daquelas com raio laser que os professores usam para leituras em quadros em suas apresentações. Mas não, o estrambótico está na moda e assim se normatiza o que, ao menos para mim, é, no mínimo, uma vergonhosa falta de bom senso: apontar qualquer coisa, ainda mais em formato de arma para a testa de alguém. É tão simbólico que é de fazer o Psiquiatra e Psicoterapeuta Carl Gustav Jung se revirar no túmulo. Fico meio pensativa a respeito de quem criticava a arminha com os dedos e agora abraça de peito aberto uma arminha de plástico apontada para o meio da testa.

Por que cargas d'água não utilizaram aquele termômetro de pato que usamos para verificar a temperatura da água nas banheiras de bebês? Seria mais condizente, ao menos para a minha patética percepção...

Eu te amo!

"Homem sem paixões. Eis a qualidade mais elevada da alma: sua superioridade o exime de sujeitar-se a impressões passageiras e banais.

Não há maior domínio que o domínio de si mesmo, dos próprios sentimentos, num triunfo do livre-arbítrio. E quando o seu espírito é ocupado por uma emoção, não permite que interfira em suas responsabilidades, sobretudo se forem altas: maneira perspicaz de evitar desgostos e um atalho para a boa reputação." (Baltasar Gracián tradução de Ari Roitman)

Três pessoas têm me chamado atenção nas redes sociais.
Uma pessoa ocupada;
Outra reservada e
Outra muito misteriosa.

Esses três estilos sempre me chamaram atenção, sofro uma espécie de encantamento, ou quem sabe eu seja mentalmente seduzida por essas características. Talvez porque eu nunca esteja tão ocupada que não possa tentar dar um passo maior que a perna (e depois me ver no caos); por não ter reservas e por ser um livro aberto. Três características opostas ao que admiro e contra as quais luto, quem sabe em vão...

Aquelas três personalidades têm elevado grau de consideração na minha escala de importância ou de ambição humana. Que está longe de ser o trio trivial: dinheiro, amor ou poder, sobre os outros. Desejo o poder sobre mim mesma; essa fera indomável, egocêntrica e caótica que me habita e que muitas vezes me curva. Mas frequentemente eu a supero e por essas vitórias prossigo nesse ringue que é minha vida.

Entretanto algo mais profundo do oculto me tocou o pensamento. O que essas três pessoas observam em mim? Não estou na "cadeia alimentar" de nenhuma delas, seja em concorrência profissional, afinidade amorosa ou não sei mais o quê, já que a terceira pessoa é incógnita. Não tenho atrativos em nenhuma dimensão para nenhuma dessas três pessoas que me observa tão sistematicamente. A não ser que, de fato, eu não saiba nada sobre elas. Sim, foi justamente isso que me chamou atenção. Tive por instinto observar essas pessoas que me observavam. Descobri que elas, sim, têm algo que busco na vida: manter-me ocupada com organização, ser reservada e misteriosa (Eu ri dessas pretensões).

Curiosamente, observei o porém de cada um, segundo a minha percepção:

A primeira pessoa — tem um trabalho muito sério e é muito ocupada, é um ser humano ímpar. Sem muitas intimidades a conheço de longa data, mas tem cara de dissimulado.

A segunda pessoa — conheço pouco, tem atributos de santo, não com o passado de Santo Agostinho, e, sim, santo de nascença, mas tem perfil de *voyeur*.

A terceira pessoa — não conheço quase nada, sei dos seus valores dignos e integridade de caráter, mas ela parece que quer seduzir o mundo.

E desde quando nós verdadeiramente conhecemos as pessoas? Essas contradições me levam diretamente para dentro das obras de Nelson Rodrigues, então me assusto. Fui atormentada por algumas pessoas e sei do potencial fantasioso do ser humano. Tento esquecer o Nelson e ir para as minhas intuições. Mas elas são um fracasso. Aliás, eu me sinto fracassada em relações humanas, e essa é a minha maior contradição. Sei que os mais íntimos também irão me contradizer, mas uma coisa é o que sinto ou percebo, outra o que vivo. O sentimento de fracasso não é par do fracasso em si. Tem gente fracassada que se ilude pensando viver a conquista e tem gente vitoriosa sentindo que vive um fracasso.

Pois bem, recusando-me a buscar respostas para o comportamento dessas pessoas nas obras do Rodrigues e na minha intuição, foi que parti para *A Arte da Sabedoria*, obra de Baltasar Gracián (1601–1658). Aleatoriamente fui parar justamente no parágrafo do que ambiciono ser. "Homem sem paixões", mas sou um ser apaixonado, encantado. Ao mesmo tempo que inconformada com a vida.

Num ímpeto pensei: *preciso dizer para cada um deles: eu te amo.* Amo por serem quem são e como são, pois são pessoas inspiradoras. Pronto, está dito. Quem for uma pessoa ocupada, reservada, ou misteriosa tem a minha atenção, ainda que sejam pessoas dissimuladas, profanas ou sedutoras. (Meu lado *Rodriguiano* dando nome aos bois). É quase uma fatalidade. Amamos as aparências... É consenso dizer que a paixão não tem a ver com amor. Mas eu caso os dois, porque ambos nos habitam, amamos as nossas virtudes, mas somos apaixonados por nossos vícios. Há quem ame as paixões, mas há paixões por amor? Pode ser que existam...

Se eu pudesse pedir algo, seria: "Me ame como a um irmão" como cantava, Cazuza, aquele que também era filho único. Filho único parece carregar em si, tanto Abel quanto Caim. Eu sinto que carrego. Por vezes me aparecem ainda Esaú e Jacó,

Rômulo e Remo para chacoalhar minha carência de amor fraterno.

E nesse recorte, de gêmeos de nós mesmos, somos: trabalhadores dissimulados, profanos com cara de santo e sedutores em pele de bons amigos. E assim prossigo no ringue da vida, tentando ser um "Homem sem paixões", amando as estrelas e os oceanos, viajando pelo céu das aparências aos abismos mais profundos de nós mesmos.

Após a orgia

Esse é o título do primeiro capítulo do livro: *A Transparência do Mal – Ensaio sobre os Fenômenos Extremos*, de Jean Baudrillard.

Tive conhecimento desse livro por meio da Adélia Prado. Curiosamente ela tem um poema que me remeteu à lembrança desse capítulo especificamente.

“Nasci melancólica. Antes do baile já vejo os dançarinos chegando em casa, cansados, com os sapatos nas mãos. Poeta já nasce velho. Sou chegada a lágrimas no meio da maior alegria.” Tenho essa inclinação também, às vezes a mesma coisa que faz as pessoas rirem, me faz chorar.

Só para organizar a coisa, vou abrir um espaço aqui e já volto com a orgia.

Geralmente quando, genuinamente, gostamos de alguém acabamos nos afeiçoando, sem querer nos tornamos parecidos. E a obra de um, acaba dando pistas da obra de outro, seja por demandas conscientes ou inconscientes, acredito mais que seja de forma automática. É como aquele ditado: “A mente é como um banco, a gente só saca o que deposita.”

Essa comunicação interliterária está presente também na obra: *O Auto da Compadecida*, de Ariano Suassuna, tem partes que não temos como não nos lembrarmos do livro: Os Três Mosqueteiros, de Alexandre Dumas. Isso é que eu chamo de influência! São frutos distintos, de autores diferentes, mas regidos por um mesmo espírito.

Voltando para a orgia, o Dicionário Aurélio a define como: “Festim licencioso; esbórnia, bacanal. Desordem, tumulto.

Abundância, profusão." Nesse caso, até um texto onde misturamos assuntos, podemos chamá-lo de orgia literária.

Ao longo da história, muitas gerações se acharam os criadores da orgia sexual, talvez tenham matado aula de História. Olha, talvez não perceberam que nem mesmo o deus grego Dionísio, ou o seu correspondente Baco (para os romanos), teria, de fato, inaugurado esse comportamento... E na orgia política, não se espantem, vem de longa data, lembrem-se do contexto histórico do emblemático assassinato de César no Senado Romano.

Pois bem, nada novo debaixo do sol. Vêm os tempos de contenção e os tempos de profusão, tanto no aspecto do desenvolvimento do indivíduo quanto da sociedade. Um bebê contido no útero ao nascer se percebe numa imensidão espacial, abre os bracinhos procurando a barreira e nada encontra. É aquele normal reflexo de Moro, mas que me aflige toda vez que vejo. Então, logo o bebê cresce e começa a andar e haja contenções! Eles são capazes de se meterem em cantos inimagináveis, são os autênticos exploradores destemidos. Então vêm as regras, entre as primeiras: "não pula daí, é muito alto e a queda é feia!" Na sequência logo se ensina: "quanto maior a árvore, maior o tombo". Fala muito limitante, mas necessária naquele imaturo momento.

Dá-se algo parecido na sociedade, quando se misturam todas as idades e ritmos diferenciados de desenvolvimento, aí é o legítimo bacanal. Uma sociedade imatura vai achar que o mundo passou a existir a partir do seu surgimento, tudo é permitido em seu engatinhar, e, consequência, ah! é uma invenção dos malvados. Observe. O que o curso da vida faz? Deixa ir a todo vapor até naufragar com toda a autoconfiança de um Titanic no auge da sua glória e virilidade de quem inaugura a vida. E é sobre esse naufrágio que fala o capítulo "Após a orgia", não dessa forma com a qual cheguei até aqui, mas de maneira impecável:

"Se fosse caracterizar o atual estado de coisas, eu diria que é o da pós-orgia.

A orgia é o momento explosivo da modernidade, o da liberação em todos os domínios. Liberação política, liberação sexual, liberação das forças produtivas, liberação das forças destrutivas, liberação da mulher, da criança, das pulsações inconscientes, liberação da arte. Assunção de todos os modelos de representação e de todos os modelos de anti-representação. Total orgia de real, de racional, de sexual, de crítica e de anti-crítica, de crescimento e de crise de crescimento. Percorremos todos os caminhos da produção e da superprodução virtual de objetos, de signos, de mensagens, de ideologias, de prazeres.

Hoje, tudo está liberado, o jogo já está feito e encontramo-nos coletivamente diante da pergunta crucial: O QUE FAZER APÓS A ORGIA?"

Às vezes não basta dizer: levante, sacode a poeira, tome um banho e vida que segue. Isso porque, há Doenças Sexualmente Transmissíveis — DST que são incuráveis, outras deixam sequelas para o resto da vida. Nesse sentido existiriam ainda as DPT — Doenças Politicamente Transmissíveis, como a corrupção. Passada de padrinho para apadrinhado que é a gonorreia moral impregnada nas cuecas recheadas de dinheiro. Se me permitem a baixaria dessa alusão, que aqui deixo apenas a título de ilustração.

Ora veja, a gente aprende que muitas vezes a pergunta é melhor que a resposta e esse é um caso típico. Sabemos muito mais o que não responder, do que possíveis respostas para aquela pergunta. Uma coisa é certa, o extremo de uma ponta leva ao extremo oposto correspondente. Sabemos que reclamar é clamar novamente por algo.

E do jeito que nossa sociedade re(clama), não duvido que retornemos para a Idade Antiga. Espero não estar viva para ver isso, pois, se escrever nesses tempos é quase que exercer um sacerdócio ajoelhada no milho, imagina praticar uma escrita cuneiforme...

A civilização reage!

"Ser escritor, hoje, é um ser didático. É antes de tudo um forte. Dá vontade de largar tudo."

Com essas frases Marcelo Rubens Paiva finalizou a sua coluna para O Estado de S. Paulo, do dia 30 de dezembro de 2017, com o título: "A dura rotina de um escritor."

Marcelo, até onde eu saiba, não parou de escrever, mas a Danuza Leão, infelizmente, largou tudo. Na coluna de Lu Lacerda, ela disse:

"Relendo coisas que escrevi há 15, 20 anos, mal posso acreditar na liberdade que se tinha — e como era bom. Mas não há bem que sempre dure; veio o politicamente correto e o moderno feminismo, que tornaram a vida melancólica e sem graça, (...) Sem liberdade, não dá para fazer nada, a não ser pensar, o que, aliás, não é pouco. Por isso, a partir de agora, vou ficar me divertindo só com meus pensamentos." (https://lulacerda.ig.com.br/de-proprio-punho-por-danuza-leao-percebi-que-estava-me-autocensurando/)

Perdemos todos nós e isso é uma tragédia! Um baita retrocesso! E humilhante quando observamos que foram as próprias mulheres, e não os homens, quem mais a censurava. Isso é mais uma prova de que a hostilidade não é exclusividade de um ou de outro gênero, ela é humana, em seu aspecto mais primitivo.

O presente se tornou plágio do passado. O espírito de Jezabel se pulverizou em encarnações contemporâneas, tentando se passar pela Virgem Redentora, que carrega no ventre o Salvador. Precisamos saber diferenciar.

Isso me remete à primeira-dama da imortalidade, Rachel de Queiroz, em uma entrevista quando disse que nunca assumiu o fato de uma mulher ser representante de sua condição feminina e acrescentou: "mulher é um bicho muito traiçoeiro, muito esquisito, eu nunca me associei muito com mulheres, não. (...) a gente tem muito mais amigos homens do que mulheres, as mulheres a gente sempre com elas está com um pé atrás." (Série Memória Política – Canal Câmara dos Deputados – Plataforma Youtube – https://www.youtube.com/watch?v=Qa2KZHUsVZ4O)

Lamento muito por Danuza ter cedido à pressão da ditadura cultural, previamente anunciada pelo lado profético de Nelson Rodrigues "Os idiotas irão tomar conta do mundo; não pela capacidade, mas pela quantidade". De mim para mim digo que não há nada demais em ser idiota, eu mesma o sou, por motivos diferentes e por incapacidades mil. O problema é quando se é um idiota castrador, ou nocivo, esse chega como o mosquito da dengue, silenciosamente, levemente toca a pele, depois a fura com uma espécie de anestésico, quando você sentir o incômodo pela coceira, ele já voou faz tempo! A contaminação já foi feita. Para pegá-lo a tempo é necessário visão atenta. Mas infelizmente querem nos impor ideias, censurar as expressões como se fôssemos incapazes de pensar com a própria cabeça.

Sobre as dificuldades na seara do escritor, Danuza Leão traduziu de forma brilhante o sentimento desesperador em seu livro: *Quase Tudo*. "...tendo que mandar uma coluna diária para o jornal (...) Quando eu acordava, abria o computador e via aquela tela em branco, queria cortar os pulsos." Sim, há dias em que, seja pelo motivo que for, o pânico toma conta. Agora imagina o peso de, além de ter de enfrentar as dificuldades rotineiras do ofício, ter de se submeter à hostilidade da censura que, longe de dialogar ideias, estudos e livros, combate os mesmos seres humanos os quais os censores julgam defender.

Em muitas situações eu me pergunto: por que eu faço o que faço correndo os riscos que corro? É preciso saber se não for a loucura de ousar pensar e agir, ficaremos todos na mediocridade, no sentido negativo da palavra.

Um texto só pode ser dignamente interpretado em seu contexto. Infelizmente pelo baixo índice de leitura e o analfabetismo funcional que impera na nossa sociedade a interpretação é falha. Sabemos que não existe interpretação sem a compreensão do texto, por isso, muitos dos equívocos de interpretação, diversas vezes, têm raiz na ausência de compreensão do que está escrito. E nesse ponto podemos voltar para o texto de Paiva: "A compreensão de texto é um déficit no Brasil. A cegueira ideológica impede o entendimento de sutilezas; entrelinhas, ironias." Pois é, em vez de se questionar, se, de fato, compreenderam a mensagem, partem logo para jogar pedras, é a vida, cada um joga e oferece aquilo que tem... Mas com esses gestos denunciam suas fragilidades.

Nélida Piñon — observe a referência — disse em entrevista no programa Roda Viva, da TV Cultura, que é para esquecermos a contemporaneidade, a escrita é para as gerações futuras. Presumo que ela esteja certíssima. E disse mais "Quando você pensa que a barbárie vai dominar, vai golpear os estatutos civilizatórios, a civilização reage! Sabe? O ser humano não quer a barbárie por muito tempo, poderá desfrutar da barbárie por algum tempo porque ela pode ser colorida, destrutiva, não é? Pode confundir com um hino bélico! Não! A civilização é onde o homem quer estar e vai estar..." O Renascimento Cultural nos mostrou isso.

Ideias precisam ser dialogadas, apresentadas em todos os seus aspectos e não amordaçadas. É uma questão de responsabilidade e honestidade intelectual. Pessoas estão minguando na ignorância por acreditarem de boa-fé nas mentiras, nos equívocos de interpretação, nos boatos, no disse me disse, nas ciências partidárias ou ideológicas, nos 'achismos'. Tudo isso é abissalmente menos confiável do que qualquer conversa de botequim, até porque, a boêmia raiz e seus intelectuais frequentaram botequim, incluindo nessa enorme lista: a digníssima Rachel de Queiroz, a primeira mulher a ocupar um assento na Academia Brasileira de Letras.

Diante de tantas informações, de tantos interesses e de tantos influenciadores, é melhor parar e pensar e observar calmamente com nossos próprios olhos, porque, como diz o sábio ditado: "É o olho do dono que engorda o gado."

(26/11/2020)

Ano 2021

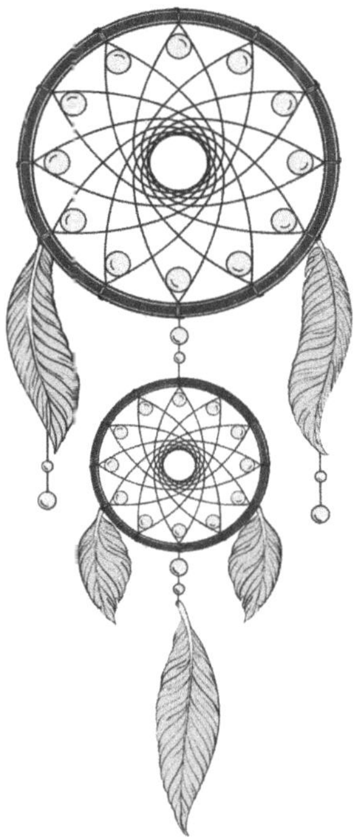

Estamos vivos!

Certas coincidências intrigam a gente. É no ponto fraco que a vida tropeça. É no ponto forte que ela bate. Não temos como ignorar certos acontecimentos da existência. Fatos que inspiraram os gregos em seus escritos, como os de Ésquilo. Na Idade Antiga, em certa cultura, grega e/ou romana, era comum colocar uma moeda na boca do defunto para que ele pudesse ter como pagar pelo ingresso em outra vida... Era o tal Óbolo de Caronte. Se isso fazia efeito ou não fato é que o viver sempre exige moeda de troca. E em muitos casos não tem negociação, para continuar às vezes é necessário uma teimosia hercúlea.

Camilo Castelo Branco (1825–1890), escritor português, vivia em função de suas leituras e de seus escritos brilhantes. Mas a vida tirou o brilho dos seus olhos, provavelmente por meio da sífilis. Os seus olhos que eram o coração da sua existência. Cego e deprimido, sentiu a existência cerrar seus olhos, por meio do suicídio.

Louis Braille (1809–1852) pianista francês, organista e criador do método Braille. Louis ficou cego aos três anos de idade após um acidente em que feriu um dos olhos, mas uma grave infecção comprometeu também o outro olho e ele ficou cego dos dois. Dessa cegueira nasceu o brilhante método Braille de escrita e leitura. Não foi suficiente para que seu ingresso na terra fosse um Jardim do Éden, a tuberculose o maltratou por anos até a sua partida.

João Carlos de Oliveira (1954–1999) atleta ídolo brasileiro, nascido em Pindamonhangaba, recordista mundial em salto triplo nos Jogos Pan-americanos de 1975, entre outras brilhantes conquistas. Na escola onde treinava não havia espaço suficiente para seus longos saltos. Suas pernas o levaram longe. Em dezembro de 1981, com vinte e sete anos, João do Pulo estava em plena atividade esportiva, mas um acidente levou a sua perna direita. Seguiu outras carreiras, mas a conjuntura da vida assassinou sua esperança.

João Carlos Martins (1940–) pianista e maestro brasileiro. Em 1965 sofreu um acidente jogando futebol e quebrou o braço direito, comprometendo o movimento da mão. Depois de um tempo surgiu uma doença na mão esquerda. Dali para frente foram mais de vinte cirurgias e, finalmente, ano passado em seu aniversário de oitenta anos, as luvas biônicas possibilitaram que ele tocasse, novamente, o piano com os dez dedos nas teclas. "A música venceu." Disse ele, certa vez.

A música também venceu os dramas vividos por Ludwig van Beethoven (1770–1827) o músico alemão que no decorrer da vida perdeu totalmente a audição. Além da surdez, ele sofria com enxaquecas constantes. No Testamento de Heiligenstadt ele disse: "... Ah, de que maneira eu poderia admitir uma enfermidade exatamente no sentido que deveria ser o mais perfeito em mim do que nos outros, um sentido que um dia eu possuí na sua mais alta perfeição, uma perfeição tal que seguramente poucos em minha profissão gozam ou gozaram. Ah, eu não posso suportar..." mas suportou, viveu mais vinte e cinco anos após escrever o Testamento.

A lista poderia seguir com incontáveis exemplos de casos assim, que acabam por inibir qualquer crítica que possa ser dirigida ao pessimismo do italiano Giacomo Leopardi ou às tragédias gregas. Diante daquelas realidades ficamos envergonhados, não sabemos sofrer, não sabemos o que fazer enquanto sofremos e por isso, talvez, a sensação de que sofrer é perda de tempo, perda de vida. Desistimos de qualquer coisa a partir de qualquer não ou senão que a vida nos dá.

Das maiores dificuldades da vida está o não saber lidar com nossas próprias misérias e limitações, incluindo a de conhecimento. Tudo em nós sente dificuldade

A dificuldade da pele é o frio, é o calor... A dificuldade dos olhos é a cegueira, o ardor... A dificuldade do olfato é o odor... A dificuldade do paladar é a fome, é dor.

A dificuldade da audição é o ruído, a surdez...

O que você pediria se encontrasse com Deus e não fosse possível eliminar a dor do mundo? Trocaria as tragédias de lugar para ao menos amenizar a dor?

Camilo e João ficariam surdos, Ludwig ficaria cego, Carlos perderia a perna e Braille? Trocar a dor do Braille acarretaria uma verdadeira tragédia para as gerações futuras. Egoísmo, não é? Pois é, mas se trocássemos a dor de lugar, a humanidade não herdaria o brilho desses diamantes humanos.

É preciso refletir sobre a dor, dar atenção ao sofrimento, mas perdemos a mão em fazer isso. Escondem nossos heróis. A tragédia do anti-herói nos deixou órfãos de referências. Trocar o nome do sofrimento não alivia a dor. Quando perdemos o chão, viramos zumbis sem teto, sem rumo, sem trilhas. Ficamos perdidos na selva da vida, feito João e Maria que, por ingenuidade, marcaram o caminho com pedacinhos de pão. Comeram nossas migalhas numa tentativa de apagar as pegadas que poderiam nos inspirar a seguir, ainda que cegos, ainda que surdos, ainda que sem perna, ainda que privado de nossa liberdade, como uma versão de Jean Valjean, em *Os Miseráveis*, de Victor Hugo.

Se chegamos ao mundo sem a Moeda de Caronte para pagar o ingresso da existência e agora temos que pagar com a dor, rememos nós mesmos nesse mar da vida, por vezes calmo, por vezes em tormentas, mas estamos vivos! Quitemos nossa suposta dívida com dignidade, levantando a cada queda, estendendo a mão, não jogando pedras.

O presente

Na batida da vida muitos de nós vivemos com a síndrome do Moisés Fracassado, que abre o mar, mas não entra na terra prometida...

Outros vivem como um filho adolescente para quem tudo o que se pede é um eterno ecoar de: "Já vou, mãe!" Quando dá por si, o caminhão da limpeza urbana já passou e o lixo ficou para trás, ou então o cachorro ficou sem comida, por conta do: "Já tô indo!" É a maldição do *gerundismo*!

Como se não bastasse, há uma variação na clássica história: "cachorro de dois donos morre de fome!" Embasada em alguma atividade passada ressoa um: "Eu já troquei a água, pede pro fulano dar a comida", geralmente o fulano é um irmão. Existe uma birra existencial em viver o presente, em fazer o que tem de ser feito agora.

Por outro lado, uma mãe implora: "Anda logo com isso, que não tenho o dia todo!" Ou então suspira um: "O tempo não para pra me esperar..." Sempre num afã futurístico de que um dia irá descansar. E quando descansa também não vive o presente, vai ao passado para dizer: "Na minha época..."

No rogo a Deus, dizem: "Senhor, por favor, me atende logo porque não tenho a sua eternidade..." Mas no dia a dia, ainda que de forma inconsciente, vive a enfadonha rotina do: "Pra que fazer hoje o que pode ser feito amanhã?" Em vez de ouvir a voz da sabedoria: "Não deixe para amanhã o que se pode fazer hoje."

A coisa se repete para todo lado: "Professor! Deixa a gente

entregar o trabalho na semana que vem?" Ao que o professor responde: "Não, faz quatro meses que passei o trabalho, não vai ser em uma semana que ficará pronto, entrega do jeito que está." Vem de imediato o ressentimento: "Eu odeio esse professor, tirano!" Obviamente nada foi feito em quatro meses...

Dentro de mim uma voz diz que essa é a única tarefa da vida que tem a bênção dos céus para ser adiada... Sempre deixei para a véspera ou até mesmo o último minuto, há uma concentração de energia e como mágica a coisa fica pronta... Tudo na vida tem um preço, e o custo disso é que são semanas de angústia e a frase martela na cabeça: "Ai, ainda tenho aquele bendito trabalho pra fazer..." Dias de sofrimento e nem um pingo de energia intelectual para a tarefa. Particularmente eu usava como desculpa para a minha indisciplina o pensamento de que, se eu morresse antes do dia de entrega do trabalho teria perdido tempo fazendo o que não queria... A imaturidade tem criatividade...

Há um santo na Igreja Católica que leva em sua mão o dizer: *Hodie* (hoc die), que significa hoje, em latim. A história diz que ele era um militar romano (da época do Imperador Diocleciano), e quando estava prestes a se converter, o demônio por meio de um corvo gritava "crá, crá!" Que, em latim, significa amanhã. Mas Santo Expedito respondeu: "Hoje!" Desde então ele foi reconhecido como o Santo das causas urgentes ou da última hora.

O livro *O Poder do Agora*, de Eckhart Tolle, é a indicação de leitura para quem está cansado de ter um pé no passado e outro no futuro e fica vendo a vida romper os dias sem concretizar a razão de existir, sem viver o tempo presente.

Obviamente os três tempos têm importância na vida. O

problema se instala quando rotineiramente se esquiva do tempo presente. Se há silêncio a pessoa prontamente trata de fazer barulho, para fugir do próprio pensamento em vez de aproveitar a oportunidade para refletir, planejar, sonhar... Num comportamento afoito para sair do presente, inventa de começar mil coisas e quase sempre não termina nada. No fim do dia, não se colocou o lixo para fora, não deu a comida para o cachorro, muito menos fez o dever de casa. Na ambição de (re)inventar a roda, o que foi feito? Nada!

Se a vida for como uma prova de revezamento, tudo bem não entrar na terra prometida, ou seja, não concluir certos projetos, mas não dá para ficar empacado, há de se passar a bola para o Josué finalizar a jogada. Então, sim, vemos que Moisés não fracassou, cumpriu a missão de tirar o povo do cativeiro.

Trabalhei com gente que sentava em cima de processos e projetos, acho que dava certo prazer na pessoa ver o impacto, ainda que nocivo, que ela provocava no ambiente. Atrasava tudo, atrapalhava o cronograma, era um caos, ninguém ia para frente. Infelizmente isso é muito comum nas empresas e não tem santo que faça a criatura acordar para a vida.

Algumas pessoas acreditam que viver o tempo presente significa se lançar na vida louca. Não, não é. Pelo contrário, essa atitude é mais uma das rotas de fuga do presente, é um se lançar no desespero de quem foge das responsabilidades que o amanhã requer. Equipara-se a quem vive no passado. A fuga para um lugar seguro, pois é conhecido, fácil de acessar e a pessoa se sente no controle daquele tempo que não tem como ser modificado. Eis o ponto: pessoas assim não querem mudar, preferem tentar controlar o que está do lado de fora, numa tentativa de fugir do controle de si mesmo.

Em outros textos, já devo ter dito que algumas pessoas tentam dominar o mar, como se ele fosse abrir passagem. Em vez de controlar o próprio corpo, a própria respiração, a própria angústia de quem se afoga no desespero. Nenhum ser aquático pretende dominar as águas, tem antes o domínio sobre si, vive o momento, não espera a correnteza parar para seguir a vida, até porque ela não para.

O presente é a vida!

Confissões...

"Se eu pudesse viver novamente minha vida, na próxima, trataria de cometer mais erros.

Não tentaria ser tão perfeito, relaxaria mais, seria mais tolo ainda do que tenho sido, na verdade, bem poucas coisas levaria a sério. Seria menos higiênico. Correria mais riscos, viajaria mais, contemplaria mais entardeceres, subiria mais montanhas, nadaria mais rios. Iria a mais lugares onde nunca fui, tomaria mais sorvete e menos lentilha, teria mais problemas reais e menos problemas imaginários. Eu fui uma dessas pessoas que viveu sensata e produtivamente cada minuto da vida: claro que tive momentos de alegria, mas se pudesse voltar a viver, trataria de ter somente bons momentos. Porque, se não sabem, disso é feita a vida, só de momentos; não perca o agora (...)."(Atribui-se a autoria do texto a Jorge Luís Borges, mas também a Nadine Stair.)

Esse é o fragmento de um texto que li na adolescência, ele me impressionou muito. Absorvi-o como sendo uma receita de vida.

Confissões...

Poderia ser sobre o livro de Santo Agostinho...

Mas como? Agostinho é vida abundante! Hoje em dia parece que só existe medo, morte e um destempero de quem não viveu nem como Agostinho, nem como o Santo...

Desde sempre, viver consome todo meu tempo de vida. Morri muitas vezes, muitas, até de gula, a *overdose* mais aceitável. Ressuscitei, até mesmo a contragosto, algumas vezes.

Estive morta por seis meses na barriga da minha mãe... Então se descobriu que eu vivia ali...

Acho interessantes as histórias das pessoas que ressuscitam, sem contar o Cristo, obviamente. Tenho curiosidade pela causa mortis se de morte matada ou de morte morrida, mas ressuscitando já me dou por satisfeita... Ocorre que o obituário está muito chato, então evito ler e ver notícias atuais, mas dia desses, fui bombardeada por essas notícias sobre as, novas, vacinas, mas estava mergulhada na biografia de Nelson Rodrigues. *O Anjo Pornográfico* – por Ruy Castro. Imersa nessa leitura, andava com um pé no passado e outro no presente. Quando recobrei a consciência da realidade, já não sabia mais para que raios era a vacina, se para a tuberculose que acometia o Nelson ou para o Covid que nos espreita e atormenta... Efeitos de um livro excelente!

Foi então que me lembrei de que, em 1996, fui informada de que precisava tomar a vacina contra a rubéola (acho que assim que parisse e terminasse o período de amamentação deveria tomar). Naquela época, estava grávida do primeiro filho e morava no décimo andar de um prédio da Rua Tirol, no Rio de Janeiro. Uma vizinha, acho que do sétimo andar, adentrou com sua rubéola no elevador lotado, e ao lado dela eu, grávida, de poucos meses. Fiquei com medo e indignada, voltarei nesses sentimentos.

Se bobear nem a vacina da tuberculose devo ter tomado.... Descobri no pré-natal que tinha o anticorpo da tal toxoplasmose. Devo ter tido e nem tomado conhecimento, vá saber! Entre os canaviais em que fui criada, até cobras e lagartos peguei com as mãos, possivelmente a Toxoplasmose também tenha me pegado pela mão e como os primeiros amores, me abandonado... Muitas doenças me abandonaram, muitos amores me abandonaram... Para mim, dá quase no mesmo, não me faltando a misericórdia divina, a companhia dos caridosos, a vida está no lucro.

Voltando aos sentimentos que tive da vizinha com rubéola, na verdade eu nem sabia do que se tratava, devo ter matado essa aula de ciências, mas a achei irresponsável. Porém, já existia a vacina, mas eu tinha mais o que fazer do que ficar na fila de um posto de saúde, por isso também eu fui irresponsável. No pré-natal é que soube do risco. Então, naquele dia, desci do elevador e mal conseguia enfiar a chave na fechadura, entrei, corri para a janela, a porta ficou encostada, olhei para o céu e disse:

— Tive vinte e três anos para pegar rubéola! — Estava com medo, minha reação? Fiz as contas (nunca fui boa nisso). Continuei: — Olha! Foram duzentos e setenta e seis meses. Oito mil trezentos e noventa e cinco dias. Não vai ser hoje! (Falei com tom de certeza inquestionável).

Não foi.

Fechei a porta, segui a vida e esqueci... Quase três anos depois, outro filho.

— Lembrei! — falei, estatelando as mãos na cabeça. — Não tomei a vacina da rubéola!

Valei-me Cristo!... Tinha vinte e seis anos e novamente as contas...

Fomos salvos novamente.

Resolução: parei de ter filhos. Eram muitas vacinas... Uma mão de obra de pré-natal: exames, vitaminas, sucos de beterraba, cenoura e laranja, para depois vir o mercado oferecer recheados para as crianças, dá até desgosto! Vacinei-os todos, mas a maçã ia e voltava na merendeira da escola, ilesa, sã e salva, sem uma única mordida... Eram as crianças tomando mais sorvete e menos lentilhas...

Somente agora tive tempo de me lembrar da vacina da rubéola.

Atualmente o Covid é a prioridade da vez, mas é aquilo, a gente nasce (ok), cresce (ok), reproduz (oks) e morre (vários oks). Ah! Árvore e livro — ok — também, que mais posso querer da vida?

Apenas confessar e partir para um céu onde haja um oceano lindo, como o litoral paulista... É que ainda não pretendo tomar a tal vacina, mas pretendo navegar nas ondas da vida... Talvez ainda esteja sob efeito daquele texto que li na adolescência...

A honra ou a desonra

"Travou-se, então, o seguinte diálogo entre o ministro e o aluno.

O Sr. Thomaz Coelho diz-lhe:

— O Sr aluno está muito alterado. Diga-me: o que é que estuda?

O aluno, com voz firme e segura respondeu:

— Não estou alterado; pugno pelos meus direitos, sou aluno do 3º ano do curso superior e há um ano que tenho direito à minha promoção. Estudo mecânica... e estudo muito; mas creia que estou em pleno gozo das minhas faculdades mentais.

Ao que replicou, de novo, o Sr. Thomaz Coelho:

— Não... o Sr. está visivelmente super excitado... vou fazê-lo baixar à enfermaria."

Assim consta no livro *A Vida Dramática de Euclydes da Cunha*, de autoria de Eloy Pontes (Ed.1938), a passagem em que Euclides da Cunha, quando em formação com os demais alunos da Escola Militar da Praia Vermelha – RJ, em recepção ao Ministro da Guerra, senhor Thomaz Coelho. "Euclydes saindo da forma, tomou do sabre, tentou quebrá-lo de encontro ao joelho e, não o conseguindo, arremessou-o aos pés... lavrando ao mesmo tempo um veemente protesto contra a extorsão de que era vítima em seus direitos."

Era 4 de novembro de 1888. O ano da liberdade. Um ano depois os militares dariam o Golpe da República e Euclides seria muito bem-recebido pelos republicanos por aquele gesto, em oposição ao representante da monarquia.

O que nos causa perplexidade perante certos comportamentos humanos, não é a inovação de seus atos. O que nos surpreende é a repetição de seus fracassos, a previsibilidade de suas resoluções em nada criativas, apesar do acesso à tecnologia de ponta e ao conhecimento científico mais elaborado, seja no campo bélico, seja na psicologia, na psiquiatria...

Compreensível que, no século retrasado, Euclides da Cunha ao fazer seu protesto receber lavrado um diagnóstico de surto. A história provou que aquele ministro e os demais presentes estavam diante de um dos maiores gênios que já nasceu em terras brasileiras. Mas Euclides teve chance de provar, saiu vivo da Escola Militar. Sim, foi parar na enfermaria, entrou vivo e vivo saiu.

A partir dessa linha temos a livre interpretação de um diálogo não dito, mas que assombrou o Farol da Barra em Salvador / BA, ao entardecer do dia 28 de março de 2021, quando o Policial Militar Wesley Soares Goes, estacionou o carro no local escolhido para quem quer visibilidade, desceu e começou o seu monólogo de protesto:

" Comunidade, venham testemunhar a honra ou a desonra dos policiais militares do Estado da Bahia. (...) Eu não vou deixar, não vou permitir que violem a dignidade e honra do trabalhador" (tiro para o alto).

É de bom tom lembrarmos que fomos e estamos sendo submetidos a visões terríveis de incontáveis vídeos flagrantes de prisões de trabalhadores, com seus carrinhos de frutas e de verduras virados ao chão, vendedor de água humilhado, pessoas sendo estranguladas, apanhando... Enquanto se prendia uma pessoa sozinha na praia ou circulando sem máscara, a grande massa fazia vista grossa, mas tirar o pão da boca dos filhos é um ponto de separação entre a honra e a desonra. E nesse cenário nacional foi que se deu o protesto do Policial Wesley.

— Não... o senhor está visivelmente super excitado, Sr. Wesley... vou fazê-lo baixar à sepultura. — Foi a ordem muda, que todos ouvimos.

Nos vídeos que recebemos pelas redes sociais escutávamos as testemunhas das janelas dos prédios implorando, não solte o cachorro em cima dele. Algumas horas depois (sem que recebêssemos vídeos com alguma negociação, se é que houve), ouvimos em nossos *smartphones*, em tempo real, as rajadas de tiros. Para o alto? Não. Diferente dos esporádicos tiros para o alto, ao longo das horas, por parte do militar Wesley, as rajadas dos outros militares foram direcionadas para Wesley Soares Goes. Então chorávamos simultaneamente aos gritos sob o som do fuzilamento: "Nós vimos tudo, assassinos!"(repetia uma mulher desesperada)

"Mataram ele, gente, que dó (é o brado de outro cinegrafista, com voz embargada e choro comovente) covarde! Mataram o cara, 'veio' tadinho, que povo ruim."

Na sequência, parte da imprensa noticiava que um policial militar havia tido um surto psicótico em Salvador... Ferido... Socorrido...Morto... Políticos e outra parte da impressa dizia que ele foi abatido pelos próprios colegas de farda...

Em cinco dias, silêncio...

Sobre o episódio de Euclides da Cunha, Arthur Azevedo escreveu:

"Quem falou a verdade nessa questão da Escola Militar?

'A Gazeta de Notícias'? o governo? o Sr. Silveira Martins? o Sr. Joaquim Nabuco?

De que lado está a deusa nua com um espelhinho na mão?

O aluno Euclydes da Cunha quebrou a baioneta, ou amolgou o sabre?

Arremessou a arma aos pés do Sr. Ministro da Guerra ou quis com ela furar a Pansa de S. EX. – Pansa respeitável ao pé da qual a minha não passa de simples e modesta barriguinha de pouco mais ou menos?... Não sei e é natural que finde o incidente antes que o mundo o saiba.

O mundo nata tem que perder com isso, bem sei, mas é falta de melhor assunto, não se me dava de dizer a verdade nua e crua aos meus leitores."

Sobre o que aconteceu a Wesley, não temos dúvida de quem falou a verdade. Ele estava fardado, não era um desertor, mas foi a voz que clamou no nosso deserto... Deserto de respeito ao ser humano, deserto de emprego, deserto de alimentos, deserto de hospitais, deserto de tratamentos, deserto de honestidade... A patologização de gestos ousados, de protestos heroicos e de atitudes autênticas, já virou tradição na nossa cultura...

Passados mais de cem anos do episódio da baioneta de Euclides da Cunha e também da publicação do livro *Os Sertões*, a frase que o finaliza permanece sendo atual:

"É que ainda não existe um Maudsley para as loucuras e os crimes das nacionalidades..."

Enquanto isso, registremos mais um nome na lista dos baluartes da honra e da dignidade.

Fontes:
https://www.youtube.com/watch?v=7UpUWHi4gXA
https://www.youtube.com/watch?v=DxG5NbtG6Vw
https://www.jornaldacidadeonline.com.br/noticias/28311/exclusivo-a-verdadeira-historia-do-cabo-wesley-soares-go-es-veja-o-video

As duas igrejas de Mariana

Em Mariana-MG existem duas igrejas católicas, ambas voltadas para um mesmo espaço, o Largo do Pelourinho, atual Praça Minas Gerais. Cada uma das igrejas ocupa uma das esquinas do mesmo cruzamento. Do lado esquerdo de quem sobe a ladeira está a Igreja São Francisco de Assis e, de frente, a Igreja Nossa Senhora do Carmo.

Fundada em julho de 1696, a cidade de Mariana foi a primeira capital do Estado de Minas Gerais. Ouro foi achado ali pelos bandeirantes paulistas e, na sequência, a Vila se tornou a sede do primeiro bispado do Estado de Minas; em 1745, tornou-se cidade.

Quando estive por lá perguntei ao guia o que significava aquela disposição das igrejas, mas professora de história recém-formada e no auge da minha infame pretensão, imaginava saber a resposta, via como óbvio que uma era para pobres e outra para os ricos.

Então veio a resposta: “Ambas eram frequentadas por ricos”, disse-me o guia. Permanecia pensativa, então ele completou: “Essa era para os ricos de berço (os nobres) e a outra para os ricos emergentes (os comerciantes).” Era a Idade Moderna com resquícios da Idade Média. Tecnicamente falando, a Igreja Nossa Senhora do Carmo, construída 1784 estava na Idade Moderna. Enquanto a Igreja de São Francisco de Assis, construída em 1794 já pertencia à Idade Contemporânea, considerando que o marco desses períodos fora a Revolução Francesa ocorrida em 1789.

Podem mudar o que quiserem, a natureza humana segue firme, de vento em popa, como num mar de almirante, levando seus vícios e virtudes de sempre, apresentando a genialidade criativa tão bem estampada naquelas arquiteturas, e revelando seus impulsos de mesquinhez e destruição, como vemos em tantos incêndios criminosos espalhados pelo mundo...

São compreensíveis os resquícios das diferenças entre a nobreza (rico de berço) e a burguesia (comerciantes), mas a História não parou em Mariana.

Nos anos noventa, eu assisti de perto aos, digamos, desentendimentos, entre as socialites Carmen Therezinha Solbiati Mayrink Veiga e Vera Loyola, ambas ricas, mas qual era a diferença? A Carmen era nobre, neta de Barão e a Vera, uma burguesa, era comerciante, proprietária de padarias, que cá para nós, era das melhores padarias do Rio de Janeiro. Pessoas saíam de qualquer bairro para ir a São Conrado comprar o pão nosso de cada dia, na Pão Biruta. Vera vendeu a rede de padarias em 2010, para viver de renda. Carmen faleceu em 2017.

A vida seguiu e no ano de 2020, um certo bairro, de supostos moradores ricos, teve um furdunço daqueles de envergonhar para o resto da vida! (Na verdade houve muitos furdunços infames em 2020, aliás sempre tem.) Então, diziam uns: "Tá pensando que barraco é só em bairro pobre?"

Essas questões envolvendo rico versus pobre é corriqueira, em toda e qualquer situação em que pessoa, grupo ou instituição queira jogar um grupo contra o outro seja, para se sentir melhor ou seja pelo que for, apela-se logo para as diferenças, como se nós fôssemos clones uns dos outros... Pois bem, mas em Mariana era diferente, há de convir que ricos *versus* ricos é algo que ocorre mais por, digamos, debaixo dos panos. Ocorre que essa situação é antiga e mais comum do que água no mar e nem sempre conta com a discrição.

Atualmente, na internet, alguns canais de humoristas se destacam na temática rico versus pobre, como o do Stevan Gaipo em seus episódios "Quando o pobre fica rico." É curioso como algo mais velho que andar para frente faz a gente rir como se fosse uma novidade. Ele consegue explorar diferenças sutis como falar alto, a bebida que é servida nas festas, o estilo de música que se ouve, etc.

Agora, *cá pra nós*, você sabe diferenciar o rico de berço, do rico emergente ou o nobre do burguês? Na época de Leonardo Da Vinci (1452–1519), era meio complicado a olho nu observar as diferenças, então, para atender à necessidade da nobreza em se manter diferenciada — já que antes a diferença era a sua riqueza, mas com a ascensão da burguesia passam a ser duas classes de ricos —, foi aí que Leonardo criou, para a nobreza, a primeira lista de regras de etiqueta: a pequena ética (interessantíssima por sinal), portanto a diferença está na etiqueta, na educação.

Com a educação, a pessoa pobre financeiramente tem condições, ao menos tinha, de se destacar socialmente e foi o que aconteceu com Cruz e Sousa, Lima Barreto, Machado de Assis entre outros. O que eles tinham de diferente, tendo nascido no grupo menos favorecido econômica e socialmente falando? Não era a cor da pele, não era o nascimento, não era a condição financeira. Eles tiveram oportunidades de serem educados e de estudar, mas o melhor, não jogaram a oportunidade no lixo. E aqui não se fala de diplomas, Lima Barreto, por exemplo, teve que abandonar a faculdade para cuidar do pai quando adoeceu. As condições desses gigantes brasileiros e o que eles fizeram da vida, desafiam-nos a sermos seres humanos melhores.

Não basta ter dinheiro, tem que ter educação; não basta ter conhecimento é preciso ter discernimento; não basta ter noção, tem que ter etiqueta, mas não adianta nada disso, se não houver o respeito pelo próximo, pela dignidade humana e humildade para reconhecer nossas misérias existenciais diante dos nossos gigantes.

Tudo isso para dizer que há de ter uma atualização nesse retrógrado discurso de "abaixo a burguesia" até porque, por outro lado, a nobreza, se é que essencialmente ainda exista, também precisa se situar na realidade, pois até o clero que, em tese, deveria permanecer em suas bases, está dando sinais de oscilação em seus conceitos ou preceitos.

Algo nessa formação, teoricamente ultrapassada, vai de mal a pior e a culpa não é de nós, pobres servos, isso é briga de cachorro grande. Precisamos ficar alertas.

Carmen, pejorativamente, chamava Vera de padeira, mas Vera usou do termo como inspiração para o seu programa de TV. Vera é aquela *que vive do próprio pão*. Uma virada de mestre! Curiosamente, Vera nasceu no Rio de Janeiro, tecnicamente uma cidade com mentalidade de corte (somente os nobres ascendiam à corte) e Carmen nasceu em São Paulo, cidade com mentalidade de trabalho. Coisas da vida para nos fazer pensar...

Sem conversão dessa rota ultrapassada, mesmo que todos sejamos milionários, as igrejas serão sempre insuficientes em número, ainda que tenhamos duas igrejas em cada esquina de Minas ou desse Brasil.

História

Ela fazia meus olhos brilharem, não me conformava saber que seu marido a traía com a professora de Português. O tal romance era o que mais se falava em todos os corredores daquela escola.

Martha parecia saber, só não soube que alguns alunos a admiravam profundamente...

A amante do marido era bastante querida por alunos do Ensino Médio, feia, sobretudo a voz, simpática, sorridente e desajeitada. Martha era elegante, nem feia nem bela, sofisticada, misteriosa e não era dada a gargalhadas...

"Eu sei que vocês não gostam de mim e não precisam gostar apenas se dediquem a aprender. Tenho consciência de que desempenho meu papel muito bem, façam a parte de vocês a começar pelo silêncio. Quando eu morrer, e não vai demorar, não quero ninguém se lamentando."

Assim começou e se encerrou o rompante na aula de História na sétima série. Não sei se essa foi a ordem da fala, nem se foram essas as palavras usadas por Martha, a professora de História. Fixo na memória ficou apenas: "Eu sei que vocês não gostam de mim" e "Quando eu morrer...". Eu gostava e não disse, não seria louca de me expor à possibilidade de ser chamada de puxa-saco, toleraria ser chamada de ameba, jamais de puxa-saco e segui assim pela vida a fora.

Martha morreu naquele mesmo ano, câncer de mama. Da janela do dormitório do Colégio Interno em que estudava, observava os carros dos demais professores indo em cortejo sepultá-la.

Não recordo quem entrou em sala de aula para substituí-la. Até porque nunca a substituíram. Pouco tempo depois, ouvi dizer que o viúvo se casou com a professora de Português...

A História é das mais apaixonantes matérias da escola e Martha foi a mais marcante dos professores de História que tive...

Ocorre que toda paixão e interesse que tinha em aprender história, não impedia de topar com dificuldades que por vezes resultava numa média seis. O problema nem era tanto com as datas como alguns alegavam, mas com as expressões incompreensivelmente contraditórias. A linguagem humana é mesmo um caso sério. Para piorar, a gente estudava certos temas com a imaturidade ainda dominante e isso comprometia o entendimento.

Como fazer entrar na cabeça de uma criança que o Cabo das Tormentas era o mesmíssimo Cabo da Boa Esperança?

Eu nem sabia o que era tormenta, e esperança era apenas um inseto verde. Meus sentimentos eram os básicos: felicidade, tristeza... E nesse estado de espírito, como entender que o Antigo Regime e a Idade Moderna eram exatamente o mesmo período da História? Ou ainda como entender que Bartolomeu Dias foi o primeiro navegador europeu a vencer, dobrar, passar pelo Cabo das Tormentas e, na mesma aula, descobrir que ele morreu no naufrágio no mesmo Cabo que ele dominou?

Essa é fácil, foi justamente naquele minutinho: “Professor, posso ir ao banheiro?” E lá se vai a parte da aula que dizia que foi em anos diferentes; Bartolomeu venceu Tormentas em 1488 e morreu em 1500. Depois de uma escala no Brasil, na frota de Pedro Álvares Cabral. Aliás, em 1500, o Cabo já era da

Boa Esperança, apesar das Tormentas que afundaram várias caravelas da frota de Cabral, incluindo a de Bartolomeu, era o dia 29 de maio de 1500.

É fácil falar de esperança quando se está no conforto do trono real, D. João II que o diga, já que foi ele quem rebatizou o nome do Cabo... Para Bartolomeu, foi o Cabo da conquista, também da injustiça e, por fim, sua sepultura...

A dúvida sobre o Bartolomeu não durou muito tempo, mas já tinha terminado o Ensino Médio quando fui entender que o período de 1453 a 1789 era Moderno para as pessoas que estavam vivas no começo dela, e quem a chamava de Antigo Regime foram os que nasceram no final do período. No começo, a Esperança e, no fim, a Tormenta, então vem a esperança de novo, de uma Idade Contemporânea, que não sei como vão arrumar isso...

Entender a História nos ajuda a entender a própria vida, a compreender que a mesma coisa ou fato pode ser vista por outras formas e que o que parece ruim, pode ser bom e vice-versa. É preciso vencer as Tormentas, ter Esperanças para se chegar ao objetivo final, que no caso dos portugueses era traçar a rota marítima para as Índias. É praticamente uma síntese da vida: tormenta-esperança-conquista-tormenta-esperança--conquista e assim se avança...

Quando ainda estudava numa escola pública rural, nada me fazia lembrar o nome Álvares para responder a pergunta: "Quem descobriu o Brasil"? Então respondia na prova: Pedro A. Cabral. Essa foi minha primeira transgressão com intenção de transgredir. Assim eu ia dando cabo do esquecimento...

O vento da vida às vezes leva a gente para mares nunca dantes navegados, às vezes estacionamos sem nenhuma expectativa de brisa.... Ficamos como os que jazem na Costa do Esqueleto, mas isso é História para outra ocasião, por hora vamos navegar, pois como disse o poeta português, Fernando Pessoa:

"Navegar é preciso.

Navegadores antigos tinham uma frase gloriosa:

'Navegar é preciso; viver não é preciso.'

Quero para mim o espírito desta frase, transformada a forma para a casar como eu sou: Viver não é necessário; o que é necessário é criar.

Não conto gozar a minha vida; nem em gozá-la penso. Só quero torná-la grande, ainda que para isso tenha de ser o meu corpo e a (minha alma) a lenha desse fogo.

Só quero torná-la de toda a humanidade; ainda que para isso tenha de a perder como minha. Cada vez mais assim penso. Cada vez mais ponho da essência anímica do meu sangue o propósito impessoal de engrandecer a pátria e contribuir para a evolução da humanidade. É a forma que em mim tomou o misticismo da nossa Raça."

Queimadas

O fogo da paixão não queima, arde. Quando dói, já é brasa.

Para surgir basta uma pequena chama, ainda trêmula, insegura se aquele brilho será fogo de palha ou um incêndio avassalador... Num instante a língua de fogo, com fome insaciável, lambe tudo. E o que era, a partir daquele instante, nunca mais será o mesmo. Apenas uma tromba d'água seria capaz de impor limites, mas tromba d'água e incêndio nunca vi se encontrarem na natureza. São fenômenos incompatíveis.

Há relacionamentos que também são incompatíveis e não adianta esquentar a cabeça com isso. Já viu alguém tomar uma decisão acertada de cabeça quente? Então, nesse caso, toma um banho frio e se manda com coragem para a labuta da vida. É certo encontrar o amor, menos em polvorosa e mais duradouro que uma paixão calorosa. Há de convir que quem brinca com fogo, acaba queimado... Tanto na paixão quanto na combustão...

Infelizmente ocorrem situações em que alguém acaba se entregando ao vazio do tédio, tendo a mente podada em criatividade, carente de afeto, subnutrido de atenção e imerso numa vida sem sentido, o que fazer? Nero teria ateado fogo em Roma, um desconhecido ateia fogo nas margens das rodovias, como se assim fosse possível sentir a chama da vida a arder dentro de um peito oco.

Outros não tendo a coragem para admitir que sentem prazer em contemplar o fogo no mato, se escondem atrás de um incêndio supostamente benéfico para a plantação, de quê?

Pasto? Canavial? Não, de mato e árvores. Seu adubo se resume a: poluição, sujeira, doenças e acidentes nas estradas.

Muitas coisas que nos incomodam poderiam ser resolvidas com um rompante de enfrentamento, uma determinação de tromba d'água. Poderia começar por aquele banho frio que desperta para a vida, principalmente no inverno. Quem incendeia por prazer, poderia dar um pulinho ao médico, pode estar sofrendo de piromania. Mas há também os que ateiam fogo com boa intenção, esses têm uma crença de que estão fazendo bem para o solo, foram educados assim, não tiveram acesso à informações mais corretas. Provavelmente nem entendem o motivo de existirem placas com os dizeres: "Proibido atear fogo", "Atear fogo é crime". Para com esses é necessário um trabalho de formiguinha em educação ambiental.

Infelizmente o desleixo e a preguiça seguem como fogo de morro acima e água de morro abaixo. No jogo do empurra-empurra, ninguém se cuida e de nada cuida.

Enquanto isso o caos prossegue: as crianças sofrem por problemas respiratórios, idosos sentem arder as vistas já cansadas, as roupas no varal, o quintal varrido, as aves em revoada, os ninhos queimados, os répteis sapecados, o céu em luto...

Os leitores apaixonados, há tempo, já perceberam que não estamos mais falando de amor, mas de um fogo nocivo, ateado pelo mundo afora, mas bastante conhecido nosso, pois religiosamente está presente em todo inverno no Vale do Paraíba. Fogo provocado por uma pessoa sem paixão ou compaixão. Talvez ela não tenha nada que, nem quem, a aqueça nessas noites frias e no fim das contas acaba despertando nas pessoas sentimentos de desprezo e raiva.

O incendiário até experimenta satisfação ao ver que conseguiu provocar algo, de fato, grandioso, ainda que nocivo e ainda que criminoso. Na sequência acaba por despertar pena, porque quando o fogo acaba, resta o vazio, como de um campo devastado por uma praga.

Antes que se tome antipatia por minha pessoa, pela analogia com o termo praga, deixo claro que esse diagnóstico foi lavrado há mais de cem anos por uma pessoa muito íntima da região do Vale e da Serra da Mantiqueira: Monteiro Lobato, em seu artigo: "Velha Praga". O parecer dele foi publicado inicialmente num jornal e posteriormente no livro: *Urupês*.

Ao ler o artigo completo, "Velha Praga", o leitor verá que, em comparação, meu texto equipara-se a uma carta de amor. Eis um trecho de Lobato:

"A nossa montanha é vítima de um parasita, um piolho da terra, peculiar ao solo brasileiro como o Argas o é aos galinheiros ou o *Sarcoptes mutans* à perna das aves domésticas.(...)

Este funesto parasita da terra é o caboclo, espécie de homem baldio, seminômade, inadaptável à civilização, mas que vive à beira dela na penumbra das zonas fronteiriças.

À medida que o progresso vem chegando com a via férrea, o italiano, o arado, a valorização da propriedade, vai ele refugindo em silêncio, com o seu cachorro, o seu pilão, a pica-pau e o isqueiro, de modo a sempre conservar-se fronteiriço, mudo e sorna. Encoscorado numa rotina de pedra, recua para não adaptar-se."

Há centenas de milhares de anos, o Homo erectus teria dominado o fogo, presume-se que esse hominídeo tenha sido extinto, mas Lobato identificou que, arquetipicamente, ele parece ainda existir, na forma de *sapiens sapiens*, mas agora esse Homo não domina mais o fogo, é por ele dominado, como que pelo mesmo encantamento de outrora. Eis o que disse:

"Enquanto a mata arde, o caboclo regala-se.

— Eta fogo bonito!

No vazio de sua vida semisselvagem, em que os incidentes são um jacu abatido, uma paca fisgada n'água ou o filho novimensal, a queimada é o grande espetáculo do ano, supremo regalo dos olhos e dos ouvidos."

Evoluídos ou não, ninguém passa indiferente por uma labareda. O fogo desperta instintos primitivos, encanta... Quem não se deixa hipnotizar pela fogueira de São João que atire o primeiro balde d'água. Entretanto, o fogo do incendiário do tipo *piromaníaco* se resume em queimadas. É fogo frio, sem paixão, sem brilho; não arde, nem queima; devasta, contamina, mata e, por fim, resta a fumaça efêmera que desaparece, como um fantasma que passou pela terra e não viveu.

Quer uma sugestão? Ame. Como disse Camões: "O amor é fogo que arde sem se ver, é ferida que dói e não se sente..."

Prioridades

O preço do combustível está pela hora da morte e na carona aumentam até os dias do mês. Cada vez mais o salário dura menos e o mês parece ter quarenta dias.

Estar na bancarrota exige tanta criatividade e *expertise*, que é até compreensível a pessoa alegar que não tem cabeça para fazer uma caminhada ou ler um livro, mas esse comportamento é como uma faca de dois gumes. Para não virar um círculo vicioso ou ficar refém dessa situação apertada, é importante insistir na estratégia de leitura, isso é uma forma de combater a pindaíba.

O modo de viver precisa de filtros. Vários! Um deles é o filtro da prioridade, para isso é importante saber o que de fato é necessidade prioritária. A coisa toda começa pela necessidade de sobrevivência, que está relacionada a abrigo e alimentação, e nessa base já se vai quase todo o orçamento. Na sequência vem a necessidade de *sossego*, saúde, ter paz de espírito, fazer aquela caminhada, dormir sem medo de ter o botijão de gás roubado ou cultivar a insônia que tenta responder como pagar a conta de água ou luz...

Atendidas essas necessidades, então será a vez de pensar em alguém interessante, investir na família, fazer novos amigos e, se pode pensar em alguém, pode-se pensar em algo. Esse algo pode ser um livro que jogue um facho de luz na criatividade. E a dica da vez é o livro de autoria de Gustavo Nagib – *Guia do pão-duro. Feche o bolso e abra sorrisos.*

Com o repertório de leitura enriquecido, há um salto para

a estima, confiança, e o êxito da vida já aponta no horizonte, sinal de boas expectativas com aquelas investidas de médio e longo prazos. Então, fechando as prioridades está a plenitude da realização pessoal que cada um sonhou para si. Tudo isso coexistindo com as demais necessidades, cada qual atendida a seu tempo conforme a fila das prioridades. Qualquer pessoa pode meter os pés pelas mãos num ímpeto de impaciência e buscar algo da realização pessoal quando não se tem o pão garantido para o mês. É o que se diz de: "colocar a carroça na frente dos bois".

A situação empaca e a vida não vai para frente de jeito nenhum. A pessoa fica naquele conhecido emaranhado de contas, boletos atrasados, cartão de crédito com o boleto pago só o mínimo, e isso, particularmente, é o terror das finanças domésticas. E para agravar a situação, em 2017, o site Infomoney divulgou um dado a meu ver escandaloso: "99,4% dos brasileiros não conhecem o conceito de juros compostos" os tais juros sobre juros que aparecem quando se atrasa o pagamento de certos boletos.... É melhor abrir o olho antes de abrir a carteira e esquecer aquela coisa de ostentação. Ostentar é necessidade da vaidade de buscar o reconhecimento fora da ordem das prioridades, e depois atravanca tudo lá na frente.

O leitor mais atento pode ter percebido uma síntese da Pirâmide de Maslow distribuída aí pelas frases. É uma boa pirâmide para se visitar de tempos em tempos, especialmente naquelas horas dedicadas com sobras para as redes sociais. Em tempos de escassez é importante lembrar que tempo é dinheiro.

Voltando ao *Guia do Pão-Duro*, é muito interessante a forma como o autor conduz as dicas. Sempre de modo prático e muito engraçado. Sem contar o capítulo destinado a piadas do Pão-Duro.

Pão-duro, sovina e mão de vaca são alguns apelidos populares e muitas vezes impróprios para a pessoa de visão econômica. Muitos mal-entendidos são esclarecidos durante a leitura. É um livro que tem leveza, o leitor se diverte, aprende e evolui.

Algumas estratégias estão em defasagem, considerando que a publicação é de 2004, mas isso não compromete em nada, pelo contrário, estimula adaptações e criação de novas estratégias. Sem que para isso a gente tenha que dar uma de Anna Eson Taylor quando aos sessenta e três anos de vida, se viu na pindaíba e decidiu fazer um pé de meia. A estratégia foi um sucesso, apesar de absurdamente arriscada.

Para chamar a atenção para um grande feito que poderia lhe render a sua previdência, a aventureira desceu as Cataratas do Niágara dentro de um barril projetado para a façanha. Era o ano de 1901 e ela foi a primeira pessoa e única mulher a sobreviver à descida do Niágara. De fato, após os curativos feitos em seus arranhões, ela ganhou prestígio, atenção e o aguardado dinheiro. Entretanto, com o tempo, o *frisson* acabou e, provavelmente, ela não era pão-dura porque, com o passar dos anos, acabou voltando à ruína financeira, chegando a não ter onde morar...

Ainda é aconselhável seguir um passo de cada vez, desde que no caminho certo, já que "Rico acompanha procissão. Pobre persegue o santo." e esses são os "Caminhos Diferentes", destacados por Nagig na parte do *Rico X Pobre*, onde o vocabulário faz a distinção. É bom lembrar que ampliar o vocabulário e aprimorar o estilo musical também favorece a saída da crise.

Segundo o autor, até a vaca produz mais leite quando ouve música clássica, essa é a dica oitenta e nove, na parte das "Dicas que valem ouro."

Por aqui, enquanto a gasolina estiver custando mais de cinco reais, a prioridade será ir a pé e se aperfeiçoar nas estratégias econômicas.

Fonte consultada:
https://www.infomoney.com.br/colunistas/terraco-economico/994-dos-brasileiros-nao-conhecem-o-conceito-de-juros-compostos-e-isso-e-preocupante/

A mãe do Brasil

Em Ubatuba ninguém anda perdido. Nem a memória se perde.

De um lado a Serra do Mar, do outro, o mar. Uma cidade geograficamente intuitiva e historicamente inspiradora. A pessoa guiada pela bússola do bom senso não vai se atrever a se perder na Mata Atlântica, nem no Atlântico Sul...

— Observe comigo como é fácil gravar os nomes da ruas aqui do Itaguá — disse com ares de veterana para um novato na região.

— Você acha mesmo que eu ando lendo as placas com nomes de rua?

— Pois deveria, ontem mesmo você não sabia nem para qual lado ficava a rua Taubaté.

— Mas você sabia, não gasto memória com isso (risos...)

— Olhe, todas as ruas do núcleo do bairro têm nomes de escritores, romancistas, poetas, professores... Parece-me um bairro sedutor, dá até gosto caminhar, por aqui. Equivale a um Flamengo ou Botafogo.

— Não tinha reparado. Parece mesmo bom para correr pela orla, caminhar, pedalar... Mas não me consta que tenha algum clube que se equipare ao Flamengo ou Botafogo. Acho até que não tem remo aqui e...

— E quem falou em clube?

— Você!

— Eu me referia aos bairros do Rio: Flamengo e Botafogo, não aos clubes de futebol (risos...porque parecia papo de bêbado). Comparei com Itaguá porque lá as praias também são impróprias para o banho. Fora isso, têm nomes bastante culturais de poetas, intelectuais, escritores em suas ruas, se bem que, por lá, predomina Almirante não sei o que com Senador não sei o que lá. Não sei qual o padrão ou o critério utilizado (Se é que há). Itaguá ganha de lavada na estilística e estética dos nomes das ruas.

— Aqui, em Itaguá, eu só conheço a rua Euclides da Cunha.

— Já é um bom começo. Tem umas fáceis de decorar: Castro Alves, José de Alencar, Machado de Assis, Gonçalves Dias, Joaquim Nabuco, Monteiro Lobato e também aquela rua do escritor do poema das Pombas, como é mesmo o nome dele? (Não lembrava, tive que passar na rua para lembrar: Raimundo Correia.) Tristão de Ataíde, Luis Gama...

Lembrei-me de um dia em que estive na Raimundo Correia e falei que era lindo o poema dele das Pombas e a moradora não conhecia. Fiquei moída por dentro.

Logo veio à memória uma música de Fagner, que foi abertura da novela *Pedra sobre Pedra*. "Pedras que Cantam":

"... Ô tempo duro no ambiente, ô tempo escuro na memória, o tempo é quente e o dragão é voraz....

Vamos embora de repente, vamos embora sem demora,

Vamos pra frente que pra trás não dá mais

Pra ser feliz num lugar pra sorrir e cantar tanta coisa a gente inventa, mas no dia que a poesia se arrebenta. É que as pedras vão cantar."

O jeito foi mesmo ir para frente, porque para trás não dava mais. Indo de Itaguá sentido Centro, passando pelo Rio Tavares, topamos com uma parte do bairro onde todas as ruas são nomes de povos indígenas (ou tribos). Ao menos deveria ser, e esse foi o real motivo que me trouxe a escrever sobre isso.

Nessa parte a coisa vai indo bem estilisticamente falando, pois pela orla temos a rua Nove de Julho (em homenagem ao dia da Revolução Constitucionalista de 1932). Seguindo pela rua Guarani, é fácil gravar a sequência de ruas transversais: Tamoios, Tapajós (...) Tupi, Xavantes... Eis que passamos por uma rua sem que eu notasse o nome, me distraía olhando para uma livraria que fica na esquina. Retornamos pela rua Tupinambás (paralela às ruas Guaicurus e Guarani) e qual não foi a surpresa infeliz ao ver que entre todos aqueles nomes de povos indígenas, reluzia na placa o nome da rua Carlos Drummond de Andrade. Gente! É óbvio e escancarado que não é nada contra o Drummond, mas pelo amor!! Perplexa manifestei minha decepção. Eis que o amigo do *rolê* me diz:

— Vai ver foi a livraria da esquina quem sugeriu que a rua tivesse o nome de um escritor/poeta.

Olha, a hipótese me fez sentido, mas que se chamasse então José de Anchieta já que ele escreveu a *Gramática Tupi*, não consigo nem mensurar bem o significado daquele feito. Um espanhol em terras colonizadas por portugueses, que aprende o idioma Tupi, e em três anos escreve a *Arte de Gramática da Língua* mais usada na costa do Brasil. Publicada em 1595.

Lá se foi por água abaixo a estilística urbana dos nomes das ruas naquela requintada região do Itaguá. Dizem que o diabo mora nos detalhes e estraga tudo, é aquele um por cento fora do lugar que nos cega para os noventa e nove por cento (aqui eu ri... A vida tem muito disso).

Se me permite, sugiro ainda outros nomes que harmonizam mais, tanto com a livraria da esquina quanto com as demais ruas daquela região. Além de José de Anchieta, poderia ser chamada Mário Juruna. Ainda na adolescência Juruna foi cacique da tribo Xavante, sempre ativo e engajado, quando adulto foi o primeiro político de origem indígena eleito Deputado Federal no Brasil.

Se o leitor prefere uma figura feminina, sugiro, gratuitamente, a Bartira. Com particular torcida para que um dia a Câmara troque Drummond por Bartira. A filha de Potira com Tibiriçá, nascida em terras paulistas, casou-se com o português João Ramalho. Com os filhos dessa união ela se tornou também a *Mãe do Brasil.*

As ruas gritam, *a poesia se arrebenta*, as pedras cantam e não serei eu a ficar quieta, porque na minha memória o tempo não é escuro, *o tempo é quente* e é de mão dupla.

Fontes consultadas:
https://www.pdt.org.br/index.php/mario-juruna-maior-protagonista-na-luta-por-direitos-indigenas-no-brasil/
https://vejasp.abril.com.br/cidades/tibirica-quem-foi/

Baixar âncoras

Quando uma criança recebe um "cala a boca!" ou "não diga bobagem!", nunca vai imaginar que aquela frase, não respondida, acaba virando uma questão filosófica no futuro. Receber um fora desses pode ser sorte ou azar e isso vai depender do que faremos com ele. Ocorre que somos treinados, desde cedo, a usar a lente da negatividade, mas sempre é tempo de dar uma guinada no leme dessas crenças e da nossa vida.

Um desses foras que levei na vida quase me levou a crer que eu só perguntava "bobagens", entendi que era mais fácil dizer isso do que me responder: "Não sei, não faço ideia..." Pois bem, uma dessas bobagens era sobre âncoras.

Queria entender o que era aquela espécie de gancho, então me responderam que era para segurar o barco ou navio num determinado lugar no mar.

Na minha imaginação o mar tinha várias cordas com âncoras espalhadas, então a embarcação chegava e "estacionava". Depois descobri que não era assim que funcionava. Havia os tais ancoradouros. Mas também havia a possibilidade de o navio poder parar fora de ancoradouros. É que os barcos ou navios levavam as próprias âncoras que os fariam ficar parados no mar.

— E o barco carregava a âncora que faz ficar parado?

— Sim!

— Como?

— Elas são pesadas, caem no fundo do mar e impedem que o barco saia do lugar.

— E como ele navegava carregando as âncoras dentro dele

sem parar? Devia ficar muito pesado (essa era a tal pergunta idiota)...

Descobri que elas só funcionavam fora do barco, não era só o peso delas, era a combinação de peso com o fincar na areia que havia no fundo do mar. (Na minha cabeça areia era coisa de praia e o mar era um mundo sem fundo.)

Passava horas nessas imaginações reprimidas. Temos algumas âncoras que devem ser recolhidas quando queremos zarpar, mas muitas vezes não prosseguimos por conta desse detalhe. É como sair com o carro com o freio de mão puxado (Já fiz isso várias vezes; o carro até anda, mas apita, fica lento, um caos!).

Pois bem, voltando para as águas. As histórias de piratas que atravessavam mares e oceanos nunca me atraíram muito, eu ficava mais interessada nos navios, no mar, nos equipamentos, pegava os livros de histórias de piratas, de Capitão Gancho e só olhava para as ilustrações.

Por outro lado tinha uma inclinação natural para gostar de história de pescadores, meu avô era pescador nas horas vagas, mergulhava, nadava... E na missa ouvia que Jesus andava com pescadores, não com pirata. Amava a história do naufrágio de Apóstolo Paulo, na ilha de Malta. Torcia para que ele morresse, afinal de contas ele perseguia cristão, batia neles e de mais a mais, nem pescador ele era... Achava o máximo a parte em que quem sabia nadar poderia pular do navio e os que não sabiam se agarravam em objetos flutuantes para se salvarem(Atos 27). Essa era a aventura de que eu gostava! Mais do que a de Pedro e Jesus andando por sobre as águas.

No fim das contas, presumia que todo pescador era do bem.

Ledo engano. Então me deparei com uma das *Fábulas de Esopo:*

"Pescador

Um pescador estava pescando num riacho.

Jogara a rede de uma margem à outra e com uma pedra amarrada numa corda, se pôs a bater na água.

Os peixes ao fugir, iriam cair nas malhas de sua rede, pensava ele.

Ao vê-lo agir assim, um morador da região o repreendeu dizendo:

— Desse jeito você nos impede de beber água limpa.

O pescador retorquiu:

— Sim, mas se eu não remexer a água, vou morrer de fome.

Os demagogos seguem em frente à custa dos transtornos que provocam."

O problema maior é quando o pescador convence o morador a ajudá-lo a chacoalhar a água. E é o que mais vemos atualmente... Freud explica...

Vemos hoje adultos, formados, cheio das teorias, mas que na prática não distinguem âncoras de anzóis, teias de redes, nem redes de armadilhas... Infantis de vida. Faltam-lhes âncoras para se manterem firmes nas turbulências que surgem no mar da vida. Estão fazendo água e do alto da prepotência querem nos levar para o abissal.

No fundo de nós mesmos temos as nossas âncoras, às vezes, na correria da vida não paramos e por essas e outras razões é possível que não saibamos em qual porão da nossa mente e coração estão as nossas âncoras. É bom tomar o leme e guiar a própria vida, seguir quando entender conveniente e baixar âncoras, antes que se fique à deriva na dependência de um resgate aparentemente salvador, até que se descobre ter caído nas águas do pescador demagogo e seja tarde demais...

Aleatoriedades

Primeiro discutem se Adão existiu ou não.

Depois discutem se ele tinha ou não umbigo.

Qual a dificuldade? Seguindo a lógica Aristotélica, se ele existiu, logo, não tinha umbigo. Os matemáticos que se virem para provar se essa afirmativa é verdadeira ou falsa.

Se esse texto estiver diante de um leitor experiente, não há de se incomodar por ele sair da linha como um trem de carga, descarrilado.

Caso se incomode, sugiro que leia outros textos. Talvez algo citado por Danuza Leão no livro *Quase Tudo*, que não sei por quais cargas d'água não encontro. Justamente nesse momento da vida em que a maior parte dos meus livros atuais estão organizados em estantes após quase uma década encaixotados. Em todo caso, já sugeri esse livro nessa coluna.

Tendo em mim apenas um rim funcionando, assim como o falecido milionário Antônio Ermínio de Moraes, um trabalhador exemplar, maravilhosa a biografia dele. Mas nossas coincidências param no rim e em ser trabalhador. Não tendo eu aqueles milhões não posso me dar ao luxo de desperdiçar tempo procurando um livro que sequer será C

É que não ando nas minhas Condições Normais de Temperatura e Pressão (CNTP's), aliás quem ousa dizer que está? Não se desmoralize. Falta de tempo. Por aqui, eu jogo nas onze. Onze mais onze igual a vinte e dois. Pois é, não entendi a dita polêmica da "camisa vinte e quatro". Aliás, até hoje não compreendo esse tal impedimento. Não é justo. Nas minhas regras, impedimento é golpe. Um atentado contra a liberdade!

Esse trem descarrilado talvez teria encontrado a bota perdida de Luiz Gonzaga. Tem um documentário muito bom sobre ele. Aliás, no Teatro Tereza Rachel, em 1972, ele contou em canto o enredo desse documentário. Excelente, diga-se de passagem!

A pessoa faz bobagem a vida toda, depois tomba com qualquer sudoeste, sem saber o impacto de um vento sul nas ventas. Para quem está à deriva qualquer vento é boa direção.

Dia desses faltou água no bairro. Eu queria lavar o quintal para retirar a poeira de cimento da obra, mas quis o destino que não. Então viajei para o Rio. Antes disso quis trabalhar, mas a agenda não lotou, quis Deus que eu fosse curtir o litoral. Obediente que sou, percorri mais de mil quilômetros entre quinta e domingo. Rolê seguido de rolê e eu querendo trabalhar na hora de colher.

Se nada der certo eu viro motorista de outras categorias, além da B de Bobagem, e bobagens não cabem na minha bagagem. Eu vou embora sozinha... Nesse turbilhão a memória falha, numa roda de amigos, não havia meios de eu me lembrar o nome ambulância, lasquei uma "Van de Hospital" e todo mundo entendeu.

Deixa de malícia ou de maldade. Não é pelo fato de eu citar que Danuza citou aquela passagem ou aquelas passagens, que eu esteja sofrendo de amores. É desgosto mesmo.

Por gentileza, com carinho presta atenção aos parágrafos.

Pelo Vale do Paraíba passou muito trem carregando sacas de café, atualmente ali pelas bandas de Volta Redonda partem uns trens com minério de ferro, (suponho) nada me tira da cabeça de que já falei sobre isso, mas quem liga para isso?

Sobre a falta d'água ouvi mais de um dizer: "Nossa! Falta água nesse bairro *xiquy*?" Quando alguém me faz uma pergunta desse quilate eu transcrevo na íntegra gráfica. Certa companhia de água insiste em arrematar a "satisfação" dada, com o solene: "economize água". Mentes maliciosas complementam: "enquanto acumulamos lucros", o aspecto mais competente da administração.

Eu não digo nada, só li o relatório dos lucros em tempos de vírus em popa. Não é doença nas nádegas, é pontapé mesmo, esperando ir para frente... Engana-me que eu gosto... #SQN (Só que não) Em Brasília significa Super Quadra Norte. Endereço complicado para alguns. Morava eu por lá quando alguém recebeu uma correspondência com o exemplo dado para soletrar SQN (Sapo Queijo Nada) (http://g1.globo.com/brasil/noticia/2010/11/brasiliense-recebe-correspondencia-com-o-endereco-sapo-queijo-nada.html).

Meu primeiro endereço naquele lote catorze do Brasil, foi SQN duzentos e nove, o número do apto? Não me recordo, mas ali deixei algumas lágrimas, algumas angústias, erros e nenhuma desistência de superação. Curiosamente trabalhei nos bastidores da Superintendência Nacional de Saneamento e Habitação, na matriz de um banco público lá no SBS – Setor Bancário Sul, mas apesar da seca do cerrado por lá nunca vivi a experiência de falta d'água. Foi para as bandas do Sudeste que cantei a música da banda Brasiliense Legião Urbana: "Ontem faltou água, anteontem faltou luz, teve torcida gritando quando a luz voltou, não falo como você fala, mas vejo bem o que você me diz. Se o mundo é mesmo parecido com o que vejo, prefiro acreditar no mundo do meu jeito..."

Literariamente falando, talvez e tão somente talvez, em

tese ou hipótese ou em devaneio, esse negócio de Pessoa Jurídica deve ter uma personalidade psicopata, volta e meia é um estupro... Imploro que me provem o contrário, quem sabe eu relaxe... Como candanga que sou, não gosto que falem mal de Brasília, ela é feita pelo que cada Estado envia de seu melhor... (Ser candanga é tipo sogra, nunca se deixa de ser...) Talvez trouxa se enquadre nessa categoria...

Se por algum outro acaso *aleatório* do destino você tenha achado esse texto esquisito, a sugestão é algo mais leve, como:

O Novo Relatório da Cia (publicado no Brasil em 2009);

Ciência Proibida (As experiências científicas mais perigosas, assustadoras e cruéis já realizadas. 2015) e *História Bizarra da Psicologia* (Raquel Sodré 2018).

É isso!

Amor e medo

É bom falar de amor, de amar, de ser amado, de respeito e de ser respeitado. Muitos gostam de falar de saudades e saber-se capaz de construir novas lembranças atualizando as atitudes perante a vida.

E por falar em vida... Se eu pudesse viver novamente a minha, na próxima não sentiria medo.

Existe uma condição, conhecida na medicina, em que a pessoa não sente dor. Isso é terrível porque seu dedo pode estar sendo esmagado no batente de uma porta, gangrenar, cair e você não ter o alarme da dor... Sem a ameaça da dor a pessoa segue destemida...

Dor e medo te protegem, inclusive do medo e da dor... se doer pouco, vale a pena encarar com medo mesmo. Isso me soa bastante homeopático....

O medo do abandono dá as mãos à rejeição, e a rejeição dói.

O medo de não ser amado caminha lado a lado com a inferioridade, o medo de ser inferior dá medo e dor. Talvez de não conseguir lutar nem fugir e ser assim devorado por outras dores do mundo.

O medo de morrer muitas vezes impede de viver. Mas nenhum medo impede de sofrer, apenas dá uma opção pelo que vale a pena suportar. lutar, fugir ou morrer. Tudo isso para quê? Para atender aos anseios da sobrevivência, quase soberba, quase vaidosa. Vaidade, como diria Salomão, “tudo é vaidade, é correr atrás do vento”.

De mim para mim, sei que nada controlo. Os intestinos dizem a hora de ir ao banheiro. O medo da dor de dente me leva a escová-los. A repulsa por um possível mal cheiro me manda ao banho. Medos bons? Talvez seja melhor ter medo limpinho do que sujo... Passar fome livre do que preso.

Houve um tempo em que as pessoas preferiam sofrer em Paris, hoje não é mais uma certeza... Maria Callas sofreu em Paris e em Paris morreu. Eu prefiro sofrer numa ilha tropical, com a despensa cheia, com uma nau à disposição e telas que me protejam de insetos, répteis e demais dessa cadeia.

Sempre acho mais vantajoso encarar um tubarão de frente do que uma serpente camuflada... Mas nem sempre podemos escolher o sofrimento, essa moeda de troca na barganha da vida. Por essas e outras amo os sonhos, neles tudo é possível até amar sem sentir dor. Se "Sinônimo de amar é sofrer" como canta Zé Ramalho, talvez não seja tão bom assim falar de amor, a menos que tenha uma dose anestésica da poesia.

O medo de sofrer pode até frear o amor, mas não impede a dor. E pode lutar, e pode fugir, o sentimento vai junto bem ao estilo musical de Os Paralamas do Sucesso: "Aonde quer que eu vá, levo você no olhar..."

Não sei por que cargas d'água tenho medos descabidos, mais medos que dores, mais amores que sofrimentos, mas sempre tive mais vontade do que apatia diante do medo e muitas vezes é o medo que foge de mim. Sou toda medo, pavor, receio e teimosia. Talvez por isso eu consiga identificar essas características nas pessoas até pelo cheiro.

A gente é íntimo do que temos por dentro. Suspeito que as pessoas controladoras tenham medo do amor, mas não são frias. As racionais talvez sejam só pudentes mesmo. E pessoas impulsivas, são imprudentes ou emotivas como dizem? Não sei. Gosto do jeito como Casimiro de Abreu arruma a casa dos sentimentos em "Amor e Medo":

> Quando eu te vejo e me desvio cauto
> Da luz de fogo que te cerca, ó bela,
> Contigo dizes, suspirando amores:
> — "Meu Deus! que gelo, que frieza aquela!"
>
> Como te enganas! meu amor, é chama
> Que se alimenta no voraz segredo,
> E se te fujo é que te adoro louco...
> És bela — eu moço; tens amor, eu — medo...
>
> Tenho medo de mim, de ti, de tudo,
> Da luz, da sombra, do silêncio ou vozes.
> Das folhas secas, do chorar das fontes,
> Das horas longas a correr velozes.
> (...)
> Ai! se eu te visse, Madalena pura,
> Sobre o veludo reclinada a meio,
> Olhos cerrados na volúpia doce,
> Os braços frouxos — palpitante o seio!...
> (...)
> Vampiro infame, eu sorveria em beijos
> Toda a inocência que teu lábio encerra,
> E tu serias no lascivo abraço,
> Anjo enlodado nos pauis da terra.
>
> Depois... desperta no febril delírio,
> — Olhos pisados — como um vão lamento,

Tu perguntaras: que é da minha coroa?...
Eu te diria: desfolhou-a o vento!...

Oh! não me chames coração de gelo!
Bem vês: traí-me no fatal segredo.
Se de ti fujo é que te adoro e muito!
És bela — eu moço; tens amor, eu — medo!...

Cada um tem seus medos de estimação. Em relacionamentos, muitos sofrimentos ocorrem quando os medos se desencontram, a coragem de um se torna loucura para o outro. Raramente olhamos para dentro de nós e dizemos louco sou eu por ceder ao medo. Entre amor e medo, leio poesias...

Civilização hídrica

Houve um tempo em que, na proporção de um dilúvio em marcha ré, o lucro com o negócio das águas não parava de encher os reservatórios bancários.

Eram tempos de tecnologia muito incipiente, primitiva e obviamente todos compreendiam os argumentos, relatórios e cálculos *superhipermega* fundamentados dos donos do negócio.

Se não chovia, não tinha água, se não tinha água, logo tinha seca. Matemática básica. Nessa realidade, bastava a pessoa, dona da casa, livrar a calçada da sujeira do cachorro com um balde d'água e estava dada a ordem para o apedrejamento moral. Afinal de contas, ela fora o estopim do desperdício e do mau exemplo, deveria ter punição exemplar! Na próxima conta, cartão vermelho para ela. Porque, além disso, ela era, de forma indireta, também a responsável pela contaminação dos lençóis que, em vez de estarem presos no varal, ficaram expostos à energia do vento e foram parar no chão, pronto!

Lá vai o lençol sujo, contaminado, agora a pessoinha vai ter que tratar o tal do lençol em um bom e caro sabão em pó e lá vai água, água para lavar, água para enxaguar, água para amaciar... É mesmo uma incompetente! A pessoa não sabe administrar a casa, nem reutilizar os recursos, usar a água da roupa na descarga e ensinar o cachorro a usar o sanitário...

Bom... Mas isso foi há muitos séculos.

Atualmente, para a *salvação da lavoura*, surgiu uma civilização entre os rios Tigre e Eufrates, os Mesopotâmios. E com a sua tecnologia de ponta, recém-nascida de última geração, ultra, mega, *power*, com ferramentas hidráulicas, eletrônicas, cheias das ignições e injeções a vácuo, a óleo, a biodiesel, a couro sustentável, carvão vegano ativado por partículas de diamante polido e bactérias marcianas aeróbicas e anaeróbicas em tanques de decantação, com acesso remoto em sistema de *Home Office*, resolveram o problema de abastecimento.

Agora importamos todo esse aparato tecnológico e temos represas, diques, barragens, é coisa de última geração... Com isso, o Crescente Fértil segue de vento em popa, com ou sem seca. Atualmente não só é possível lavar a sujeira dos pets, como também é permitido dar banho e fazer tosa, e uma vez por semana lavar barcos e naves (como são chamados os carros de última geração). E até mesmo construir jardins suspensos podendo ser regados à vontade quando o santo lá do céu não fizer chover...

Como o ser humano não pode ver ninguém fazer sucesso sozinho, surgiu também outra civilização hídrica, dessa vez às margens do rio Nilo. Tá que é uma fartura d'água para tudo que é lado. E olha que o Nilo nem é mais o maior rio do mundo, nem em extensão nem em volume de água. Estão dizendo por aí que o maior é um rio que mesmo não sendo o Danúbio, passa por diversos países... Pois bem, tamanho não é documento. Fato é que o soberano de lá desenvolveu o nilômetro e o espalhou em vário pontos do Nilo. Infelizmente nossa tecnologia só vai até o pré-sal... Mas ouvi dizer que estamos na cola dessa tecnologia aí.

Além dessas sociedades hídricas há outras, como da Índia e uma na Europa que está em pleno funcionamento, é o tal do Aqueduto Romano. São vários, tem um que é patrimônio mundial, o Aqueduto de Segóvia. Temos um exemplar dessa tecnologia no Rio de Janeiro, o Aqueduto da Lapa, tem um bonde que passa por aquela (hidro)via atualmente, desculpe, ferrovia, perdão, é que por aquele aqueduto, bom, é que ali agora é outra história...

Pois bem, como vê, uma civilização se faz com água, com abastecimento. Uma pessoa pessimista diria que: se você vive numa sociedade sem abastecimento, você não está numa civilização.

Voltando para a realidade da *Bruzundanga*...

Recentemente, há alguns meses, melhor dizendo, há mil e oitenta meses, Rachel de Queiroz publicou o livro: *O Quinze*, denunciando a realidade da seca que acometia a região nordeste do país. Pode ser que ainda não tenha dado tempo do livro circular nesse Brasil ou de a notícia da seca se espalhar. Em todo caso, o tempo é curto para uma ação mais assertiva e definitiva com relação a esse assunto, o que são noventa anos? Tudo bem que o Estado de Israel, criado há oitocentos e setenta e seis meses, já resolveu essa questão, mas ele teve muito mais condições de resolver o problema hídrico de uma região desértica, afinal de contas é, é... afinal de contas é, afinal de contas, ora!

Tempos atrás as más línguas falavam que existia a Indústria da Seca... Atualmente se insinua sobre má gestão ou existência de uma Indústria da Crise Hídrica. Se for investigar, ler os relatórios, o leitor vai passar sede, ou raiva... Esse santo lá de cima também não ajuda, não tem critério, a cada ano muda as estações e a gente fica perdido sem saber como se organizar com relação às chuvas...

Se não chove, os açudes do Sudeste estão secando, já nem se toma mais banho, e quando toma é frio, fazer o quê, né? Caso queira algo mais humanamente sensível e verdadeiramente profundo, a sugestão é se voltar para a leitura de *O Quinze*:

"Depois de se benzer e de beijar duas vezes a medalhinha de São José, dona Inácia concluiu:

'Dignai-vos ouvir nossas súplicas, ó castíssimo esposo da Virgem Maria, e alcançai o que rogamos. Amém'.

Vendo a avó sair do quarto do santuário, Conceição, que fazia as tranças sentada numa rede no canto da sala, interpelou-a:

— E nem chove, hein, Mãe Inácia? Já chegou o fim do mês... Nem por você fazer tanta novena...

Dona Inácia levantou para o telhado os olhos confiante:

— Tenho fé em São José que ainda chove!"

Fontes consultadas:
https://www.redebrasilatual.com.br/economia/2021/09/crise-energetica-culpa-nao-e-de-sao-pedro-mas-e-pra-ele-que-governo-precisa-rezar/
https://valor.globo.com/empresas/noticia/2021/08/12/lucro-da-sabesp-mais-do-que-dobra-no-2o-trimestre.ghtml
https://www.camara.leg.br/noticias/795057-crise-hidrica-e-resultado-de-ma-gestao-dos-reservatorios-das-usinas-dizem-debatedores/

Notícias de outrora

Em Lorena, quando as nuvens cobrem a Mantiqueira, o horizonte se amplia.

É assim em todo Vale. Perdemos a serra de vista, mas ganhamos uma paisagem por dia. Lamentavelmente isso não acontece nas nossas consciências, quanto mais nuvens no pensamento, menos clareza de raciocínio, mais encurtada a visão e, por consequência, as escolhas são pífias. Vamos minguando aos poucos, perdendo ousadia em inovar e por vezes aceitando uma vida apática e pálida.

A jaula onde se encontra a nossa criatividade nos priva de ampliar os horizontes da própria vida, e como desgraça pouca é bobagem, a liberdade está às grades da mesma cela.

A criatividade requer um mínimo de liberdade e para ser livre é preciso ser criativo. A rotina também nos enjaula e encurta nossos horizontes. A terra gira em próprio eixo, em seu equilíbrio oscila e avança... Enquanto muitos de nós damos dois passos para frente e dois para trás...

Liberdade é uma palavra de significado restrito ou utópico, é como percebo; toda liberdade é condicional, assim como toda defesa é legítima. Em todo caso, as atualidades estão muito tediosas e sem criatividade. Boa briga mesmo se via era nas notícias de outrora, nos séculos anteriores.

A história se repete, enfadonha, pobre e rotineira nas nossas "novidades". Caio Coppolla demitido, Luís Ernesto Lacombe demitido, Alexandre Garcia demitido... Garcia e Coppolla contratados, Lacombe contratado; Terça Livre fechado e Allan dos Santos exilado... Oswaldo Eustáquio preso, quando liberto, já não caminhava mais. Atualmente parece estar em liberdade, condicional... O alarido agora gira em torno das expressivas demissões da emissora criada pelo Marinho.

Demissão muito conhecida, de um jornal, teve o escritor José de Alencar.

"Um resumo do que ocorreu: com a extinção do tráfico de escravos, em 1850, muito dinheiro começou a circular na economia brasileira e a Bolsa tornou-se o centro da agiotagem e das especulações financeiras que proporcionavam lucro fácil aos que já eram ricos. Alencar viu, analisou e denunciou: 'Todo mundo quer ações de companhias (...) As cotações variam a cada momento, e sempre apresentando uma nova alta de preços. Não se conversa sobre outra coisa...' A direção do jornal, que obviamente tinha interesses econômicos a preservar, censurou o artigo e Alencar demitiu-se. Em 8 de junho de 1855, assinou pela última vez sua coluna, nela registrando: 'Dantes os homens tinham as suas ações na alma e no coração, agora têm-nas no bolso.'."

Há quem diga que os cancelamentos de hoje em dia não passam de puxões de cabelo frente à arena em que se digladiavam Assis Chateaubriand contra Samuel Wainer e Carlos Lacerda contra Samuel Wainer, no fim das contas, todos contra todos. E povo... Bom, o povo, que é o povo? O povo é Roma, diria um Imperador Romano.

Sem alternativa ou opções a serem escolhidas não há liberdade. Jornalistas que pensam com a própria cabeça sabem muito bem o valor dela, impressionam-me os que negam a liberdade ao povo, numa subserviência ao patrão ou os que por conta própria presumem que povo seja incapaz de tirar a própria conclusão diante de uma moeda com dois lados.

Outro fato curioso, em um passado não tão distante, num dado momento da vida profissional, Zózimo, então colunista do Jornal do Brasil – JB, tinha a liberdade como critério de decisão entre aceitar ou não, o convite para ir para o jornal O Globo:

"Ele achava que poderia não encontrar no *Globo* o ambiente de liberdade de que gozava no JB. Ainda que pudesse haver, no ar, um certo direcionamento, não havia hipótese de o jornal obrigá-lo a dar uma determinada nota. Poderiam, sim, haver pedidos que, sempre que possível, eram aceitos. Da mesma forma, nunca foi impedido, a não ser pela censura militar, de publicar o que desejasse. Zózimo temia que o mesmo poderia não ocorrer no *Globo*, cuja linha editorial sofria forte influência de Roberto Marinho. Assustava-o a possibilidade de ser proibido de noticiar o que desejasse ou, pior, receber uma ordem para publicar algo."

Os jornais existem, mas Zózimo e Alencar não existem mais. Antes que me esqueça, José de Alencar acabou comprando o jornal do qual demitira-se. O mundo dá voltas!

Sempre achei no mínimo brega essa coisa de proselitismo religioso ou mover a opinião pública... Subestimam ou agem de má-fé, ou ambos. Cada um usa a própria régua para medir o próximo... Depois, cada qual em sua própria bolha, reclama da bolha alheia.

Como dissera José Saramago "Aprendi a não tentar convencer ninguém. O trabalho de convencer é uma falta de respeito, é uma tentativa de colonização do outro." É como impedir que o horizonte se amplie, é uma forma de impor cabresto, as nuvens mudam a paisagem porque são livres para circular. A liberdade é o que favorece a mudança e é isso que temem os estáticos defensores do *status quo.*

FARACO, Carlos. Vida & Obra. José de Alencar. Série Bom Livro – *Lucíola*. Ed.Ática.

AMARAL, Fernando Barrozo do, 1969. Zózimo Diariamente. São Paulo: EP&A Consultoria em Comunicação, 2005-12-02. Vários Colaboradores.

Paciência (Ulisses e Circe)

Circe feiticeira, decidida a provar a sua lealdade,
Ruma, então, para a pocilga a passos firmes,
onde estão amontoados os porcos de Ulisses,
e lá lhes toca, um por um, com sua vara mágica,
devolvendo-lhe a antiga e saudosa forma humana.
E tão satisfeito ficaram todos naquela ilha,
que hóspedes da feiticeira se tornaram desde então.
Recusando-se a partir no rumo da saudosa Ítaca,
comendo e bebendo fosse dia ou fosse noite,
enquanto Ulisses fruía dos prazeres do seu leito.
Um ano, entretanto, passado em descanso e vida mansa,
Bastou para acordar nos soldados o sentimento do dever;
Então, (Ulisses) o filho de Laertes, tomando as mãos da sedutora,
disse-lhe com voz chorosa estas súplices palavras:
"Circe, deixa que partamos no curso de nossa casa!"
(p. 265)*

Na época do ano em que os dias são maiores que as noites, o relógio biológico volta a funcionar com pontualidade britânica.

Dia desses a caminhada matutina começou antes das seis horas. Passados trinta minutos, os carros saíam das garagens com a mesma frequência com a qual os pombos voltam para os pombais ao entardecer.

Impossível não observar que todos os carros saíam de ré

das garagens. A pessoa que chega com saudades do lar não quer ficar nem mais um minuto na rua. Será que só eu guardo o carro de ré? Não. Talvez seja só uma questão de hábito criado não sei por quais circunstâncias. Recuso-me a começar o dia andando para trás. No Rio de Janeiro a prática de guardar os carros de ré é mais comum, faz parte da direção defensiva. Recuso-me também a tirar férias em janeiro. É como se eu começasse o ano sem torque e sem gás. As férias em janeiro são disputadíssimas em Brasília, pois para mim era o mês da utilidade sossegada.

São as ansiedades da vida, que a gente direciona para certas manias, que nos dão a sensação e o conforto de algum controle. É necessário repetir todos os dias: "Há tempo para todas as coisas..." Moisés e seu povo passaram quarenta anos atravessando o deserto, montando e desmontando acampamento... Ulisses, depois da vitória na guerra, com seu presente de grego — o Cavalo de Troia — levou mais de vinte anos na viagem de volta para casa. Um dos seus empecilhos foi o encontro com a feiticeira Circe. Com ela passou mais de um ano nessa Odisseia.

Mas a gente quer mesmo é entrar em casa imediatamente, chegar com brevidade ao trabalho e entrar logo de férias. Com quinze dias de férias já quer voltar ao trabalho, vai que contratam outra pessoa em seu lugar... Mas com quinze dias de trabalho já precisa de novas férias. Tudo bem ser assim, só não podemos reclamar desse monstro chamado ansiedade, já que todos os dias o alimentamos.

Parece que Circe, a feiticeira da Odisseia, que transforma guerreiros em porcos, continua fazendo seus feitiços. Dia a dia sua varinha mágica transforma muitos de nós naquilo que mais repudiamos, atrasa nossa chegada ao objetivo, adormece nossos sonhos, dificulta nosso retorno ao lar e, pior, impede que conheçamos a nós mesmos. Quer admitamos ou não, muitas vezes nós também somos a Circe na vida de muitos Ulisses...

Desde que Ulisses partiu para a Guerra de Troia, o seu palácio ficava repleto de pretendentes para lhe tomar a esposa, Penélope. Não havia certeza de que Ulisses estava vivo, nem se estaria retornando para a sua cidade, Ítaca. Muitos acreditavam que ele estivesse morto, passados tantos anos.

Todos os dias esses pretendentes promoviam uma festa que pouco a pouco ia dilapidando o patrimônio do rei, mesmo a contragosto da rainha Penélope. É fácil gastar o dinheiro do rei, conhecemos essa história (quando o gato sai, o rato faz a festa). Mas Penélope não queria se casar com nenhum deles e acreditava no retorno de Ulisses. Uma de suas artimanhas foi tecer um manto para ganhar tempo, dizia que quando terminasse aquela tarefa escolheria um dos pretendentes para esposo. Entretanto, durante o dia ela tecia e à noite desmanchava, assim adiava a resposta que os galanteadores esperavam.

Não sei se tem a ver uma coisa com a outra, mas essa história me faz lembrar outra, mais contemporânea: Contam as más línguas que quando um corno chega a casa, ele vem com o som do carro em último volume para dar tempo do amante fugir... Fiquei pensando se o fato de estacionar de ré também não tem o mesmo efeito.

Pois bem, voltando para a Odisseia: quando finalmente Ulisses venceu as dificuldades e superou todos os obstáculos em seu retorno ao lar, ele tratou de chegar de forma discreta à Ítaca, estava disfarçado de mendigo e evitou ser reconhecido.

Fato é que Ulisses, com paciência e discretíssimo, colocou todos os sedutores para correr e manteve a sua testa e seu reino intactos. "A paciência é a companheira da sabedoria", diria Santo Agostinho.

A paciência por si só é uma Odisseia.

Fonte visitada:

*Franchini, A.S. (Ademilson S), 1964 – *As melhores histórias da mitologia: deuses, heróis, monstros e guerras da tradição Greco-romana*, vol. 2/A.S.franchini, Carmem Seganfredo. – Porto Alegre, RS: L&PM, 2015.

Humanae vitae (Da vida humana)

Escrever não quero, depois quero escrever, mas não sei o que dizer, depois me dá sono, depois preguiça e depois desânimo, obviamente deixo para depois. Olho para o céu e nada de inspiração e, por estar frio, não transpiro. Escrever é mais transpiração do que inspiração, dizem. Comigo nunca foi assim, a conta fecha em cinquenta por cento para cada.

Abro *A Vida Intelectual*, de Sertillanges — a bíblia de quem se mete nessa coisa insana de escrever coisa que tenha ao menos uma frase que valha gastar a lente dos óculos ou que apresente sujeito, verbo e predicado. Folheio o livro despretensiosamente, leio um trecho que outrora grifei:

"É preciso ter uma alma muito forte para trabalhar sozinho! Ser sozinho toda uma sociedade intelectual, ser seu próprio estímulo e apoio, encontrar em um pobre querer isolado, tanta força... No princípio há muito entusiasmo; *depois*, com as dificuldades surge o demônio da preguiça: 'Para quê?'. Nossa visão do objetivo se enfraquece; os frutos estão muito distantes ou nos parecem amargos; sentimo-nos vagamente enganados. É certo que o apoio de alguém, a cooperação, o exemplo, teriam uma extraordinária eficácia contra esse 'splen'; dariam a muitos essa potência de imaginação e essa constância de virtude que são privilégio de poucos e que entretanto são necessárias à busca constante de um grande objetivo."

Fechei o livro e chorei. Lágrimas em enxurradas contínuas Deixei para depois. No dia seguinte me esbarrei com a página em branco.

Tento encontrar a indignação que abala meu espírito e que meu senso, instintivo e primitivo, invejosamente tenta censurar, senso esse cujo papel é de, no fim das contas, me reduzir às minhas misérias. Encontro o incômodo como quem estapeia o mosquito que zune ao pé do ouvido no meio da noite. A inquietude veio de um livro de História Antiga que reli pela imemorável vez.

Pego novamente o tal livro de História Antiga.

Seu início é com a escrita, quatro mil anos antes de Cristo.

Antes do meio do livro desconfio que o autor adaptou o presente para o passado. Assim como fazem os políticos de caráter e inteligência duvidosos, eles são uma variação da arte do ilusionismo. Dão *um tapa* no visual de um Programa ou Bolsa quaisquer e se intitulam o criador do projeto. (Só faltam arrematar na assinatura: "Oh, mortal projeto, eu te criei, te dei vida! Ajoelha e me adora!" Bem ao estilo do poema de Paulo Leminski).

Então me pego pensando, questionando com cara de burro olhando para a torre, como é que a gente aceita pagar imposto? É pela força, pela dor. Tudo é pela dor causada pelos que não se inibem em nos torturar moralmente quando não fisicamente. As promessas seguem lindas, sedutoras e convincentes, como as promessas de amor eterno de um romance daqueles de papel barato que se vendia nas bancas de jornal.

Que planetinha retrógrado! Pedágios, impostos, reforma agrária, guerras, traição, inveja e invasão de território... Na História tudo é tão repetitivo, sim, o Homem é o mesmo, também repaginado, com um banho de tecnologia. Compreendo perfeitamente os defensores da Reencarnação, porque até nos mais incrédulos é o que parece, o tempo passando com nossas idas e vindas e sempre os mesmos erros.

Compreendo, apesar de não acreditar, acho que seria uma perda de tempo nascermos do zero e ter que aprender tudo de novo que já foi aprendido da outra vez. Se estiver equivocada, e pudesse optar, gostaria de renascer já sabendo o que nessa vida já aprendi. A me limpar sozinha, a caminhar sem ter que me arrastar de quatro pelo chão, e também sabendo andar de bicicleta, nadar, e pelo menos já fluente em um idioma. Facilitaria bastante a vencer minhas misérias, meus carmas, meus retrocessos, pecados ou seja lá o quer for!

Nesse eterno três passos para frente e dois para trás, seguimos plagiando o passado, majoritariamente em seu aspecto menos honroso. Quer um inovador e criativo projeto político e econômico? Está lá no livro de História. Sim, ele já foi, senão aplicado, no mínimo elaborado com todas as prerrogativas de começo, meio e fim; cronogramas, riscos, perdas e ganhos. Mas com a vantagem de já sabermos o efeito psicológico que causa nas massas. No mais é só maquiar, dar um nome artístico e *correr pro abraço*, partir para a glória e entrar no rol das personalidades infames e rejeitadas.

No Panteão daqueles sórdidos que não mediram esforços ao causarem dor alheia em benefício de sua própria e miserável vaidade, luxúria e inveja. Renegados até pelo arquétipo da maternidade, seus nome não se repetem nas gerações futuras, a menos que você conheça alguém chamado Calígula ou Cômodo. Pelo contrário, numa tentativa movida pela ânsia de contribuir para a ascensão humanitária, damos aos filhos nomes de homens, não perfeitos, obviamente, mas que reconhecidamente prezavam pela honra do seu povo, e não apenas do próprio umbigo. Ainda que tenham sido traídos, que tenha fracassado ou cometido suicídio, é preferível parirmos um Alexandre da Macedônia, um Caio (Graco, o da reforma agrária), um Adriano pacifista, um Marco Aurélio intelectual, um Júlio César, Otávio, Augusto. Esses nomes sim, esbarramos com eles nas chamadas da sala de aula nos tempos de escola...

Entretanto, ainda que renegados no ventre, a natureza driblou o desejo e a voz da maternidade, deu seu tapa no visual e hoje vemos "Calígulas", "Neros" e "Cômodos" "reencarnados" em peles de "Alexandres", "Marcos Aurélios", "Marcos Antônios", "Adrianos", "Júlios" e "Césares". É natural que, às vezes, fiquemos desanimados, sem vontade de cumprir nossa missão, mas nós da plebe, da patuleia, também renascemos das cinzas.

Parece que não aprendemos muita coisa com a vida passada e assim seguimos rotineiramente por séculos nessa *Humanae Vitae.*

Os dois amigos

Janeiro, a chuvarada não dá trégua, mesmo para quem lança mão do bom e velho guarda-chuva não fica protegido. E foi por esses dias, em que chovia a balde, que fui parar debaixo da marquise de um bar. Uma vez ali fui levada a escutar a conversa alheia depois de me aproximar de uma mesa. Ali havia dois clientes, bebiam cerveja. Conforme pude apurar, o bar fecha à noite e abre durante o dia. Confesso que me causou estranhamento ao mesmo tempo que admiração pela disciplina dos frequentadores; dormem cedo e levantam mais cedo ainda.

Se estivesse no litoral eu teria mais familiaridade com aquele cenário, tendo em vista que certos pescadores começam a pesca na madrugada e nove horas da manhã equivale ao meio-dia. Nos tempos de infância, passava dias na praia e na minha família tinha alguns pescadores. Na minha cabeça o café da manhã deles era um prato de macarronada, com o tempo descobri que era o almoço mesmo. Mais crescida aprendi que há turnos e turnos...

Diante dos meus olhos não via pescadores, via dois amigos bebendo às nove horas da manhã de uma terça-feira com a aparente paz de um *happy hour* de sexta-feira. Um deles mais animado, o outro cabisbaixo. Conversavam baixo, trocaram a garrafa vazia por outra cheia e o mais altivo perguntou ao cabisbaixo que era de Henri. Ao que ele levantou a cabeça e disse:

— Foi transferido para Franco da Rocha. E soube sem meu querer, pra mim ele é morto.

— Que isso homem?

— Isso é falta de guerra! Dá nisso essa vidinha morna, vê se nos tempos de Passa Quatro tinha essa baderna toda de droga!

— Quanto tempo ele fica por lá?

— Nem quero saber.

É impressionante a criatividade das nossas interpretações. Imaginei que ele morava em Passa Quatro e ao mudar para essa cidade o filho começou a ter problemas com tráfico. Mas com o desenrolar da conversa percebi que ele falava da época da Revolução de 1932 e da atual geração. A vontade que tive foi de sentar ao lado deles. Pensa numa conversa boa. A intelectualidade segue a boemia raiz.

O mais alegre arrematou:

— De certa forma eram tempos melhores mesmo, mas meu finado pai contava os perrengues, madrugadas frias ia tirar leite e a trilha para o curral interditada. O gado ficava doido com os bezerros presos e a gente sem conseguir chegar lá nem pra soltar nem pra tirar leite. Um berreiro!

O cabisbaixo sorriu e virou um bom gole.

Foi então que me ocorreu que não são só os pescadores que madrugam e às nove horas da manhã já estão de volta a casa para um reforço no café, reforço muitas vezes que é mesmo um almoço.

A chuva dava ares de diminuir e eu precisava ficar ali mais um tempo, olhava para o céu com semblante de preocupada com a água, ao tempo que quase via minhas orelhas moverem como orelhão de lobo para entender melhor o que falavam. Mas não teve jeito, a chuva passou e tive que ir com a mesma postura do amigo cabisbaixo.

Tem certas cenas que não sei por que cargas d'água chamam atenção por mais simples que pareçam.

Pensei na história das guerras, desde as crianças de Esparta até as crianças do tráfico. Mudam todas as configurações, apenas o sofrimento dos pais é perene. É uma dor perpétua. A forma de lidar com a dor também mudou, isso se nota quando nos deparamos com a forma como os seguidores do filósofo grego, Epicuro, lidavam com a dor.

Aquele pai cabisbaixo do bar me passava a impressão de estar resolvido com a dor, me parecia um epicurista deixou a dor lá em Franco da Rocha, como quem separa a dor do pé do resto do corpo. Apesar da postura corcunda, seu semblante era de resignação de quem toca a vida para a frente sem desprezar a ferida, mas também sem viver em função dela.

No livro *Pense como um Imperador*, de Donald Robertson, há um capítulo que fala sobre "Como suportar a Dor". O imperador em questão é Marco Aurélio (Aquele mesmo que foi retratado no filme: *O Gladiador)* O imperador filósofo deixou seus escritos em *Meditações*.

Pois bem, o livro traz várias sentenças sobre a dor que por vezes identificamos em algumas pessoas nos dias de hoje.

"A dor não é insuportável nem eterna se você mantiver seus limites em mente e não acrescentar nada a ela por sua própria imaginação." Obviamente, um pai com um filho na cadeia poderia pensar: será que ele está com frio, fome, apanhando, sofrendo? Isso é imaginação, conseguir não imaginar nada é o gigante desafio para separar a dor.

Há pessoas que quando sentem uma dor pensam numa catástrofe, um câncer avançado, outros desprezam, devem ser gases. Nem tanto nem tão pouco. Os estoicos ensinam a olhar para ela e ver do que se trata. Em ambos casos a pessoa poderia optar em não olhar, a menos que a dor seja aguda. O que pensa o pior pode se entregar e nem procurar saber, já que, em tese, já estaria com o pé na cova; o que acha que não é nada poderia fazer o mesmo, já que não é nada demais...

O importante é memorizar que: "A dor é sempre suportável, pois é sempre aguda ou crônica, mas nunca as duas coisas ao mesmo tempo... Um pouco de dor é desprezível, e uma grande dor não é duradora."

Então o jeito é celebrar a vida e reviver memórias na companhia de amigos.

Musical

Deve de ser por alguma decepção minha, "mas a única maneira ainda de imaginar a minha vida é vê-la como um musical" dos anos oitenta. Na música: "Vamos Fazer um Filme", cantava o Legião Urbana: "Deve ser cisma minha, mas a única maneira ainda de imaginar a minha vida é vê-la como um musical dos anos trinta. E no meio de uma depressão te ver e ter beleza e fantasia. E hoje em dia, como é que se diz, eu te amo?..."

Cresci ouvindo e lendo algo que dizia que a televisão não era instrumento para a educação de ninguém, que o papel dela era o entretenimento. Dizendo isso, obviamente, ela também não teria o papel de deseducar, dessa forma, a barra estaria limpa para apresentar os programas mais estapafúrdios que a civilidade é capaz de deixar passar goela adentro.

Ainda criança, bem caipirinha, morando em Mussurepe, tinha horror ao programa do Chacrinha, aquela coisa de abacaxi com jogada de bacalhau, achava de péssimo gosto, mesmo sem ter a menor formação. Acho que já devo ter falado dessa minha aversão em algum texto por aqui, mas é que foi o primeiro choque de realidade que tive na vida, e a primeira vez a gente nunca esquece.

Pois bem, dia desses me deparei com uma frase ao final de uma reprise do *Sítio do Picapau Amarelo*, no canal Viva de televisão: "Esta obra *reproduz* comportamentos e costumes da época em que foi realizada." Será mesmo? Até que ponto a Indústria Cultural produz ou reproduz? Li várias vezes: Central Globo é de Produção – CGP e não Central Globo de Reprodução – CGR... (Em tempos de distopia linguística, vamos lançar mão do recurso...) Depois descobri que a frase foi exibida também na novela: *Da Cor do Pecado* e atualmente se mostra ao final de várias reexibições. Até que ponto a obra reproduzia comportamento?

As novelas sempre lançaram moda. Ensinaram e forjaram gostos, chavões, gírias, popularizaram músicas, o próprio *merchandising* sozinho encerraria essa questão... A título de exemplo, observou-se a reconfiguração e o boom de (discotecas) e surgimento de danceterias aos moldes da novela: *Dancin' Days* – 1978. "Em 1984, entravam na cena carioca as danceterias, em busca de um novo público e de novos hits. Qual a diferença para as discotecas? (...) Em síntese, ofereciam uma enorme pista de dança com um espaço redimensionado para receber os shows e performances dos novos astros." (Rio Cultura da Noite – Leo Feijó e Marcus Wagner. 2014, *Casa da Palavra*).

"Será só imaginação? Será que nada vai acontecer? Será que é tudo isso em vão? Será que vamos conseguir vencer?" Pergunta o Legião na mesma década de oitenta. Talvez a resposta tenha sido dada na década seguinte em "Vida ou Morte", da banda COM 22: "...Não vá pensando que estamos mortos, pode escrever! Já se prepara, vamos vencer!". Quem está vivo vai questionar sim, esse banho de gato... É necessário lavar atrás das orelhas...

Sendo nós seres biopsicossociais, é óbvio que somos também "educados" pela indústria do entretenimento. Esse cardápio variadíssimo de mais do mesmo, e de poucas opções de fato relevantes, age como comida, é feita para alimentar, mas também pode intoxicar, adoecer...

Quando provamos algo saboroso dificilmente vamos descer o paladar ao patamar do insosso. Quando se cresce ouvindo: "Por você eu dançaria tango no teto. Eu limparia os trilhos do metrô. Eu iria a pé do Rio a Salvador..." ("Por Você" – Barão Vermelho, a mesma banda que canta "Amor, meu grande amor"). Não vai digerir bem que: "...Ela roda a cidade inteira pra ficar comigo, porque eu sou o seu esquema preferido..." ("Esquema Preferido" – DJ Ivis). Mas isso não é nada, se não fosse a pretensão de querer fazer crer que isso também faz parte do movimento de liberdade/equidade feminina, preguiça de rodar a cidade inteira...

Uma escolha leva à outra, numa sequência quase lógica. Para mudar certos cursos há de ter uma força como a da Natureza, por vezes imprevisível, por vezes devastadora e, talvez, sempre necessária para ajustar o curso das coisas no universo. Ou então aguentar em silêncio.

Foi o impacto de uma novela que mudou o curso da minha vida: *Pai Herói*. Eu não tinha pai. Não assisti à novela, nem entenderia se tivesse assistido. Era tarde eu dormia cedo naquela época e minha mãe respeitava a idade de censura que era apresentada na tela, em números garrafais, até então. Fato é que eu idealizei um pai baseado no título daquela novela, e anos depois quando o conheci, descobri que eu era a filha do vilão...

Aquele foi meu segundo choque de realidade. Curiosamente até hoje não tomei conhecimento do enredo da novela, a vida real me bastava.

As músicas e os livros são minha cara ou coroa, meu zerinho ou um para escolhas de alguns caminhos na minha vida. Diante de desafios sempre aparece uma música ao estilo: "Mas eu não vim até aqui, pra desistir agora. Entendo você se você quiser ir embora..." (Engenheiros do Hawaii).

A escolha do repertório faz toda a diferença na vida da gente. Assim como a escolha no cardápio. Não sou das que acreditam em livre-arbítrio, mas sei que dentro do cardápio do destino podemos fazer algumas escolhas.

A partir de 1984 nunca mais assisti televisão, segui sendo forjada por músicas e livros, até porque livros e músicas não tinham idade indicativa para serem lidos e ouvidas. Depois de um pouco mais lapidada, fui cedendo algum espaço para a TV, de forma bastante criteriosa.

Se naquela época os monstros ficavam no armário, ou se escondiam embaixo da cama, os meus se escondiam dentro da tela, tirando o *Sítio do Picapau Amarelo*, Cid Moreira, Sérgio Chapelin e o Léo Batista tudo o que sobrava era Poltergeist, a começar pelo Chacrinha e terminando na rainha...

E aqui chegamos a essa coluna de número cem, sem citar "Cem Mil", de Gustavo Lima...

Sobre a autora

Madalena Fonseca nasceu na cidade do Rio de Janeiro em 1973. Aos 3 anos de idade foi morar em um pequeno distrito de Campos dos Goytacazes - RJ. A base escolar se deu em uma escola publica rural, Escola Dr. Cardoso de Melo em Mussurepe. Aos 12 anos retornou para a capital, onde casou e teve seus dois filhos. Posteriormente, morou em Brasília onde foi funcionária pública. Desde 2013 reside no interior de São Paulo. Possui graduação em História. Pós-Graduação em Ensino de História e Geografia. Pós-Graduação em Arquitetura e Urbanismo e Mestrado em Gestão e Auditoria Ambiental. Graduou-se também em Psicologia e possui Pós-Graduação em Psicologia do Esporte. É escritora, palestrante e colunista do Jornal Folha Valle.

ELA NÃO ENCONTROU O AMOR NO APP DE RELACIONAMENTOS

JANIERK FRANCELINO DA SILVA

ELA NÃO ENCONTROU O AMOR NO APP DE RELACIONAMENTOS

NOVOS ASES

Preparo de originais: Gabrielle Antunes

Revisão: Denise Himpel

Diagramação: Danielle V. Cardoso

Capa: Ygor Moretti

Catalogação na publicação
Elaborada por Bibliotecária Janaina Ramos – CRB-8/9166

S586e

Silva, Janierk Francelino da

Ela não encontrou o amor no app de relacionamentos / Janierk Francelino da Silva. – Rio de Janeiro: Ases da Literatura, 2023.

N p.; 14 X 21 cm

ISBN 978-65-54282-71-0

1. Romance. 2. Literatura brasileira. I. Silva, Janierk Francelino da. II. Título.

CDD 869.93

Índice para catálogo sistemático

I. Romance : Literatura brasileira

www.asesdaliteratura.pt

A minha família que lerá minhas
histórias malucas.

A todas as mulheres que buscam
aquela pessoa.

Prefácio

Eu poderia pedir para uma amiga escrever esse prefácio, mas decidi eu mesma escrever, pois apesar de todos conhecerem a autora, ela é bem reservada e prefere que esse livro seja uma surpresa para todos. Com a intenção de desabafar e expor suas frustrações com o site de relacionamentos e sua vida amorosa nada agitada, ela resolveu escrever esse livro de contos, gênero que a editora achou que melhor se encaixasse: afinal sem nenhuma experiência como escritora como ela colocaria suas histórias? E assim nasceram os contos da Janierk.

Espero que muitas mulheres leiam esses contos e percebam que não precisam se esconder por trás de um site. Saiam para a vida, curtam, paquerem pessoalmente, esqueçam o virtual. E cuidado com os estranhos da internet. Namorem, pois há coisa melhor que uma paquera?

Aos trinta anos, divorciada, sem muitas amigas solteiras, carente e em alguns anos descobriria que sofre de transtorno bipolar, ela passava por uma situação complicada. Estudava, procurava se estabilizar como professora e ainda sofria por uma paixão não correspondida. Em meio a tudo isso, os aplicativos de relacionamento surgiram como uma distração. Começou a conversar com rapazes que, às vezes, ficavam apenas no aplicativo, hora pediam o WhatsApp, e quando a coisa evoluía acontecia o encontro.

Mas os encontros eram raros, ela não gostava de conversas virtuais e muitas vezes não passava nas entrevistas feitas pelos rapazes do app. Sim, porque era uma verdadeira entrevista. O que faz? Onde mora? Com quem? E as fotos... era necessário manter o perfil bem legal. Viagens ao exterior contavam bastante. Ela pensava... difícil, com o salário de professora mais dívidas não dentro desses padrões. Mas os aplicativos continuavam distraindo-a. E a carência, juntamente com a vontade de encontrar uma companhia, era tão grande que ela começou a achar que os aplicativos resolveriam sua vida.

Sumário

A primeira loucura... O Panamá

Um dia, passeando pelo aplicativo recebeu um oi. Rapaz bonito, nada que um filtro não resolva. Começou uma conversa que se prolongou por dias, meses e anos. O rapaz dizia ser religioso, passava ensinamentos a ela. Conversavam sobre tudo. Ele contava as belezas do Panamá. Ela, na vida de sempre, trabalho, estudos, tomando seus ansiolíticos receitados pelo psiquiatra. Até que teve um surto e decidiu que iria ao Panamá em janeiro de 2018. Período em que estaria em férias. Tirou dinheiro não sabia de onde. Comprou um pacote de viagem para o Panamá com duração de oito dias. Passaria a virada do ano 2017 para 2018 por lá. Começou a pesquisar mais sobre o Panamá. E quando acertou tudo contou ao amigo desconhecido que iria visitá-lo. Ele ficou surpreso, falou que talvez não estivesse no Panamá naquela data, que tinha namorada, mas que a encontraria no aeroporto.

E ela partiu para o Panamá. Ele a encontrou no aeroporto. Estava acompanhado de um amigo. Levou-a até o hotel. Prometeu que a buscaria para passar a virada do ano com ele e seus familiares. Cumpriu. E foi só isso. Durante o restante da estadia no Panamá ela passeou sozinha. Buscou informações e enviou mensagem para ele orientá-la em alguns passeios. Quando chegou o dia de retornar ao Brasil ele a acompanhou. Ela lhe deu um beijo forçado e pronto. Depois que voltou para casa falou algumas vezes com o rapaz pelo zap e ele disse que sempre que ela quisesse voltar ao Panamá seria bem-vinda.

Ela pensou... *minha expectativa com relação ao Panamá era bem diferente. Mas valeu a experiência.* E prometeu que procuraria uma companhia no Brasil mesmo. Quando contava a história do Panamá, as pessoas riam e perguntavam: "Você não teve medo? Viajando para um país estranho para encontrar um desconhecido?" E ela respondia que não. Afinal, tinha sido um aprendizado.

O louco por sexo...

Ela começou a conversar com um rapaz de nome esquisito como o dela. Encontrou afinidades. Marcaram o encontro. Ela percebeu que ele não curtiu o fato de ela ser divorciada. Ao final da conversa ele a chamou para ir conversar em um lugar mais tranquilo. Estavam em um bairro central de São Paulo. Caminharam pelas ruas próximas e ele parou na porta de um hotel onde havia uma garota de programa na porta. Meu Deus, que absurdo!! Nada contra a moça que ganhava a vida da forma que achava melhor, mas achou uma falta de respeito. Ela quase o bateu. Era a vontade dela. Ele ainda queria se justificar. Falou que só queria que ficassem à vontade. Ela o deixou falando sozinho e foi embora.

As conversas continuaram, aconteceram mais alguns encontros e, no último, foi à casa dele, que dizia dividir com a irmã, que ela cedeu. Depois novo encontro, nova relação, mas ela percebeu que o interesse do rapaz era puramente sexo. Desistiu. Ele manteve contato por um tempo, mas também desistiu quando percebeu que ela queria algo a mais.

A busca continua...

Passou a colocar menos expectativas nos aplicativos de relacionamento. Em uma procura encontrou um rapaz interessante. Dizia ser bancário e logo marcou um encontro. Que bom, era prático. Foram ao shopping, conversaram, descobriram que eram vizinhos de bairro. Ele se dizia solteiro, sem filhos e com uma mãe de quem não poderia desgrudar... humm...

O segundo encontro foi mais íntimo... na casa dele... Um pequeno quarto alugado em um imóvel bem organizado. E acabou rolando algo mais. Foi bom. Ela se sentiu bem, valorizada e como não tinha relações havia um bom tempo logo se apegou.

O tempo foi passando.

Começou a perceber a rotina, os encontros só rolavam às quartas ou quintas. Finais de semana sempre no interior com a mãe. Depois de um tempo, os encontros diminuíram, comecaram as cobranças. Ele dizia não querer acelerar as coisas. Certo dia ela quis tirá-lo de cena e o bloqueou no zap. Não durou muito tempo. Veio a pandemia e ele sumiu de verdade. Após a pandemia reapareceu. Ela ficou feliz. Será que ele sentiu sua falta e dessa vez quem sabe queira viver um romance? Sim, romance é o que ela vive a buscar.

Começou o processo novamente, dessa vez pior. Ele reclamava que os aluguéis estavam caros. Às vezes dizia estar de favor na casa de um amigo. Ela até conseguiu visitá-lo certa vez. Mas, na maioria das vezes, ele a visitava. Como sua mãe vivia no interior, não fazia questão de ter residência fixa em São Paulo e mudava bastante de endereço. Como ela queria romance e ele não, decidiu definitivamente bloqueá-lo no zap, assim não cairia em tentação. Achava-o misterioso demais. Não confiava nele. A história do Panamá tinha deixado um alerta. Nunca sabemos o que as pessoas pensam ou querem. Mas não desistia dos aplicativos, afinal conhecia casos de colegas que casaram com rapazes que conheceram em aplicativos.

O divorciado...

Mais uma tentativa. Algumas trocas de perguntas e ela decidiu encontrar o rapaz que dizia ter se divorciado recentemente por ter opiniões e comportamentos divergentes dos de sua esposa. Mas afirmava que ela era bacana e era muito grato pelo casamento. Marcaram o encontro em um restaurante japonês, o papo foi agradável, descobriram ter afinidades. O rapaz gostava de estudar, viajar, e buscava crescimento pessoal e profissional. O tipo de companhia que ela queria.

Ele pagou a conta, foi gentil, raro esse comportamento nos dias atuais. Geralmente divide-se a despesa. Gostou tanto do rapaz que quis beijá-lo. Pediu uma carona para casa. Queria um pouco mais da companhia daquele moço simpático. Ele disse que precisava passar na farmácia para comprar analgésicos. Será? Maliciosa, ela pensou que talvez ele quisesse desviar do caminho da casa dela. Mas tudo aconteceu sem surpresas. Ele a deixou em casa e foi o primeiro e último encontro.

Havia encontrado o perfil dele nas redes sociais. Não havia muitas informações. Tentou puxar conversa pelo zap dias depois. Ele foi direto e disse que não procurava relacionamento. *Mas será que foi isso que meu comportamento deu a entender*? Pensou ela.

Provavelmente. E ficou angustiada. Quando encontraria alguém interessante como ele novamente? Depois pensava... *Para com isso, nunca encontrará um namorado na internet.* E passava alguns dias sem entrar nos aplicativos. Só alguns dias.

O tatuado...

Esse título porque ele tinha uma tatuagem enorme com o nome da filha no pescoço. Pela foto do aplicativo não era visível. Nada contra tatuados, mas não rolou. A única folga dele seria na segunda. Dizia ser divorciado, porém morava e cuidava da filha. Ela achou que ele estivesse mentindo Ou talvez não. Mas pensou que, de repente, não fosse uma pessoa que estivesse disponível para o que ela pretendia viver. Ele tentou prolongar a conversa pelo zap, marcar novo encontro, mas ela encarou uma nova desistência.

O desligado...

Após algumas conversas pelo aplicativo, o encontro foi marcado. Encontraram-se no shopping. Ele foi logo avisando que esqueceu a carteira. Ou seja .. não causou uma boa impressão, não por causa do dinheiro, afinal ela nunca se importava com as despesas. No caso desse rapaz, ele era fumante e, durante as conversas pelo aplicativo, isso passou despercebido. Ela pagou um sorvete para o rapaz, conversaram um pouco. Ele queria beijá-la, mas o cheiro de cigarro não deixou. Que situação!!

O aspirante a cantor...

E ela conhecia todo tipo de pessoas nos aplicativos. O aspirante a cantor marcou um café no shopping. O lugar era próximo à residência dele. Depois de alguns minutos de conversa, passearam pelos arredores do shopping. Ele contou suas aventuras pelo aplicativo. Disse conhecer bastante gente. Avaliou o comportamento de algumas moças como malucas. Afirmou também não ter muita sorte nessa forma de conhecer meninas. Ela pensou… *Bom, usando o filtro que mostra uma aparência que não é sua, deve ser difícil mesmo encontrar uma moça confiável.* Ela não entendia o porquê dos filtros. Os rapazes não entendiam que se houvesse o encontro eles seriam vistos como realmente são. Por que se esconder em um filtro de aplicativo para ter uma aparência melhor? Após muita conversa, ele mostrou o prédio em que morava. Era visível da pracinha em que estavam. E o convite surgiu. "Você quer ir lá em casa?" Ela respondeu sem pensar: "Não! Nem te conheço." Para ela, aqueles poucos momentos não eram suficientes para uma ida à casa do rapaz. Despediram-se. Após alguns dias, mais algumas mensagens. Ele até enviou um áudio com uma de suas composições. Ele disse que não desistiria do sonho de se tornar um cantor conhecido. Ela lhe desejou boa sorte e o contato foi encerrado naquele momento.

O arquiteto...

Ela era bipolar. Sim, tomava ansiolíticos todos os dias. Mas a questão era que, em alguns casos, ela não pensava em topar com um maníaco, ou sofrer algum mal nesses encontros pela internet. Em algumas situações, se sentisse atração pelo rapaz, se entregava no primeiro encontro. Sim, acontecia a relação. Ela fazia e pensava depois. Com o arquiteto foi assim, conversaram pelo aplicativo, depois pelo zap, marcaram o encontro, e a atração que ela sentiu, misturada com a carência, claro, a fez fazer loucuras naquela noite.

E era tão triste quando ela queria muito que o rapaz retornasse, marcasse vários outros encontros e nada acontecia. Ela ficava ansiosa. Mal terminava um encontro e quando percebia que não rolaria nada mais, já retornava à procura nos aplicativos. Parecia um vício. Vale lembrar que ela está colocando nesses relatos profissões que eram ditas pelos rapazes que a encontravam. Mas será que eles falavam a verdade? Ela acredita que não. Porém seguia...

O ursinho...

Era um rapaz legal. O ursinho é um presente dado a ela. Mas chegaremos nessa parte. Como dizia, era um rapaz legal. Foi logo fazendo planos de viagens, lua de mel e prometeu conhecê-la e não ser mais um desses rapazes da internet. Ela ficou animada. Já queria apresentá-lo à família. Contou sobre sua vida escolar para ela que era professora. O último encontro, o dia em que ele deu um ursinho de presente para ela. Ela ficou feliz, mas uma fala dele a desanimou. Ele disse que procurava alguém que cuidasse dele. Como? Sim, ela também procurava um companheiro que cuidasse dela, mas não da forma como ele colocou. E ainda explicitou os probleminhas de saúde que tinha. Ela não era insensível, porém não achou legal o fato de uma pessoa querer ficar perto com o interesse de ter uma enfermeira. Enfim, despediu-se e deu o ursinho, que ganhou no encontro, a uma criança que estava na rua.

Professor não curte professor...

Começava a conversa no aplicativo e se o rapaz fosse professor, ela já sabia que não aconteceria o encontro. Por que acontecia? Status social? Professor é pobre? Sim, porque ela tinha a impressão de que os rapazes do aplicativo eram interesseiros e só queriam meninas ricas. Acreditava que os meninos do aplicativo achavam as professoras chatas. Já eram professores, talvez namorar uma colega de profissão não fosse excitante. Ela pensava... *Com professores é impossível... ou não?* A questão é que ela nunca conseguiu um encontro com um professor pelo App de relacionamentos. Acha uma situação curiosa já que encontrou com rapazes de várias profissões.

Vamos ver um filme?

Não foi esse o convite inicial. A conversa no aplicativo rolou e foi sugerido um encontro em um barzinho. Depois, a conversa mudou. "Passo na sua casa e vamos à minha para ver um filme, o que acha?" Ela achou um absurdo. Deu uma desculpa e se livrou daquele maníaco. Entrar no carro do desconhecido, para um destino desconhecido, na casa de um desconhecido. Naquela situação teve um pouco de juízo e fez a recusa.

O rapaz de Mogi...

Em mais uma andança pelo aplicativo, encontrou um perfil interessante. Chamou, conversou, marcou o primeiro encontro que não rolou, ela foi ao lugar marcado, mas ele não apareceu. Houve um imprevisto. Acontece. No segundo encontro, tudo favorável. Muita conversa, rolou beijo e promessa de um novo encontro. O terceiro encontro foi encantador. Ela estava muito animada. Foram a Guararema, cidade que ele conhecia, gostava e queria apresentar a ela. Ela estava feliz. Será que finalmente encontrou alguém? Passaram o dia conhecendo a cidade. No final do passeio, voltaram a Mogi das Cruzes, cidade onde ele residia. Ele a deixou na estação de trem, onde ela pegaria condução até São Paulo.

Ela já idealizava um futuro em que se deslocaria de São Paulo até Mogi e ele de Mogi até São Paulo. E ela nem daria importância à distância. Bastava estar feliz. O próximo encontro não foi o que ela esperava. Já haviam criado uma aproximação e decidiram por um encontro mais íntimo. Marcaram em Mogi. Ele a levaria a um motel e teriam a primeira relação sexual. Chegaram ao motel, aconteceu o carinho que antecede qualquer relação, mas ficou nisso. O rapaz não conseguiu seguir adiante. Ficou frustrado, irritado com o barulho do quarto ao lado. Pediu para ir embora. Ela ficou decepcionada. E ainda teria que arcar com cinquenta por cento da despesa do quarto. Pedido dele.

Acertaram tudo. Ele não falou nada durante o percurso do motel até a estação de trem onde a deixaria. Ela voltou para São Paulo pensando... *Lá se vai mais uma oportunidade de desencalhar. Meu Deus, o que há de errado comigo?* Depois refletia... nada. Comigo está tudo certo.

Dias depois recebeu uma mensagem que dizia: **desculpe, mas acho que não estou pronto para conhecer ninguém no momento.** E ela seguia.

Com cara de otária no metrô...

Ela fazia tudo por um encontro, lembram-se da história do Panamá? Pois é. Tarde de domingo, pagode com uma amiga e ao mesmo tempo conversa pelo aplicativo com um *match*. Ele propôs o encontro que aconteceria em algumas horas. Ela se despediu e partiu rumo ao encontro que seria em uma estação de metrô próxima. Chegando à estação comunicou ao rapaz que já estava no local. Não recebeu resposta. Depois de um tempo nova mensagem, também não recebeu resposta. Ficou por volta de uns trinta minutos aguardando, sem resposta. Ficou furiosa, voltou para casa e pensava: *que papel ridículo, que falta de amor-próprio.* Depois de algumas horas recebeu um oi do rapaz, mas não respondeu. Apenas o bloqueou e tentou esquecer o vexame.

O que se achava...

Papo chato, já foi logo falando que teve várias namoradas que imploraram para ele casar, mas ele preferiu ficar solteiro. Feio, antipático, nada a ver com a foto do aplicativo. Meu Deus, e ainda falou que ela é que estava diferente pessoalmente. Em outras palavras, só faltou dizer que ela era feia. Ela pôs em prática toda sua antipatia e deu graças a Deus quando ele resolveu ir embora. Fim de papo!!

O evangélico...

Foi um encontro estranho. Tinham um amigo em comum na rede social, a irmã dele, da qual ela nem se lembrava, só sabia que tinham estudado na mesma escola. Mesmo assim, já se sentiu um pouco íntima do rapaz e logo começou a criar expectativas. Conversavam pelo aplicativo. Ele parecia interessado. Ela, como sempre, em uma fase de muita carência. Ele foi direto. Queria marcar o encontro direto em um hotel. Ela pensou que era loucura marcar um encontro com um rapaz que ela nunca havia visto em um hotel, mas foi.

Claro que ela não contava essas coisas para ninguém. Há os julgamentos das pessoas. Seus pais então, nem imaginavam. Se suas histórias forem lidas por alguém um dia, aí, sim, todos saberão. Encontrou o rapaz no metrô e seguiram para o destino combinado. Como sempre decepção. Ao vivo, o rapaz não demonstrou nem um pouco da animação que havia em sua conversa pelo aplicativo. Uns beijinhos, uns carinhos e pronto. O rapaz molhou a cama, disse ter gozado. Ela não viu nada. Tudo muito rápido. Ele deitou e descansou. Ela pensou... *tempo perdido e dinheiro também*, pois ele já havia avisado que dividiriam a conta.

E assim, mais um encontro frustrado para a história da moça dos aplicativos. Depois do encontro, nada mais aconteceu e a moça seguiu sozinha. Sua autoestima continuou baixa e as perguntas das pessoas sobre a solteirice dela também continuaram.

O pagode...

Mais uma loucura. Tudo culpa da carência. Conversou algumas vezes com o rapaz pelo aplicativo. Em um feriado prolongado, recebeu um convite para o pagode, tipo, estou no bar com show de pagode, vem me encontrar.

Ela, entediada em casa, resolveu aceitar e foi. Básica, pouca maquiagem, estilo dela. Chegando ao lugar marcado, encontrou um rapaz alto, forte, e ela baixinha, já rolou uma diferença. Mas ele a recebeu, conversaram, curtiram o pagode e, no final, ele a convidou para ir ao hotel onde ele estava hospedado. Sexo no primeiro encontro. Ela não costumava fazer aquilo, mas cedeu.

Sentiu confiança nele, foi sincero, disse que não estava totalmente solteiro. A impressão que ela tinha era realmente essa. Eles nunca eram totalmente solteiros. Pensava, sim, no pior: *E se esse rapaz for um louco, torturador de mulheres, fizer alguma coisa comigo?* Mas colocava fé nos seus santos e seguia.

Aquela tarde foi agradável, não fizeram nada que ela não quisesse, aliás ela fez tudo que queria, como dizem na linguagem metafórica, tirou o atraso. Sim, pesquisas apontam que sexo faz bem e para uma mulher solteira, esses momentos são raros e devem ser aproveitados. Claro que ela não gostaria que fosse dessa forma, afinal é romântica e sempre buscou um romance. Separou-se do marido porque ele pensava bem diferente dela, era ciumento, mas, enfim, gostaria de ter uma vida a dois.

Voltando ao rapaz do pagode, ele lhe deu uma tarde agradável, mas também não passou disso. Ocorreram uns cumprimentos pelo WhatsApp dias depois e pronto. Ele sumiu como todos os outros.

Salva pela amiga...

Ela estava cansada. Mais um *match* no aplicativo, mais um encontro, papo chato, rapaz esquisito. Não rolou química. Bem no meio da conversa, ela recebe uma ligação. Sua amiga da época da faculdade e que é bem presente em sua vida. Pronto, era do que ela precisava. Deu um jeito de atrair a amiga até o encontro e depois se livrou do rapaz.

Ficou uma situação chata, a amiga deve ter pensado... *Essa é louca, me colocar nessa enrascada.* Mas ela explicou a situação para a amiga e foram para um bar. Pensou, *dessa vez desisto desses aplicativos.*

O concurseiro...

Não desistiu. Tentou uma última vez. E, como sempre, sem sucesso. O encontro com o funcionário público concurseiro serviu para lembrá-la de que a prioridade da vida dela é estabilidade profissional. O romance deve acontecer de forma natural. A conversa foi boa. O café em um local que ela não conhecia, em um bairro nobre, foi excelente. Mas foi só isso. E ela decidiu. Não entrou mais nos aplicativos de relacionamento. Recebe notificações, mas ignora. Não desinstalou, pode ser que tenha uma recaída. Mas, por enquanto, prefere continuar sonhando com um parceiro que ela venha a conhecer em algum lugar, ou apresentado por alguém, ou quem sabe cumprir seu destino de ficar sozinha. Não importa, se é verdade que toda panela tem sua tampa, a dela há de aparecer.

Por enquanto continuará respondendo às perguntas dos familiares e amigos sobre sua vida amorosa e aproveitando o lado bom da solteirice. Sim, porque em tudo na vida há um lado bom.

E essas são algumas histórias vividas. Que resultaram em encontros. Mas aconteceram muitos *matchs* não relatados aqui. Podem não estar aqui algumas menos relevantes. Mas todas serviram de aprendizado para a moça romântica que sonha com alguém que ainda não apareceu em sua vida.

Professora de escola pública, 39 anos, Licenciatura em Letras, Pedagoga, Pós-graduada na área da Educação.